那时的我们，是最温暖的存在

白小葵／著

当代世界出版社

图书在版编目（CIP）数据

那时的我们，是最温暖的存在 / 白小葵著. —北京：当代世界出版社，2014.10

ISBN 978-7-5090-0895-9

Ⅰ.①那… Ⅱ.①白… Ⅲ.①长篇小说－中国－当代 Ⅳ.①I247.5

中国版本图书馆 CIP 数据核字 (2014) 第 187974 号

书　　名：	那时的我们，是最温暖的存在
出版发行：	当代世界出版社
地　　址：	北京市复兴路 4 号（100860）
网　　址：	http://www.worldpress.com.cn
编务电话：	（010）83908456
发行电话：	（010）83908409
	（010）83908377
	（010）83908455
	（010）83908423（邮购）
	（010）83908410（传真）
经　　销：	全国新华书店
印　　刷：	北京市玖仁伟业印刷有限公司
开　　本：	880 毫米 ×1230 毫米　1/32
印　　张：	9
字　　数：	242 千字
版　　次：	2014 年 10 月第 1 版
印　　次：	2014 年 10 月第 1 次
书　　号：	978-7-5090-0895-9
定　　价：	32.00 元

如发现印装质量问题，请与承印厂联系调换。
版权所有，翻印必究；未经许可，不得转载！

谨以此书献给现实生活中的尹蓝夕和丁凌,并告慰左的在天之灵,望其能早日到达彼岸,得永远之安宁。

生命的银盐
文 / 张嘉佳

好看的小说有两种。一是读完了，感觉故事结束，却会捧着书发好一会儿呆。二是读完了，依然迤逦逶迤，每天都觉得人物在脑海中呢喃。《那时的我们，是最温暖的存在》便属于后者。

女孩子写情感小说，不一定敏锐但绝对敏感，不一定疯狂但绝对执着，不一定系统但绝对深入，不一定精致但绝对精细，不一定勇敢但绝对极端，不一定迷离但绝对迷惑，不一定慷慨但绝对守护，不一定矛盾但绝对割裂，还有，不一定遗弃但绝对遗失。

小葵对我说，这是为一个朋友的真实故事而做的记录。用小说做记录，旁观者、当事者和记录者全部沦陷为创造者。小葵采用多角度去编织却始终没有失控。当一个故事以生命为代价的时候，叙述者就要直面死亡的到来。无论作品现世是什么模样，它都是一件艺术品。

世界上每一个人都是艺术的零件，因为他的身体、血液、骨骼、经脉、灵魂，都是上帝一手创造，统统列入艺术品的范畴；世界上每一件事都是艺术的零件，因为它的离别、诋毁、破灭、消亡，都是自己一生缔造，统统列入艺术品的碎裂。

小说里的人物，让人不由想起日本电影《情书》。很多时候，一对恋人或者一个家庭爆发的毁灭性打击，往往不是轰然倒塌，而是细微引线，惨烈离析。在生活中，一个男人如果工作繁重，深夜回家往床上一躺，连呼吸的力气都失却。这时，太太说："我要喝水。"男人说："哦。"太太说："你帮我倒。"男人立刻就会愤怒。太太不明白他为何愤怒，但这愤怒又直接导致她的愤怒，于是互不相让，爱与人生从第二天开始分道扬镳。这些都属于美丽之外的凋谢，因此，左岸和蓝夕的爱情哪怕再多琐碎，再多岔口，也抽离了纷扰，像一首朝圣的口琴曲，低到枝叶下，两厢碧海蓝天，不绝不坠，不消不落。

5个人的故事，仿佛迷离错杂的胶片。谁是谁的底色，谁是谁的校色，谁是谁的反色，谁是谁全部的颜色。用细腻悲怆的文字作为银盐，磨砺肌肤，雕刻灵魂，一点一点冲洗了出来。

左岸的谎言，是一个承诺。《那时的我们，是最温暖的存在》的寓言，是一个纪念。

它纪念，主人公站在书卷的两端，读者打开扉页，爱情从原点出发，草风吟唱，阳光跳跃，他在你不知道的地方，撑开一把伞。

它纪念，记忆滑翔穿越都市之间，以为如花美眷，在单行道黯淡，猛然绽放的是一场牺牲，作者尚未掷笔，时间潸然泪下。

本书的结局，是人们爱上白小葵文章的开始。

纪念悄然怀念，怀念暗自思念，谨以此文，作为读毕《那时的我们，是最温暖的存在》的留念。

无余苦乐,彼岸笙歌

文 / 秦同

现在,你捧起了这本书。

或许是因为还在独自一人希冀着一份能够执手偕老的相恋,或许是因为正在热恋之中盼望着那可望而不可即的天荒地老,也或许是因为心还停留在一份余温尚未散尽的故事之中想要借阅读来疗伤。

不论这部小说令人想起曾经错过的那个背影,还是让人憧憬被一个人矢志不渝地钟爱;不论是悲哀,是无奈,是欣喜,是快慰,还是念想,我相信人们都有一份共通的执着——相信爱情,并相信爱的真实与美好。

在这个纸醉金迷、物欲横流的年代,寒风劲吹,门扉紧闭,心中那一盏微弱的烛火摇曳凄凉。走在路上,车水马龙,熙来攘往,霓虹灯下的面孔越来越模糊,酒杯里倒映的眼神越来越困惑,耳畔总有陌生人眉头紧锁发出沉重的叹息。

这是遗珠之年,这是沧桑之地,我们的生活不垢不净,不增不减,不生不灭,看似我们每个人都拥有了一切,而恰恰遗落了最最重要的价值。每个清晨,我们戴上面具开始一天的傀儡生活。我们强颜欢笑,我们无所安歇,我们的情感日益淡薄,终究变作了物质生活的玩偶。犹如骤雨瓢泼的罗生门,曼哈顿夜色中惆怅而又乐观的盖茨比，早已一步步迷失在来路当中。当我们回想起一直以来避而远之的那些话题，爱情、生死、命运、希望、梦想……在焦灼之中浑身战栗，终于明白我们如盛宴一般的岁月味醇酒美，却唯独损毁了一切可用的餐具。

在读这本书，写这篇文字的过程中，始终有一种强烈的悲怆之感包裹着我。白小葵的笔触有一种四两拨千斤的韧劲，充满了象征和疑惑，貌似平静下有一种暗涌澎湃的尖利：当物质遭遇性情，当真相遭遇误解，当理想遭遇现实，当命运遭遇生活……倏然我们清醒过来，当那些犹若坚不可摧、富丽堂皇的表象逐渐瓦解，才发现心中竟是如此的空空荡荡。所有的执着都已妥协，所有的坚持都已放弃，所有的誓言都已背弃，我们从何处寻找王冠上最璀璨的那颗明珠。

《那时的我们，是最温暖的存在》显然并没有盖棺定论，而是由结局重新开始，又由一个新的开始而结束。身价巨万而孤独悲伤的少年忧郁地夹着烟，将所爱之人的幸福建立在自己的不幸之上的矛盾少女，为了疗伤而上网消遣却终究因网络而卧病在床的悲哀女人，似乎冥冥之中早已注定。每个人都在自己的命运轨道之中轮回，像钟表一般有条不紊。宿命像偶然掉进鞋里的砂子，是那么让人疼痛难忍，却永远无法被别人知道。如果能再有一千万次选择的机会，蓝夕还是会连上网线，在左岸的留言板上敲打键盘。

突如其来的意外终将不可避免，蓝夕的悲剧像是一则浑不可解的寓言耐人寻味，且日益深刻。在这样一个"爱情只是古老传说"的年代里，蓝夕遍体鳞伤，心痛欲绝，只能靠由光纤电缆连接成的世界，幻想出她心中渴望的一片桃花源。全然由1和0组成的网络世界，被成功地隐喻成了一片真实而纯净的天堂，犹如佛家所讲的彼岸极乐天国，天花飘落，檀香弥漫，芸芸众生在此终于逃离了现实的悲欢离合，扯下面具,敞开心扉。而这毕竟是如梦非实的世界,终究要抽身离开而重回纷纷扰扰的人间,蓝夕却早已无力面对,所以顺理成章地遭遇了车祸,永远地摆脱了一切悲伤。我相信这是她的选择而非命运,我相信她是微笑着的,她是快乐的。她选择决绝而完全地逃避,事实上正是最大的勇敢。

作者白小葵巧妙地将故事在一切即将发生之前截止,癌症患者病愈了,原本健康的人却永远卧床不起;富家千金倾尽一切付出了,却只获得一个与任何人都无关的结局。他们的命运具有无比强烈的讽刺意味,繁花落尽,春梦无痕,一切了然如新,全如开篇时的那样,死别终于渐渐迫近了相爱,而最终只能换来另一场生离。

我始终坚持故事没有结局,结局的只能是人物。而在白小葵的书中,人物联动着故事,像六道轮回一般生生不息。在岸静静地等待着,毫无疑问,等待是不幸的,尤其又是等在两个女人的抉择之中,好像躲在雨声淅沥的电话亭中等待放晴的渡边彻,在深夜强抑住自己心跳而口是心非的阿玛兰塔,脚下的小船漂浮在江河中央,而读到最后,我们知道无论向哪一边泅渡,都不会到达天堂。与其得知那荒诞的一厢情愿,如此永恒的等待未尝不是幸福。

生也死之徒,死也生之始。我相信白小葵一定是个洒脱的人,懂得何谓"泉涸,鱼相与处于陆,相呴以湿,相濡以沫,不若相忘于江湖"。在这虚无的现实当中,无间苦,众生乐,统统都在一场永不醒来的梦中无余涅槃,直抵彼岸。

那里笙歌曼妙、天花纷扰,再没有痛苦和无奈。

在读这本书的过程中,我时时想到归有光的《项脊轩志》。这位明代的青衣才子怆然写道:"庭有枇杷树,吾妻死之年所手植也,今已亭亭如盖矣。"

本书不能称之为结局的结局，左岸默默地看着病床上蓝夕安详的睡脸，想必也是同样的感觉。穿越了生死的界限，一切都不再是阻碍。如果相爱有形有象，也必然会在雪白的病房中开出一片亭亭如盖的翠绿。

　　《那时的我们，是最温暖的存在》之中的每一份爱情都显得如此孱弱和错乱，连真心都变得尴尬。正如林少华先生所言："爱情拒绝物化，而又不可能灵化——爱情被吊在了半空中，上下失据，四顾茫然，无处觅归路。"这是这个时代里爱情的必然规律，而总有些年轻人敢于对峙命运，他们的思维幼稚单纯，行为荒唐可笑，但浮躁背后是一份又一份令人动容的真情。我们对之不齿，但不齿的背后又是羡慕和祝福。

　　蓝夕的爱显得犹豫而彷徨，在追求、妥协、放弃、再追求，最终险些香消玉殒，最终还是选择了拒绝。虽然这看似荒诞不经的过程毫无结果，却已然是能够选择的最好的剧终。她用妥协的态度，做了最后一个不妥协的人。爱与恨，聚与散，本来无一物，何处惹尘埃，我深知作者白小葵是一个佛教信徒，或许这便是她借助剧中人写出的自己的爱情观。

　　文中最令我动容的是那个一直默默付出的女孩丁凌。在阅读时我一直在思忖，当自己深爱的人，要求自己用深爱的口吻给另一个女孩发短信时，是一种怎样的心境？无奈我未曾经历，不懂个中滋味，这样的伤痛如人饮水。丁凌浓烈而丰盛的爱像是一个赤裸裸的悖论，她非常希望左岸能幸福，而左岸的幸福必将建立在自己的不幸福之上。我们知道，没有人会希望自己不幸福。

　　写这篇序之前，我问过丁凌的原型，她说："这种事是说不清楚的，爱他就希望他幸福，什么事都愿意做。"我的眼前出现了一幕幕重叠的画面，她，他，还有她。当爱一个人已经爱到无暇顾及自己的感受时，我想一切都是丁凌心甘情愿的吧。与深爱的人一起，去乞求另一个女人的爱。一个帮助自己最爱的人寻找深爱的过程，就如张爱玲所说的，自己慢慢地凋落，凋落进尘埃里的过程。在最后的最后，她终于将自己丢失了，再也抓不回来。

爱一个人若能做到如此，如何能让人不感怀呢？

当然，如今一切都已经成为过去，现实中的左岸早已西升，丁凌和蓝夕也早已回复到自己原本的生活中。我祝她们幸福，永远地幸福。

佛学讲究缘起，从这个故事被口述出来，到写好出版，再到读者翻开阅读，都是因缘际会，注定相生。既然我们与这个故事有缘，读到这样一个令人叹息的故事，那么请我们一起，双手合十，衷心地祈祷左岸在天堂一切都好。

目　录
CONTENTS

第一部分　蓝夕　　001

第一章
走失的爱情　　005

第二章
向左走，向右走　　017

第三章
无声的电话　　027

第四章
四叶草之幸福　　037

第五章
谁的礼物　　047

目 录
CONTENTS

第六章
左岸的女朋友　063

第七章
那些以为春光明媚的日子　077

第八章
误会，还是真相　089

第九章
天使来过我身旁　103

第二部分　左岸　115

第十章
以沉默为纪念　129

第十一章
在别人的幸福里幸福　147

目 录
CONTENTS

第十二章
为缘分牵手　159

第十三章
倒计时的世界　171

第十四章
悲伤不如遗忘　185

第十五章
约定在来世　197

第三部分 爱如笙歌　**201**

第十六章
回到原点——蓝夕　203

第十七章
回到原点——左岸　213

目 录
CONTENTS

第十八章
双生爱——蓝夕　　223

第十九章
双生爱——左岸　　237

第二十章
我们的选择——蓝夕　　253

第二十一章
我们的选择——左岸　　261

第二十二章
笙歌依旧——白小葵　　269

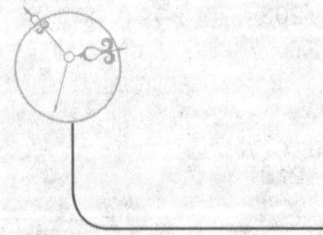

第一部分 蓝夕

当我再次打开那个漆黑一片的 QQ 空间，刹那间点亮的闪光仍旧刺得我睁不开双眼。充斥着非主流元素的或滴血殷红或黑暗萎靡的图片交替穿梭，围绕着一张黑白杂志的封面。那封面上的男子歪头浅笑，表情薄凉而不羁。Darin 的《B What U Wanna B》几乎是强迫性地再次闯入我的耳朵。"Doctor, actor, lawyer or a singer, why not president, be a dreamer, you can be just the one you wanna be. Police man, fire fighter or a post man, why not something like your old man, you can be just the one you wanna be……"

我像个疯子一样将空间里所有的日志又重新看了一遍，就像当初左无聊时一遍遍去揣读我空间里每篇日志的心情一样。我恨不能将这空间为数不多的几篇文字全部嚼碎吞进肚里，以便日后可以反刍当日左记录时的每一滴喜怒哀乐。

所有的一切昭示着，他仍旧没有回来。

于是我继续自说自话地在他的空间里发表我的留言：

2006 年 7 月 4 日 22 点 43 分　现在我已经学会了一项本领，虽然花的时间有点长，但是我很为自己开心。即使他和美美再亲密地从我面前经过，我的心也不会再有丝毫的疼痛感了，我可以继续保持欢笑，并且笑得更开心，不再像以前那样失控到失态了。

蓝夕是不是很厉害？知道你会为我开心，呵呵。别忘了，笑的时候眼睛要像月牙哦。

2006年7月5日22点50分　以前是蓝夕太自私，从来都只是让你给她踩空间，以后不会了，她会天天来，作为对你的补偿。你说好吗？不过你可要早点回来哦，不然蓝夕会改变主意的，你知道她很善变。

2006年7月6日23点16分　11号我就要回家了，期盼了好久的日子终于快到了。可是现在又有点犹豫了，家里不能上网，没有我的唠叨，你是不是也会不习惯呢？刚开始没收到你短信的时候，我就不习惯，为等你的短信，我通宵把手机开着放在枕边，害我整夜睡不好觉。不过不要担心，我会尽早来学校的，呵呵……

2006年7月7日12点25分　我的两个账号名称，现在一个是"左"，一个是"蓝夕"。我让它们每天一起上下线，一起陪伴。喜欢吗？呵呵……

2006年7月8日10点10分　早上起来，脑子像要爆炸。说过的话，走过的路，像连续不断的电影一样反复重播。你说的"慢慢习惯"怎么会是这么艰难的过程？知道吗？现在我最后悔的事情，不是执着着自己的噩梦，因为噩梦还可以清醒，可认识了你却是永远无法改变的事实。你教会我识别温暖，却忘记告诉我原来泡沫终将湮灭。左，你比他残忍……

2006年7月9日10点12分　你没有说再见，对一切都隐瞒。我活在谎言的世界里。而你，却亲自主持。

2006年7月10日17点5分　五一那天你生日，我没有送上祝福。你没有生气，没有怨言，只告诉我下雨不要故意忘记带伞。我生日那天你打来好几个电话，我却没有回电。现在，再也没有机会说抱歉了。

  2006年8月21日9点20分《绿光森林》里的女孩说:"如果有一天你发现我不见了,一定要相信,相信我还会回来。"已经有3个月不见你了,还会回来吗?什么时候回来?

  2006年8月22日9点33分 再次梦到你的留言。醒来后胳膊上的烫伤开始疼痛。

  2006年8月23日20点59分 放假在家里拍了好多照片,挑了几张上传到了空间,你会来看吗?

  2006年9月15日13点52分 刚才把第一部分的漫画传到我做的主页里去了,有时间你去看看吧。我们的故事在今天又描绘了六页,下次我再把后面的传给你看。

  2006年9月20日2点57分 3点了,蓝夕还是睡不着……

  2006年9月23日14点4分 作业总算捣鼓好了,她们明天去杭州,我也去吗?不知道今天是否有月光。我又落单了……

  2006年9月25日23点6分 你好久好久没陪我聊天了……

  2006年10月3日23点31分 晚上回来的路上,校园里的灯第一次全部都亮了,感觉好有氛围。原本打算去桥边的树上把那几个木瓜摘了,可惜个子太矮,嘿嘿,于是多看了几眼就回来了。

  2006年11月1日3点29分 难过了一晚上,电影闪了一晚上,现在可以安静地睡了。左,晚安。

  2006年11月11日11点11分 嘿嘿,这个时间是不是很好?蓝夕一个人,左却不在身边……你说我想你的时候,你就会出现。那我现在想你了,想你了,想你了,你出现了吗?

  ……

  这将近一年的时间里,我不知道我是真实地生活过,还是生了一

场大病,直到最近才重返人间。每当我尝试去寻找左在我生活中留下的痕迹,却发现竟然总是无法很全面地想起。

我不敢去问身边的人,或许他们只会觉得我是一个上网上得发疯的病人。我沉浸在左的故事里无法自拔,尝试接受现实,却发现早已病入膏肓。

也许他只是我心上的影子吧,实际上我确实连他的声音都没有听见过,更别说触碰他的手指,抚摸他的头发。

真的只是影子吗?那他在QQ上对我说过的每句话,给我发过的每条短信,我怎么可以都烂熟于心?我每天暗示自己要按时吃饭,睡觉关机,不管晴天雨天都给自己撑把伞……为什么?只因为左,他喜欢我这么做。

可是,左又是谁呢?

第一章 走失的爱情

（一）

我叫尹蓝夕。

现在坐在我旁边那家肯德基里，亲昵地互相喂对方薯条的两个人，都是我认识的人，甚至可以说非常熟悉。

男的叫崔浩，是我男朋友。女的叫周美美，可以称为我的闺中密友，前天我俩还挤在一个被窝里，讨论为什么隔壁班那个胖女生把刚弄卷的头发又拉直了。

然而，这两个与我关系密切的人，现在却宛如一对情侣，在肯德基里你侬我侬。

周美美今天打扮得很漂亮，化了淡妆，头发梳得服帖妥当。只见她又拿起一根薯条，沾上鲜红的番茄酱，先是作势要放进自己口中，然后对着崔浩嫣然一笑，转而将薯条塞进了他的嘴里，继而还用纸巾帮他擦了擦嘴角。

从我所站的角度，只能看到崔浩的背影，但是我肯定不会认错人，就算他穿着我从没见过的衣服，我也可以在人群里一眼认出他的背影。大一时我暗恋了他一年，大二上学期我们走在了一起，到现在已经恋爱两年。这是一种恋人之间的心灵维系，认出他只需凭我的直觉。

这个周六本来崔浩约我去看电影的，但是作业太多，我焦头烂额

地冲着电话那头一阵乱吼,最后留给他一串忙音。也许他已经习惯了我的间歇性作业焦虑症,我也已经习惯了从我们刚在一起时他对我的关切担心,到现在的麻木不仁。

但当我被作业惹得实在心烦气躁,想一个人上街走走时,却看到了如此"精彩"的一幕。在旁人眼里,那也许是正在热恋的令人羡慕的一对小情侣,然而在我眼中,那却是两只挥舞着背叛和欺骗的魔鬼。

后来我发现自己对于那天发生的细节竟然不能很清晰地记起,记忆似乎有些短路,脑海里全是一张一张的画面,却不连贯。只是无意中发现自己胳膊上被人抓出了一块淤青,才隐约记得在我愤怒地用力推开肯德基门时,撞到一个正要出来的人,我被他咒骂并拉扯了两下,然后凭着自己顽强的意志力挣脱出来,顶着众人愕然的目光,径直走到那两只魔鬼面前,毅然决然地端起桌上的可乐,泼向了其中的男子。

当时肯德基里所有的人都惊讶地望向我们,甚至有人在窃笑。周美美惊惶失措地一边帮崔浩擦头发和衣服,一边很诚恳地对我说:"蓝夕,你误会了,不是你想的那样。蓝夕,你听我解释……"

我只是冷笑一声,在眼泪流出来之前,转身大步地走了出去,身后肯德基的门被推得来回摆动。

解释?好吧,给你们 10 秒钟,描述一下背叛最信任你们的人有多刺激和享受。

(二)

2003 年的秋天,在从湖北开往上海的火车上,我认识了崔浩。

那是我第一次坐火车。为了省钱,我瞒着爸妈用他们给我买硬卧的钱买了硬座,想着也就十几个小时,捱一下就过去了。

本来爸妈说要一起送我去武汉坐火车,经过我百般阻挠,终于最后只剩尹白扬一人送我。

出门之前,妈妈红着双眼,紧紧抓住我的手对我说:"蓝夕,爸爸妈妈以你为荣,你是咱们村里第一个考到上海重点大学的孩子。你一定要好好学习,学费和生活费都不要操心,你哥今年毕业就能去工作了。你一人出门在外要照顾好自己,该吃就吃,该喝就喝,别总是省着,难为自己,听到没?"我使劲点着头,泪水啪啪地掉在妈妈粗糙皲裂的手背上。

爸爸在一旁抽烟,闷不作声,直到我说:"爸,我走了。你好好照顾自己和妈。"他才缓缓抬起头,从鼻腔里挤出一声"嗯",眼睛里是布满的血丝。

那天,爸爸的皱纹格外显眼,我本想再多说点什么,却被尹白扬的催促打断:"好了好了,快走吧,大巴都要开了,又不是去了就不回来了。"

我这才恋恋不舍地跟他一起上了车。

"白扬,好好照顾你妹妹,一定要亲自把她送上火车啊。"妈妈在车窗外使劲挥手,爸爸只是站在原地表情复杂地看着车上的我们,他们的声音被大巴的引擎声掩盖,我泪眼模糊,趴在车窗上随着大巴的移动不断变换角度,试图分辨他们的声音寻找他们的身影,却徒劳无功。

终于什么也看不见了,我只得重新调整姿势坐正,低头寻找纸巾擦拭我脏兮兮的脸。

"出个远门上学,也没什么大不了的,瞧你这没出息的样儿。"尹白扬将一张洁白的散发着淡淡清香的纸巾递给正翻箱倒柜的我。

我不理他,接过纸巾,使劲擤了擤鼻涕。

尹白扬大我3岁,并不像别人羡慕的那样——如果在学校被人欺负了,有个能帮自己出头的靠山,其实喜欢欺负我的人便是他。小时候他总是跟我争抢玩具零食,大一点儿了就学会命令我给他做这做那。

要不是我们长得很像,我真的怀疑他到底是不是我亲哥。我们几乎没有共同话题,直到尹白扬上了大专,交了女朋友,才学会对我温柔一点儿。但是我仍旧摆脱不了他时不时地冷嘲热讽,在他眼中我永远是个什么都干不好的娇气包。

尹白扬对于我没去硬卧车厢并没有表现出惊讶,他很自然地帮我把行李放上行李架,然后把他买的一包零食塞到我怀中。

他站在我的座位旁迅速环顾了一周,然后对我旁边的一个男生说道:"同学,你是到终点站上海吗?"

男生点头称是。

他便继续说道:"太好了,能不能麻烦你下车时,帮我妹妹把行李从架子上拿下来,就是上面那个红色的箱子,我怕她一个人拿不动。"

男生微笑着说好。

"我自己可以的。"我倔强地辩驳。

尹白扬瞥了我一眼,不作回答,只是说:"那你自己小心点儿,贵重东西随身带好,不要一天到晚傻乎乎的。到了学校记得给家里打个电话。"

不知为什么,我突然觉得喉咙被东西卡住了,本来很想告诉他我不是小孩子了,可以照顾好自己,却只能干咳几下,无法出声。

尹白扬很轻地叹了口气,顿了顿,说道:"我下去了,车要开了。"

"哥,别跟爸妈说……"我拽住尹白扬的衣角,仰面看他时眼泪还是不争气地顺着脸颊滑落下来。

他点点头,又拍了拍我的肩膀,然后大步走下车去。

车窗外，尹白扬头也不回地消失在站台。

我抱着一包零食，傻傻地盯着他离去的背影发呆。也许我自己都没有意识到自己此刻哭得有多么邋遢，还是旁边那个男生递过来一张纸巾，才让我发觉自己的失态。

"同学，第一次出远门吧？"男生的声音很干净，我道谢后接过纸巾，边整理自己的形象，边偷偷看他。

面目清秀，有一股书卷气，却不戴眼镜。整个人就跟他的声音一般，给人干净清爽的感觉。

"嗯，我是大一新生，去上海××大学报到。你呢？"我一向觉得自己的哭相很丑，虽然刚才已经被他一览无余，此刻还是有点儿顾忌地只敢侧脸对他。

"这么巧？我也是啊，我叫崔浩，以后就是校友了，很高兴认识你。"男生笑容明媚，露出洁白整齐的牙齿，直看得我有些眩晕。

第一次坐火车的感觉，除了腰酸便是背痛。因为双腿无法伸直，我又是坐在靠走廊的位置，休息时只能往后倚着硬硬的靠背。但是我却并不后悔自己没有买硬卧的决定，因为硬座的颠簸辛苦换来的是一个接触爱情的机会，并且一发不可收拾。

（三）

又有一对情侣从我们旁边的座位离开。我摸了摸眼前的茶杯，已经由刚才的滚烫变得近乎冰凉。

11月的上海已经很冷了，窗外那曾经给这座城市覆盖上浪漫情调的蒙蒙细雨，已经完全不能再引起我的丝毫兴趣。除了潮湿便是寒冷，

而且此时已经没有人牵着我的手给我取暖。

我跟崔浩再次坐在这个熟悉的情侣茶馆里这个熟悉的位置上,我看着对面那个熟悉的人,却发觉那张熟悉的脸上带着我捉摸不透的神情。

"告诉我,这是个误会。"我们面对面沉默许久之后,我终于艰难地吐出了这句话。

本来在赴约之前,我已经想好一肚子话,或是谩骂,或是哭诉,迫不及待地要找他来发泄。可是当我一看到他那张在我梦中出现过无数次的脸,脑中便倏地空白。昨夜的不眠原来是如此可笑,竟抵不上心中爱人的匆匆一瞥。

"蓝夕,你别这样……"崔浩有些焦虑地十指交叉,来回揉搓,不敢跟我对视,却装作很自然地将眼神瞟向窗外。

"我别这样?我别哪样?你们怎么可以这样对我?你们都是我最信任、最亲近的人,可是你们居然……"我越说越激动,嘴唇不住颤抖,语无伦次,双手随着我说话的节奏一下下拍打着桌面,整张桌子都在颤动,震得杯碟乒乓作响。

看到周围的人纷纷将目光投向我们,崔浩眉头紧皱,十分窘迫地小声对我说道:"你就不能小点儿声吗?你永远都是这样我行我素,我跟你说过多少次了,我不喜欢你这样不分场合的任性,可是你从来没有听过,从来没有……"

眼泪顺着我的脸颊滴落在茶杯里,激起的波纹转瞬即逝,仿佛那泪水本来就是它的一部分。

我伸手去抓崔浩的手,他却使劲抽了出来,将手藏到桌子下面。

"蓝夕,是我对不起你,你也不要去怪美美。我们其实在一起已经有一段时间了,你应该看得出来这段时间我没有经常找你。美美总说希望找个合适的时间跟你说清楚，她不知道如何才能将带给你的伤害减到最低，其实她也很怕失去你这个朋友，但是她知道你们也许永远都无法做朋友了，因此她只是希望你能够早点儿好起来。"崔浩语气平缓，说这些的时候一会儿看看窗外，一会儿看看我。他看窗外是因为不敢直视我，他看我是想告诉我他说的都是事实。

"美美，美美，美美……你叫得很亲热嘛，什么都是她说的，你现在这么听她的话？是的，这只能怪我自己，怪我太单纯太傻，我竟然从来没有发现你们之间有问题，难怪她总是时不时要请我们两个吃饭、看电影、唱KTV，原来那个当电灯泡的人是我！"我的声音充满了醋意和愤恨。其实平时崔浩也是喊她美美，可是在今天听来，这称呼却让我觉得如此刺耳。

突然，我看到了崔浩手腕上那块崭新的天梭表。银灰色表带搭配纯黑表盘，大气又尊贵，十分符合他的气质。

这块表我曾经在网上见过，这是他非常喜欢的一款手表。但是家庭都不富裕的我们，也许要攒很久的生活费才能买下这样一块将近2000元的手表。那时他笑着对我说，看看就行了，要是真买了，恐怕还舍不得戴。

其实我已经悄悄地省下了几个月的饭钱，加上当家教挣来的薪水，准备在12月份他生日的时候给他一个惊喜。如果到时钱实在凑不够，我就去找尹白扬要，虽然我非常不情愿那样做。

然而，现在，这一切都没必要了。周美美很轻易地就让他得到了梦寐以求的东西。

我盯着他的手表发呆，突然冷笑一声，说道："你不是说这块表买了也舍不得戴么？看来不是自己的钱，怎么戴也不会心疼。"我知道他买不起这块表，于是尽全力竖起全身的刺，哪怕跟他两败俱伤。

那时的我们,
是最温暖的存在

崔浩用极度幽怨的眼神看了我一眼,冷冷地说道:"这就是你一贯的防备状态,蓝夕,当别人伤害到你时,你会不顾一切地反击,不管自己是否会受伤。你永远都觉得是别人的错,你永远都觉得自己是受害者,可是你是否审视过自己的行为?我喜欢上美美是因为她比你善解人意,比你更能理解我。她不会不顾场合地跟我大吵大闹,她会安静地倾听我的烦恼。可是你呢?你太自我了,跟你在一起我很累。虽然我几乎每天都可以听到你对琐事不满的唠叨,但是其实我根本不了解你的内心,又或许是你不愿意让我去了解。没错,这块手表是美美送我的,我没钱,我买不起。可是我只是无意中跟她提起过这块表,她就牢牢记住并且买了送我。蓝夕,你呢?你什么时候对我这么用心过?"

我对着崔浩微笑,但口中咸咸的苦涩味提醒我,原来自己还是在哭着。看来尹白扬说得是对的,我就是一个什么都会搞砸的娇气包。

我没有告诉他,为了给他一个生日的惊喜,我辛辛苦苦地攒钱;也没有告诉他,其实我很爱他,很爱很爱。也许以前我是做错了,但是现在我不想道歉。对于一段已经背叛的感情,道歉只会让我丧失最后的一点儿自尊。

一切都是借口。如果他真的爱我,为什么不肯给我一个改正的机会就急忙投入另一段纠葛?美美可以给他很多,他可以不用再勤工助学,可以每天潇洒地度日,毕业之后甚至可以留沪,因为美美的爸爸完全可以给他安排一个不错的工作。

而我,将继续走失在这深秋的上海,孤独而飘零。

（四）

在接下来的一个月，我跟崔浩和周美美形同陌路。

我把周美美放在我这里的细软整理出来放进一个包里，又把崔浩送我的东西统统清理出来也塞了进去。我环顾床和书桌，查看是否有漏网之鱼，突然发现了枕头旁边那双淡蓝色的手套。

我将手套塞进包里，站着发了一会儿愣，然后又将手套掏了出来，丢进抽屉。

那是崔浩送我的第一件礼物。以往我每年都要冻手，一到寒冬来袭，两只手就会肿得像十根火腿肠插在两块面包上，严重时还会流脓水，苦不堪言。刚和崔浩在一起时，他会带着心疼的表情，小心翼翼地用他的双手把我的手收于掌心，然后将眼睛笑得弯弯地看向我，嘴巴却忙着往他两手合拢形成的温暖堡垒里哈气。我于是歪头看他，笑得甜蜜柔媚。

我们一起过第一个圣诞节时，我收到了这份礼物。这双淡蓝色的手套，是用细细的掺杂兔毛的毛线编织的，没有任何的花样，只是很普通的样式，但是却让我的双手温暖安稳地度过了那个冬天。

今年的冬天一定比以往更冷，早在立冬就已经可以深切感受到即将到来的冬季那凛冽的宣言。我没有预留再买一双手套的钱，所以我决定还是留着它，就当是他对我的亏欠。

我趁周美美不在寝室的时候，把包放到她床上。

她寝室的女孩们也许听说了这件事，都对我投来复杂的眼神。我强作镇定地对她们说："这是美美的东西，我帮她拿过来。"然后极其

尴尬地一笑，快步走了出去。

乡下家中的雨水比较多，小时候我喜欢独自坐在高高的门槛上，双手托着下巴观赏大雨冲洗地面的情景。街上的人们有时会被骤然的阵雨赶得四处奔跑，看到惊慌无措的人们，我会觉得屋檐下的自己十分幸运和安全，浑身都被温暖包围。

等慢慢长大，我发觉淅沥的雨水可以让我沉静，聆听雨声能够让我心无杂念。甚至当我烦躁或者茫然时，只要走进雨里便会觉得安全，那是一种家的感觉，一种内心的平安。

当我心情不好，老天却又艳阳高照时，我会打开寝室所有的水龙头，自己制造足以包围全身的宁静。为了不浪费水，我便在让自己感觉安全的水流声中疯狂地洗衣服，一件接着一件，直到窗外的晾衣竿上密密麻麻。

我失恋的后遗症，便是开始自虐般地上网。昼夜颠倒，整日与泡面为伍。室友出门自修时我上床蒙头大睡，她们回来洗漱休息时我则端坐在电脑前岿然不动。我进公共聊天室和看得不爽的人对骂，进每个QQ好友的空间留言、浇花，玩极度弱智的网络游戏，在自己的博客写莫明其妙的话……

我也不知道为何要这样折磨自己，然而突然有一天，恍若电光火石间迸发出的一个念头，让我自己都感到可怕——我还在等着崔浩的施舍，我渴望某天他会发现已经形容枯槁的我，然后大发善心地垂怜于我。我在这样一个自己编织的梦中久久徘徊，仿佛始终不肯喝下孟婆汤的死灵，游荡在奈何桥边，苦苦拉扯着自己曾经赖以生存的回忆。

这种生不如死的生活一直持续到我在网上遇到左——那个也许改变了我一生的男孩。

我不是个相信命运的人，可是也许从那天起，我跟左的生活之线

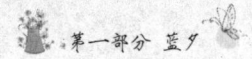

便纠结在了一起,终究难以分割。如果真有前世今生、因果轮回,那我只愿来世化作一双翅膀,包裹左,给他温暖,支撑左,助他飞翔。

第二章 向左走，向右走

（一）

崔浩是个内敛细腻的人，他喜欢写伤感深邃的文字，整个QQ空间充满潮湿的气息，仿佛太阳也无法晒干。我以前总是嘲笑他，说他的空间适合生长苔藓和菌类植物，可是我忘了告诉他，这也是他吸引我的原因之一。

尽管已经分手数月，我还是不能自控地每天十几次地去点击他的QQ头像，看他的个性签名和空间是否有更新。

然后，我会像一个忠诚的追随者，按照他的心情变化自己的状态。他心情若是很好，我会嫉妒他是否跟美美又更加亲近了一步；他说MISS，我会想象他是否在怀恋我们过去的缠绵；他感觉悲伤，我则会有点儿开心，想他是否跟美美闹了别扭，他是否会想起我的好我的乖？

某天，当我又在机械地看他空间的文字时，屏幕右下角的QQ消息小喇叭突然闪烁起来，仿佛在提示我今天的非比寻常。

虽然我在这段时间会四处去逛聊天室，但是我的QQ空间仍旧只是对好友才开放。那里有很多我跟崔浩的回忆——有我们的相片，有他给我的留言，有我记录下的每一次跟他开心或吵架的经历……我挣扎多日，终难以删除。

人是很奇怪的动物，有时甚至可以靠汲取回忆为生。我当初意气

用事,将崔浩送我的东西全部扔给了美美,现在却痛彻心扉地后悔起来——想着人虽然不在,至少还有东西可以拿来缅怀。可是我却忘了,心若不在,回忆只能是腐蚀自己灵魂的毒药。曾经的爱人送你的那些礼物,只会让自己更深地体会物是人非的惨淡而已。

本来已经习惯性地对要加我QQ的陌生人进行拒绝,然而那天我却破天荒地点了"通过验证"。

"你好,你也喜欢几米的《地下铁》吗?"

是的,我喜欢,因为崔浩很喜欢几米,所以我也喜欢。又因为他最喜欢几米的《地下铁》,所以我的QQ名字是"地铁"。

(二)

他的QQ名和空间的名字都是"左岸"。

黑色背景的空间里仿佛在开一个盛大的Party。到处流动着Lomo风格的图片,整片的火星文以大小不一的字体幻化出一个忧伤暧昧的氛围,滴血的玫瑰、破烂的球鞋、诡异狰狞的双瞳……我不禁哑然失笑,这个1990年出生的恐怕还没满16岁的小男孩,跟他的同龄人一样,用带着非主流元素的颜料将自己一点一点粉刷包裹起来,喜欢跟郭敬明一样以45度角仰望天空,喜欢在许飞的吉他声中忘我地飞翔。

我是1985年出生的,于是时常站在80后人群的中间地带前后眺望。我喜欢自由,偶尔叛逆,懂得享受生活,也明白现实的残酷。我喜欢对着手机自拍,有时也鼓起腮帮子装装可爱,还曾经极度迷恋《幻城》和《梦里花落知多少》,冒着被同龄人鄙视的危险偷偷关注超女的动态。

自从看到"左岸"这个名字,我便一厢情愿地叫他"左",不再更改,尽管后来我知道了他的真名叫杨乐。他则喜欢"蓝夕""蓝夕"地叫我,有时也叫我"蓝姐",那一般是在我生气的时候。他会充分利用5岁年龄差距带给他的特权,像个孩子般扯住我的衣角,轻声细语地叫我舒展眉头笑一笑。

左疯狂地喜欢几米,他空间里大部分的日志都与几米有关。从最早期的《森林里的秘密》《微笑的鱼》,到当时比较新的《又寂寞又美好》《履历表》,几乎都可以在左的空间里找到标志性的记号。

左最喜欢的是《向左走,向右走》,他用孩子般的心忠诚地膜拜纯洁的爱情。他相信真爱值得等待,只要内心始终对爱情执着,无论向左还是向右,最终都会在圆的另一边碰头。

我常喜欢用一个长者的身份去训诫左的言行,可是对于他的爱情观,我却不能拿我这个年龄该有的成熟去判断。

我爱崔浩。不管他是抛弃了我,或者欺骗了我,我还是爱他;不管他是误会了我,或者心狠到不给我改正的机会,我仍旧不能自控地想他。如果我能控制,那我会选择抹去记忆。可是,如果我能控制,那还是爱情吗?

爱情总是美好而脆弱,仿佛一个不食人间烟火的孩童,一旦沾染上世俗的灰尘,便会病恹恹地无力表现应有的可爱纯真,然而当他努力地成长起来,身体强壮得足以应付世事变幻时,却发现自己再也难以重拾曾经不谙世事的单纯。这就是我们的爱情,经历了沧海桑田之后,回首时却发现原来早已偏离了轨道。

左才刚刚经历了十几载的光阴,青春才刚刚开始绽放,他的爱情仍旧不食人间烟火地隐居在他繁花似锦的心灵之谷深处,而我不久前刚被爱情绊了一跤,揉了揉自己摔疼的膝盖,爬起来准备继续摸着回

忆的藤蔓前行，满身伤痛的我坚信终有一天曙光会重新照耀自己。

左说："蓝夕，其实我们很像。"

（三）

最开始我跟左的对话总是围绕着我的故事。

我的大脑其实已经麻木，可是手指却异常灵活，在接触键盘的那一霎，仿佛所有的文字跟手指都预先排练过，驾轻就熟地将我的喜怒哀乐变成一串符号充盈在对话框中。

我像祥林嫂一样，一遍遍将我的新伤旧痛翻箱倒柜地挑拣出来，呈现在左的面前，不管是怜悯也好，不屑也罢，也许我只是需要一个忠实的倾听者。

可是后来我发现，我说得最多的竟是我跟崔浩在一起时的甜蜜时光。从火车上的初识，到我们为期一年的暧昧，再到明确关系后的热恋。那一点一滴的细节仿佛都蕴藏着巨大的力量，每说一次都可以让我感觉如沐春光。

那时崔浩对我除了包容便是体贴。我是一个任性的人，一旦他不按我的要求去做便会大发雷霆。而他总是等我平静后，眼神爱怜地摸摸我的头，帮我把挡住脸颊的头发捋到耳后，然后默默地牵起我的手，让我从未察觉到自己的无理和蛮横。

可是，这些是从什么时候开始改变的呢？在跟左聊天的时候，我听着自己噼啪敲键盘的声音，突然明白了一个道理——在我们相处的3年里，正是因为我并没有任何改变，所以他变了。我一直懵懂地站在原地，把玩着我以为取之不尽，用之不竭的爱情。而崔浩却已经收拾整理好自己的情感行囊，渐行渐远。

　　我没有给他他想要的，包括那块天梭手表，和对他的理解。他也许一直在等我长大，可是我始终活在自己的茧中，拒绝时间带给我应有的变化，我不想咬破这束缚自己的茧壳，因为那样的包裹让我感觉安全。蜕变需要的是时间，同时还有可以承担痛苦的决心。

　　崔浩一直站在我的茧边徘徊，最终他还是放弃了，因为他看不到我身上的任何改变，甚至看不到我的一丁点儿努力。可是等他离开了，我才想起要摸摸身后羸弱的翅膀，我才在茧中哭泣着叫他再多给我一次机会。

　　也许在他眼中，我终是成长失败无法破茧的飞蛾。可是他没想到，爱情本身就是一个奇迹，连我都能感觉到自己成蝶的迫切渴望。我对他的思念和歉意就像营养充沛的汁液，每日支撑着自己成长，我只需要再多用一点儿力，再多花一点儿时间就可以撕裂这已经无法继续给予我能量的茧壳。重生的疼痛将在阳光刺伤我双眼的时候，伴随着身后的美丽双翅幻化为成熟的喜悦。崔浩，那时你还愿意看看我吗？看我舞动双翅，不再害怕阳光，自由飞翔。

　　"蓝夕，你怎么了？怎么不说话？"

　　左发来的QQ消息让我从发呆中惊醒过来。我用手背擦了擦脸上的冰凉，对他打过去一个可爱的笑脸，"没事，只是突然想到一个人和一些事。"

　　"蓝夕，我知道你不会轻易放弃的。他只是把你弄丢了，你们现在刚好走在圆的两边，最终你们会在另一端碰头的。好好照顾自己，我要去上课了，以后再聊。记得要常常更新日志哦，不然我下次没得看啦。

　　对于这样一个中午不吃饭，省下时间坐车20分钟到最近的网吧，专门来跟我聊天的孩子，我除了疼惜还能说什么呢？

有些事情也许是我们想得太复杂，我们害怕在认识的人面前袒露自己的恶和丑，却可以跟一个陌生人聊得海阔天空，把自己内心最深处不为人知，甚至自己都不了解的情愁跟屏幕后面的那个人分享，只是因为我们觉得这样安全。可是对左来说，他只是单纯地喜欢跟我聊天，喜欢跟随我的执着，于是不遗余力地跟我联系，揣摩我的心情。

可是我呢，究竟是只把他当成一个倾诉的树洞，还是已经依赖上了他的关心？那个时候的我，满心满眼只有崔浩。而等我回首之时，发现自己得到的竟还是无穷无尽的懊悔而已。

我们总是在不断地错过一些人和一些事，当你驻足伸手想抓住他们的时候，却发现那不过只是时间留下的一片片幻影而已。

（四）

广告设计是个很让人头痛的专业，也可能只是我们专业的老师让人头痛，他们布置的铺天盖地的作业，让我不得不整日对着电脑，让辐射逐日侵蚀我原本光滑的脸庞。

大三时我从一个学姐那里得到兼职的途径，逐渐开始尝试接一些企业的商标设计工作。薪酬很少，但是毕竟可以为以后毕业找工作增加一些实战经验。

同时，我也想在有限的时间里多攒点儿钱，在崔浩即将到来的生日那天送他一份礼物。之前由于我跟他和美美的决裂，原先的攒钱计划暂时停止，可是当我千辛万苦地拖着遍体鳞伤的身体走出这巨大的阴影时，我只想再努力争取一个机会，一个让崔浩另眼相看的机会。

自暴自弃和自我修整已经花去了我太多时间，原计划的攒钱速度严重滞后，这必然无法按期完成我给他买生日礼物的目标。于是我只有在做家教的同时，去接设计商标这种自己力所能及的简单工作。在某些时候，我甚至觉得这份生日礼物是我唯一的转机，是黑暗吞噬光明前那最后一点儿爱的希望。

我看上的是一款价格不菲的 GUCCI 男式皮夹，比他手上那款天梭手表还要昂贵——是比美美送他的那个"定情信物"价格更高。这个尚未化作现实的计划，使我觉得自己像是从长期潮湿的环境里走到空旷明朗之处，尽情曝晒在太阳下一样舒服。

我始终觉得那块手表是让崔浩离开我的原因之一，它就像一根长长的刺，刺破我的皮肤，扎穿我的血肉，穿透我的骨骼，一直深入到我的心脏，让我疼痛难忍。如果不拔出来，那血液就会随着我的呼吸喷薄，永远无法凝固。

作业、设计商标、家教，在这长时间连轴转的紧张忙碌中，唯一能让我感到舒心的就是在自己的记账小本上又加上一笔入账的记录。

眼看距离崔浩的生日只剩一个星期，我盯着自己记账本上的数字看了又看，终于还是起身穿上厚厚的外套，走向楼下的公共电话亭。

"喂，妈妈，是我。"

"哦，蓝夕啊，今天我跟你爸还说你怎么这么长时间没打电话回家呢，最近好不好啊？上海是不是很冷，要不要给你寄点厚衣服过去？平时要多注意身体，别太省……"

"妈，我挺好的，哥在不？"

"你哥啊，好像又不知道上哪里转去了，最近经常不着家。唉，最近你哥的工作出了点儿问题，本来武汉那家公司已经说好叫你哥一毕业就去上班的，谁知那个职位置被公司领导的一个亲戚占用了。而且你哥最近又正跟他那个女朋友闹别扭……唉，总之他现在每天都心烦

意乱，我跟你爸的话他又听不进去，你爸随便说他两句就能吵起来。蓝夕啊，你要是有空也劝劝你哥，你们年轻人也许比我们大人好沟通。"

"……哦，好的，我知道了。妈，那你和爸多保重身体，我先挂了。"

"要不要叫你哥回来回你电话？"

"不，不用了，也没什么事情。我是用楼下公用电话打的，寝室电话坏了……外面很冷，那我先回去了。"

我挂上电话，用力地将厚重的棉衣又往身上裹了裹，尽量赶出棉衣和身体之间的冷空气，好让快冻僵的自己暖和一点。这时几个穿着短裙长靴、在寒风中裸露一截美腿的女孩走过我的身边，其中一个扭头看了看形象臃肿、头发被风吹得凌乱飞扬的我，便跟其他几个女孩说了些什么，随即几人一起大笑起来。

我面无表情，心底飘过一丝自嘲的冷笑。我想我永远也学不会上海女孩那样，在寒冬里穿得如此单薄，还可以若无其事地谈笑风生。我的抗冻能力始终很低下，一如我那低下的恢复能力——有时一个小小的伤口都会愈合很久，结痂之后还会留下一道暗红的疤痕，很是明显。

我寝室的电话并没有坏，我只是不知道自己低声下气去求尹白扬借钱给我的时候，会不会又不能自控地说出什么过激言语。虽然在别人看来找自己哥哥借钱是天经地义的事情，可是我从来没有求过他。我不愿意在他面前表现得软弱，我不愿意承认我什么也干不好，到最后只能寻求别人的帮助。

从小我们兄妹怄气，都是以我大哭，爸妈对他大吼，再三教训他当哥哥的应该让着妹妹而宣告结束。也许在尹白扬眼里，我就是一个满脸鼻涕眼泪，只会寻求爸妈帮助永远长不大的小破孩儿。正如他给我最深的印象是眼睛永远瞟向左上角，嘴里十分不服气地吐出："妹，我错了！"几个恶狠狠的字，然后一脸憋屈玩世不恭地跺着脚、抖着腿的模样。

若非在爸妈面前情非得已，又或者是在自己最脆弱无助的时候，就像第一次来上学他送我上火车那种境况，其实我平时是很少叫他哥哥的，一般就直呼其名，有时甚至省略。

给他打电话前我酝酿了许久，为了崔浩我宁愿放下自己这可笑而固执的自尊。然而这个电话的落空却让我觉得释然，我回到寝室又翻了翻那本记账簿，深吸了一口气，然后决绝地把它锁进了抽屉。

第三章 无声的电话

（一）

窗外阳光明媚，但是寝室里依旧让人感觉寒冷。冬天的上海跟湖北家里的温度其实不相上下，但是我却觉得无法忍受。尤其是这年提早报到的冬季，让人感觉真的比以往更加凛冽刺骨，也可能是独自一人的这几个月里，我突然丧失了原本就很微弱的抗寒能力。

双手裸露在冰冷的空气里，已经感觉僵硬，我用左手手心温暖了一下握了一上午鼠标的右手，顿时一股凉意蹿遍全身，不禁打了一个冷战。突然桌上手机短信声响起，我不觉嘴角上扬，这么准时的短信除了左别无他人。

"该去吃饭了，不要泡面，对自己好一点儿。"

我回过去一个笑脸，然后舒展了一下筋骨。将奋斗了一上午的作业进行保存，乖乖地跟寝室女孩们一起到食堂去吃饭，过一个正常女大学生应有的生活。为了左，我要拒绝一切非正常的习惯。

随着跟左聊天记录的增加，我跟他也越来越亲密。他给我一种前所未有的亲切感和安全感，如果非要把这种感情归类，对我而言，至少在那个时候是一种超越普通朋友的温暖友情。

左每天雷打不动地给我发4条短信，前3条是叮嘱我要按时吃三餐，最后一条是提醒我睡觉前关机，要把手机放在远离脑袋的地方。

他还专门用手机订了上海天气预报的短信,如果第二天阴雨或者太阳太大,他一定会在前一天提醒我出门带伞挡雨或遮阳。

左知道我的毛病——心情不好时喜欢淋雨。刚跟崔浩分手的那段时间里,我没少让自己变成落汤鸡,经常在旁人伞下那惊讶的目光中从容地行走于校园各处。

因为左的提醒,我开始慢慢从之前非正常的生活中挣脱。不知道是年龄的差距让我对他总是纵容,还是我从崔浩留给我的伤疤里学会了包容,总之我对左的要求总是尽量满足,而且这些要求都是为了我好。

顺从之后便是依赖,我将他的短信作为我作息时间的闹钟。如果哪次他没有发短信来催促我吃饭,也许那天我真的会没有胃口;如果哪次他没有提醒我带伞,也许第二天我会任由自己被淋湿或者暴晒。如果没有如果,左在他身体健康的每一天,都会极其准时地提醒我做好这些功课,而我也只是感觉满足。

左是我见过的最善良的孩子,也是我见过的最让人心疼的孩子。虽然他总是与我争辩他是否已经成年,但是在我眼中那个年纪的青春真的娇嫩得无法触碰。可能是因为左经历了很多同龄的孩子所无法想象的事情,他那不合年龄的成熟时常让我感觉心酸,他对爱情的渴望也时常让我为之动容。

(二)

左的家里相当有钱,有钱到我以为那种家庭只是在电视上才能看到。然而有钱人家庭里那种亲情的冷漠也同电视上如出一辙。

左的父母在他很小时便离异了,跟他最亲的人是每天接送他上下学的司机。司机是个寡言少语的男子，大左将近10岁，其父曾是左父亲公司的一名老员工。虽然他没有上过大学，甚至高中就已经辍学，但是这份司机的工作却足以让他拿到比那些刚毕业的大学生高得多的薪水。

这个男子可以说是看着左从一个整日依赖玩具肆意哭闹的孩童，长成如今跟他一样身高早熟叛逆的翩翩少年，他正是在左这个年纪成为了左父亲的司机。然而没过多久，左的父母便因为种种缘由协议离婚，各自高傲地收拾行李离开，留下了年幼懵懂的左，以及那一千平米可以听到回声的大房子和左父亲的司机。

司机除了做好自己的本职工作，其余时间就像大哥哥一样，陪着左吃饭，跟左一起打游戏，甚至帮左传递情书。如果司机有事，左就一个人混沌度日，饿了就出去吃拉面，实在懒得动时就用开水泡面外加几块饼干。因为这个家里没有人会做饭，因为这个家里只有左一个人。

左跟我说这些的时候，永远只是淡淡地描述，仿佛是在说别人的故事，并且他一点也不同情那个人。我问他是否会思念父母，他想也不想便否认了，说自己一个人很好不需要他们。我的心不由得开始疼惜，左这样的孩子究竟被包裹了如何坚硬的外壳，才可以做到如此地波澜不惊，甚至冷漠。也许这壳已经跟他的血肉融为一体，若要剥落便会血流如注，钻心疼痛。所以他反射性地自我保护，他相信只有自我保护才是最安全的。

崔浩过生日那天我告诉左："崔浩今天过生日，我准备了一份礼物给他，希望能让他感动。"左说："那你就好好把握这次机会，祝你们的感情能有转机。"我本来准备发个笑脸过去，谁知左立刻又发来一句"真羡慕他……"

我的手停在半空，思忖片刻才落回键盘，敲过去我的回答："傻孩子，这有什么好羡慕的。以后你过生日的时候我也送你一份礼物，好不好？

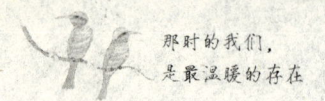

但是我现在要出门了,约了他单独见面,我不想当着美美的面送他礼物。你也别整天窝在家里玩电脑了,多出去运动一下,身体要晒晒太阳。"

左立即回复一张夸张的笑脸:"真的吗,真的吗?你真的也会送我礼物吗?"

左一向对于我对他的重视程度感到怀疑,比如当初他告诉我自己的真名叫杨乐,然后千叮咛万嘱咐叫我不要忘记,甚至第二天发短信来询问我是否还记得。对于如此的孩子气,我开始只是觉得可笑和可爱,可是后来我才知道,自己是在如何无知任性地浪费这份纯真。

我发给左一个使劲点头的表情,然后同他告别,关上了 QQ。可同时关掉的还有我顺口说出的约定,也许后来还有一颗苦苦期盼的心。

(三)

我拿着要送给崔浩的生日礼物,忐忑地走向跟他约好的地点。

电话接通的一霎,我那原以为已经凝固的血液突然加快了循环,一下下冲击着心房,我只会也只能拿着电话不断咽着口水,持续沉默。

几个月的时间转眼流逝,我竟忘记了如何与他说话。虽然我不记得自己曾多少次在梦中再次牵起他的手,一脸阳光地走在校园里。只是我们从未说话,我生怕一开口梦就醒了,哪怕有时我甚至清醒到知道自己是在做梦,却仍旧继续拉着他往前奔跑,忘我地大笑。

现在我好不容易鼓起勇气拨通了他的电话,自己却哑然。我应该问,你最近好吗?还是问,你还记得我吗?

"蓝夕,蓝夕,是你吧?怎么不说话?"

"嗯。那个……你明天过生日吧,我有个礼物想送给你。你明天方便来拿一下吗?"

"哦,好的,什么时候,去哪里拿?"

听到他的应允,我长舒了一口气,我真的十分感谢他没有叫我把礼物拿给美美转交于他。可是关于地点,我嘲笑自己之前竟然从没想过这个问题。

"明天上午 10 点,物理楼后面的石桌那儿。"我不假思索脱口而出地回答让自己都感觉惊讶。但是那里真的是带给我太多回忆的地方,确切地说,是见证着我们爱情一路走来的地方。我们一起趴在石桌上自习,我们带着各自家乡的零食在石桌上共享,我坐在他的腿上跟他缠绵,他摸索我的长发撷去我的初吻。一切都仿佛在昨天发生,转眼之间却已经沧海桑田。

"是老地方吧?"崔浩看似随意的一问,却连我都能感觉到电话那头有些尴尬。老地方?这个词对过去的我们来说就像呼吸一样自然,而此时此刻却显得无比暧昧。我们的关系现在只是停留在互相认识的普通朋友,也许曾经熟悉过,但那熟悉的感觉却正被竭力抹煞。

"嗯。对。那先这样吧,明天见。"我抑制住强烈的心跳挂上电话,看着桌上自己精心准备的礼物,顿时觉得心里一阵轻松。

一夜未眠。

我走在如故的小道上,却体验着不一样的心情。我紧紧攥住礼物包装袋的手已经沁出汗来,那个立在石桌旁逐渐清晰的熟悉身影,让我的心驿动不已。

有时两个相爱的人相处久了,就会产生所谓的审美疲劳,我和崔浩也不例外。我可能已经很久没有仔细看过他了吧,上次近距离地看他还是在情侣茶馆跟他谈分手,激动的情绪和愤恨的怨念让我只想对他大吼大叫,甚至近在咫尺我都无法很清晰地看到他的脸。可是今天——在冷静了数月之后相见,这难得的独处让我花了很长时间决定

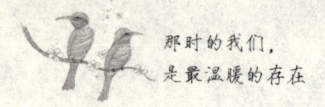

自己要穿哪件衣服赴约,也让我放肆地重新欣赏眼前这个曾经和我爱得死去活来的男人。

他还是拥有着足以迷倒我千百次的干净清爽和儒雅沉稳。看着我慢慢走近,他眉头略有纠结,嘴角浮现若有似无的笑意。

"等很久了吗?"

"不,我也刚到。"

"哦……这个,送给你,生日快乐。"我居然像刚跟他谈恋爱时那般心如鹿撞,慌乱地扯了扯衣角,低头看到自己手中的礼物,便马上递了出去。

崔浩接过袋子打开一看,先是一愣,随即笑着说道:"这是你织的?"

我点头,有些不好意思地说道:"是不是有点难看?因为时间太仓促了,我熬了几个通宵才织好。因为是很久之前我妈妈教我的,光回忆就花了不少时间,但是真的很暖和的。你如果觉得丑,不要穿出去就好,在寝室的时候可以穿着学习或者玩电脑,应该就不会像以前那么容易感冒了。"

我说这些话的时候,手放在口袋里,时不时踮踮脚,眼神四处乱瞟,我以前似乎真的没有说过这么顺从乖巧的话,自己都感觉有点不习惯。

"蓝夕……"崔浩突然叫我,深情款款。我定睛看他,差点儿以为时光要倒流。

"谢谢你,没想到你还会织袜子。呵呵,虽然真是有些丑,但是我想我这个冬天应该会很暖和。"崔浩理智地将他那一腔感动憋了回去,令我感觉犹如已经满心欢喜地张开双臂准备迎接拥抱,对方却突然发现认错了人。

"呵呵,别这么客气,你喜欢就好。"我将目光收回,脖子缩进衣领,继续前后踮着我的脚。

"晚上我请了几个同学一起吃饭、唱歌,你来吗?"崔浩投来询问的目光，我不知道他这是出于礼貌还是真心期盼。为了表示诚意，他又补充了具体的时间和地点。

"我看我的时间吧，要是我有空就去。"我扬起头回他一个微笑，十分客气地同他道别，然后转身离开。美美也去吗？肯定去，这是显然的。

我的 GUCCI 皮夹计划最终以不能按期凑足资金而泡汤，在给尹白扬的电话落空之后，我却猛然发现了自己以前可笑的幼稚——我本来就不具备给崔浩买一份昂贵礼物的身家，就算绞尽脑汁买下那款钱包，也不过是昙花一现。我现在能给他最昂贵的东西就是我的心，那颗火热滚烫为他万死不辞的心。

我在仅剩的一个星期里，从同寝室女孩兴致勃勃地给其男友织围巾的行动中找到了灵感。以前入冬前母亲会给我们家每个人都织一双毛线袜，冬天穿着十分暖和。于是我去买了毛线和棒针，一边回忆母亲当时的教导一边摸索着织。

那是一双淡蓝色的袜子，跟我的手套颜色很像，一样没有任何修饰，一样简单大方，一样倾注着许多爱意，唯一多出的是我编织进去的眼泪和梦想。

（四）

那天晚上，我还是鬼使神差地走进了崔浩请客的那家 KTV，但是我没有进包间，只是隔着门上的玻璃偷偷朝里面望去。

当时包间的灯已经关掉，一群同学帮他点好了蛋糕上的蜡烛，然后一起拍手唱生日歌。崔浩一脸灿烂，双手合十虔诚地许愿。他俊朗的脸在摇曳的烛光里显得亦真亦幻。

　　我不知不觉也双手合十放在胸前，这是我的习惯。以前每次给他过生日的时候，我都会跟他一起许愿，然后两人嬉笑打闹着互相盘问对方许的什么愿。他总是不告诉我他的最后一个愿望，只是神秘兮兮地搂着我坏笑，然后对我说，要是把这个愿望说破就不灵了。于是到今天我仍旧无法知道那个愿望究竟是什么。

　　正当我还沉浸在回忆中，一阵喧闹将我拉回了现实，循声望去，只见包间内已经恢复了光明，一帮同学正拍手起哄要崔浩说出许的愿。

　　崔浩跟以前一样毫不犹豫地说出了前两个，可最后一个怎么都不肯说。美美在一旁拽着崔浩的手撒娇，也要他说出第三个愿望，崔浩终于经不住美美可怜巴巴的再三央求，俯身凑到美美的耳边对她说了些什么。

　　美美正听得仔细，这时两旁的同学交换了下眼色，一起猛地将他们往对方的方向推去，于是耳语立刻变成了亲吻。在周围人的起哄下，美美也娇羞地搂着崔浩的脖子甜甜地回亲了他的脸，然后不好意思地想要撤离。崔浩遮掩不住满眼的幸福，搂着美美傻笑。

　　一个从洗手间出来的人经过我的面前，夸张地甩着手上的水，有些水滴甩到我的脸上。我下意识地一摸，却发现哪里只是几滴水，我的整个面颊竟全都湿漉漉的。

　　原来我哭了。

　　包间里的人们正开心地吃着蛋糕，唱着歌曲，没人注意到一个满脸泪水的女子正凄然地站在门外。

　　我在有人从包间里出来前赶紧离开。明明是自己管不住腿，为什么要走到这里来？然后又管不住眼，为什么要看到这一切？最失败的是管不住心，为什么要如此深爱？

　　等眼泪风干之后我回到寝室，麻木地登上QQ。左的头像不住地跳跃。

"左，我回来了。"

"等你很久了，礼物给他了吗？他开心吗？"

"嗯，给了，他……还算比较开心吧。但是我挺不开心的，呵呵。"

"怎么了？"

"我刚才去了他请客唱歌的KTV，看到他和美美……我以为我可以了，但是原来我不可以，真的不可以……左，我觉得我就要死了，现在每呼吸一次心脏都会连带着疼痛，左，我就要死了……"

我终于不能自控地起身冲进卫生间，把门插上，在里面大哭起来。我用手捂住自己的嘴，尽量不让自己哭得太大声，虽然这时候寝室里只有我一个人。

我听到QQ不断在响，一定是左在焦急地问我怎么了，可是我还没有控制好自己的情绪，便没有出去回消息。

过了一会儿，手机又响了起来，我用手背擦了擦脸，深呼吸几下，然后走出卫生间去接电话。

是左的电话，在我的意料之中，却也有些小小的惊奇。因为在这之前他从来没有给我打过电话，手机对于我们仿佛只有短信功能。我也自是不会主动打给他，因为觉得他主动联系我已经成了必然与习惯。

我清了清嗓子，接通电话。

"喂，左，是你吗？"

……

"喂，你说话啊，左，是你吗？"

……

"左，你再不说话我要生气了，这一点儿都不好玩。"

……

我终于忍无可忍挂了电话，然后冲到电脑前点开跟左的对话框。谁知还未等我把气愤编辑好发送出去，就先收到了他的消息。

"蓝夕,对不起,我……无法说话。"

"??"

"我在认识你之前就已经失声了,所以我从来不给你打电话。"

"你是一直就这样,还是?"

"不是的,是有些突然的,那段时间经历了很多事情,然后我就不太讲话,之后就失声了。"

……

"蓝夕,没听到我的声音,你是不是很失望?"

"嗯。"

"我可以去治疗的,只是我之前都不愿意去,我讨厌医院。但是如果你希望,我会去的。"

他打给我的第一个电话,就在我的自言自语中结束了。一刹那我忘记了自己的疼痛,仿佛看到电话那头的左因为无法出声而急得手足无措的模样,心中不禁生出无限怜爱。在他的坚强里,我看到自己的茫然和懦弱。也许我才是个孩子。

左究竟是怎样一个人呢?有钱的左,孤单的左,坚毅的左,纯真的左,叛逆的左,非主流的左,相信真爱的左,为我去医院治疗失声的左……

第四章 四叶草之幸福

（一）

和绝大多数90后的孩子一样，左喜欢非主流的一切。他只买李宁和特步的运动系列，有时也会穿上宽下窄、印着稀奇古怪图案且仿佛随时会垮下来的休闲牛仔裤，再配一件看起来里外有两截长短袖子的T恤。他的头发半长，用很时髦的不规则斜刘海儿遮挡住左侧脸颊，其余头发微微烫过，有些干枯，易于抓出造型。据说他每天都会在镜子前折腾半天，直到弄出一个满意的发型才会出门，不管上学是否会迟到。

当然这是他描述给我听的，我没有他的照片，他说他很少拍照，但是却一直坚持说自己长得很帅。他打了一个耳钉和一个唇钉。唇钉位于他的下嘴唇左边嘴角处，我问他难道不疼么，他却笑着说我老土，不知道这样接吻的感觉有多好。

我大惊小怪地问他怎么才16岁就可以干这些，左则镇静地告诉我在他周围的环境里，16岁还没有性经验都是一件十分可耻的事情，何况是接吻了。而他也曾经因此被同学朋友嘲笑过。

虽然我一直不想说"代沟"这个词，但是有些观念的差异让我明白，自己确实还稳稳地站在80后的圈子里。

左以及那些和他同龄的孩子，也许觉得有些事情只是一个形式，

一种标志,甚至是一份值得炫耀的资本,可是在我看来那却是一个仪式,一种信任,甚至是一份永远珍藏的承诺。

左一直喜欢一个女孩,是他青梅竹马的玩伴。女孩的父亲是左父亲家族企业下属分公司的总经理,女孩的家里也自是相当有钱。

对于左的同学们来说,如果上学要步行或者坐公车,那一定会让人另眼相看,因为这所贵族学校高得令常人咋舌的学费并非是什么人都能承担得起的。一到上学或放学的时间,学校门口停满的那些各式各样的名车早已成为一道奢华得耀眼的风景线。

女孩叫林小琳,跟左一般年纪,不算特别漂亮,但是很可爱,很会打扮,是个很纤瘦的非主流女孩。两人从小玩到大,左总是为了林小琳去跟别的男生打架。林小琳知道左喜欢她,但是她却喜欢别人。

"蓝夕,你知道吗?我都不记得我为了林小琳打过多少次架,我还曾经陪她去见她的网友。她跟我说,要是那人太丑,我就出来冒充她的男朋友,要是她觉得还顺眼,就要我自己打车回家。我对她好得连我自己都感动,但是她还是选择了别人。"

"左,你怎么会跟我一样傻?"

"我喜欢几米,我喜欢《向左走,向右走》,我相信真爱,我早说过我们很像,不是傻,是对爱情执着。"

因为林小琳的选择,左除了失去爱情之外,还失去了一份友情。她的男友是左曾经的好兄弟。

左说:"蓝夕,你还是比我幸福,我还没有来得及欣赏爱情的美丽,它就急着凋谢了。"

（二）

左的手背上有一道细长的深褐色疤痕，看着就像一条扭动身躯的蚯蚓，很恶心，左如是说。

那是林小琳用眉刀亲自在他手背上留下的。当尖尖的刀锋划开左皮肤的时候，他认真地看着林小琳，没有表情，可林小琳却哭了。

"你不要喜欢我，我不喜欢你，你再怎么做我也不会喜欢你，明白吗？"这是林小琳目前为止最后一次跟他说话。左告诉我，当看到林小琳决绝地转身跑开后，他好像流泪了。

"蓝夕，你知道四叶草的故事吗？"

"不知道，你说说。"

"传说中的四叶草是夏娃从天国伊甸园带到大地上的，花语是幸福。这种草学名是苜蓿草，一般只有3片小叶子，叶子的形状像桃心。这种草最特别的地方是，在10万株苜蓿草中，你可能只会发现一株是'四叶草'。因此，找到了四叶草就意味着找到了幸福。三叶草的一叶代表希望，两叶代表付出，三叶代表爱，而稀有的第四片叶子就是幸福。四叶草的意思是即使你付出了，希望了，爱了，也不一定会找到幸福，只有拥有了四叶草才拥有了真正的幸福。"

"很美的传说……"

"这是林小琳以前告诉我的，她就喜欢研究这些东西。不过我真的有四叶草哦，蓝夕，我送给你吧。"

"你哪里来的？"

"一个女孩送我的，她在追我，我现在手机里全部是她的短信。但

是她大我一岁呢,说可以先从做我姐姐开始。呵呵,怎么样,我没骗你吧?我魅力很大的。"

"你喜欢她吗?"

"说不上喜欢,我都不知道她从哪里弄到了我的手机号码,也没见过她几面,但是我又不习惯拒绝别人,所以先这样吧。我把四叶草送给你好不好?我希望你幸福。"

"不要了,幸福不是一棵草能带给我的。"

……

左说那是一个很精致的透明小瓶,一枚绿色的四叶草安静地立在瓶中,瓶底有五彩缤纷的细碎沙粒,轻轻晃动的时候流光溢彩。

其实,我很想要这神奇的四叶草,但是我却对它的来历耿耿于怀。那是喜欢左的女孩送给他的,四叶草里分明包裹着那个女孩的爱意,左却要将这爱意随着四叶草一起转交给我,我无法接受。

我也不知道自己拒绝四叶草是因为女孩的心意被左抹煞对她产生了同情,还是为了这女孩跟左扯不清道不明的关系而感到懊恼,总之,久违的任性倏地蹿了出来,我抖了抖身体,片刻间滑落遍地坚硬的鳞甲。

(三)

四叶草之于我,其实只是一个精神的寄托。至少让我相信这世界上十万个人里面还有一个人会真正幸福,虽然绝大多数的人付出了,希望了,爱了,却未必有好的结果,但是我们都曾经为那十万分之一的幸福努力过,多年之后不至于为自己的中途放弃而后悔神伤,也不至于眼羡别人多姿多彩的青春岁月而暗叹自己的空白无为。

对于崔浩我已努力了，可惜这努力似乎错过了最好的时光。有时候错过一秒就是擦肩一世，我的努力姗姗来迟，崔浩的眼睛里已经住进了另外一个人。

有一首歌唱得很对，《有一种爱叫做放手》，那是否还有另一种爱叫做成全？既然费尽心思都不能得到，那就尝试含着带血的眼泪祝福吧。如果她是他的十万分之一，那我何不在心里为他们呵护这棵四叶草？

我想我可以学着放手，像一个刚学会走路的婴儿，离开别人的手臂，用自己的方式蹒跚行走。也许开始走得踉跄、生涩，但是一定会慢慢变得稳健、成熟。等我再次携起另一只手，我一定会有足够的力气和信心将他抓牢，永不放开。

本来我以为自己已经逐渐忘了疼痛，可以将某些人某些事轻易地尘封。可是当周美美出现在我面前时，往事还是强行在我脑中一幕幕回放，包括我和她的，她和他的，还有我和他的。

"蓝夕，你能放过他吗？"美美走到我的旁边，拉出一张椅子坐下，她声音不大，但是神色凝重，语气中透出强硬和一丝无奈，无论如何这句话都不像询问，倒像是一个命令。

这是我跟他们闹翻之后，我和周美美之间的第一次对话。真的很神奇呢，我们在同一个班上课，寝室隔得也很近，而且都去同一个食堂吃饭，却似乎很少碰面。也许是他们两人刻意躲着我，也许是我故意屏蔽掉他们的行踪，总之，我真的很久没有跟她这样面对面地谈话了。

以前在我寝室，美美总是喜欢拉一张椅子坐到我的旁边，看我上网打游戏或者跟我一起看电影。她是一个猫般乖顺的女子，懂得如何缠住你的胳膊跟你亲昵，懂得在说话时让眼睛一起参与表演。美美长得不算很美，但是她可爱精灵，即使做错了事情也会让你无

法责怪她。我喜欢她的猫性,我甘愿跟她分享我的每一个秘密,包括跟崔浩的点滴。

一个人有可能由于你对某个人周而复始、夜以继日的夸张描述,而在脑海中不断勾画此人,继而爱上此人。因为你描述这个人的时候,是带着强烈的爱意,他的一切都被你渲染得无限美好,毫无瑕疵。在听你描述的人眼中,开始会对你的描述表示怀疑,但当她真正跟那人接触之后,若发觉那人有些地方确实优秀,便可能由抽象虚无的想象变成明目张胆的爱慕。

我从不吝惜夸耀我的爱人和我的朋友,也许正是因为我的口才太好,而让我描述中近乎完美的崔浩和美美互相产生了想象,并且最终变成彼此爱慕。我不禁怀疑我的出现其实只是为了成全他们的爱情,真是惨烈而伟大。

"美美,我们很久没有说话了吧。没想到你来找我,一张口居然还是为了他。"我想到当初美美靠在我肩膀上和我一起看电影时傻笑的情景,恍如隔世。如今这只"猫"已经收起了全部的柔顺,进入高度的警戒状态,她竖起全身的毛,瞪圆了双眼,只差伸出爪子在我的脸上抓出数道血痕。

"蓝夕……"听到我的话,美美的眼神顿时黯淡了下来,"我知道我对不起你,我也知道我们不能做朋友了,但是请你相信,我以前绝对没有想过会这样。跟你做好朋友的日子真的很开心,可是你也知道爱情这个东西不是你我能够控制的,来了就来了,走了就走了,跟崔浩在一起之前我也是下了很大的决心,既然我们已经决定了,那我希望你可以祝福我们。以前我们两个什么东西都是一起分享,可唯独爱情例外,你明白吗?我不能忍受跟别人分享我的爱情,对不起,我真的一丁点儿都忍受不了,所以,请你以后不要再去纠缠崔浩。"美美的眼神在说话间又逐渐闪亮起来，我突然明白我跟她已经永远也回不去了。

"我怎么纠缠他了？是他跟你说的？"我语气平缓，依旧盯着电脑屏幕，不住地挪动鼠标，继续做我的设计作业。

"不用他说，我都看到了，那双毛线袜子，是你送给他的吧？"美美的声音阴冷，让我的心不住地颤动起来，握着鼠标的手不自觉地一抖。

"嗯，是我送的，朋友间送个生日礼物都不可以吗？"我努力让自己的声音听起来正常，我现在能做的只是尽量让这双袜子少沾一点暧昧的情愫。

"不可以。蓝夕，我希望你们以后不要做朋友了，你知道这是不可能的。谁可以跟以前的恋人做朋友？也许有人可以，但是崔浩不可以，他的心太软，处理感情并不果断，我相信你也清楚地知道这点，所以你希望通过做普通朋友来逐渐让他回心转意？蓝夕，我绝对不能容忍这种事情发生，我已经把那双袜子给扔了，你也死了这条心吧。"美美说完起身走了出去，随手带上了门，却并不用力。走廊的风吹得门来回地摆动，吱呀吱呀的声音提醒我这并不是梦境。

我保持着一手握鼠标一手放在键盘上的姿势，看着美美的背影逐渐模糊，我突然问自己，刚才走出去的那个人是谁，她是在跟我说话吗？为什么我觉得自己不认识她呢？至少她的语气对我来说陌生得可怕。

袜子，被她丢了，袜子，被她丢了，袜子，被她丢了……

我猛然间伏到桌上失声痛哭起来。

那时的我们,
是最温暖的存在

(四)

爱情的奇妙就在于,你可以随时从一个当局者变成旁观者,甚至升级成第三者,而且你无权申诉,无处申诉。即使当时会得到旁人的些许同情,也顶多是几束怜悯的目光,顺便充当他人饭后的几句谈资。

爱情里没有对错,只有输赢,并且没人是最后的赢家。因为当你只是专注于输赢的时候,也是爱情准备离开你的时候。可是当爱情走近之时,我们却往往在纠结于之前那场战役的输赢。也许只有错过了才懂得后悔,后悔了才觉得珍贵。

我们总是同时扮演多个角色,在一场剧中被人伤害,而在另一场剧中又伤害着别人,乐此不疲。终当落幕之时,我们才发现这些闹剧的导演不是别人正是自己。于是恐慌烦乱,伸手想去最后抓住点儿什么,打开一看,却只剩满眼的飞灰。

美美为了自己的爱情跟我一刀两断,老死不相往来,她坚贞,没有错;崔浩为了自己的爱情选择他认为正确的人,放弃错误的人,他勇敢,没有错;左说是我太傻太单纯,我只是想挽回我视如珍宝的爱情,我执着,更没有错。

那么这出剧,到底谁错了呢?也许当年崔浩根本不应该出现在武汉开往上海的火车上,而是应该在校园里跟美美偶遇,然后顺理成章地成就一段佳话,而我才应该是那个整日猫在美美寝室,老老实实跟她一起看电影的闺蜜?那样也许就少了这么多的惊心动魄,这出剧里也许就只有幸福没有背叛。

"蓝夕,你能保证如果你跟美美角色调换,你就不会爱上崔浩了吗？人和人之间的缘分不是说斩就斩得断的。即使千山万水，天上人间，该相遇的还是要相遇，该相爱的也还是要相爱，你躲不掉的。"

左总是在我失魂落魄、胡言乱语的时候给我浇上一盆冷水，让我颤抖着清醒。我在想是不是喜欢几米的人都如此头脑冷静、思维清晰，至少崔浩也是这样。以前他总是在我心烦意乱发脾气的时候，拉着我的手，用让我极度安心的语气驱散我心头的不快。

我突然很想听左的声音，如果说喜欢几米的人都有同样的思维方式，那他们是不是都会有一样令人沉醉的声音？

"左，你去医院治疗了吗？进展如何？我什么时候可以听到你的声音？"

网的另一边沉默片刻，我以为他打了很多话，谁知只发来寥寥几个字，"嗯，快了吧。"

我"哦"了一声，觉得不好继续追问。一般左花很长时间却只发来这种模棱两可的简略回答，我便知道他不愿意深谈下去，就像当初我问他父母的情况时一样。

"蓝夕，你要过生日了吧。我正在想送你一件生日礼物，你有没有什么特别想要的东西？"不知左是否故意为了岔开话题，不一会儿他便兴高采烈地聊起了我的生日。

"我……没想到什么特别想要的呢。"想到去年生日崔浩亲手为我做的早餐，当时他紧紧拉着我的手笑得一脸幸福，我的心忍不住又是一阵抽搐。我的生日和崔浩隔得不远，他是12月份，我是1月份，摩羯座的男子和女子。有人曾经告诉我，一旦摩羯和摩羯决定在一起，是拆都拆不开的一对，稳当得很。而现在我只能把这话当作一句笑谈。

"那我就自己决定啦。项链、耳环、香水，这些东西你们女孩子应该都喜欢的吧？你要是不给我建议，我自己买好了，你到时候不准说

不喜欢啊。"

看到左擅作主张地规划起来,我才知道他说这话是认真的,也知道他买东西绝对是只买贵。事实上他也完全有这个资本,他父母拥有的财产足以让他衣食无忧地过完一生,我甚至觉得贵族学校里的孩子上学只是为了消遣娱乐,打发时间。

"不要了,左,那些东西我都不喜欢,你买给我也是浪费。你到时候记得给我发个消息我就开心了。"我不愿意让左为我花钱,我生怕自己收到他礼物的那一刻,手指的触感让我将网络和现实硬生生地接连起来。

左是真实存在的吗?我知道这个问题的可笑,可是我却真的经常独自思考。左隐藏在网络的另一头,我听不到他的声音,也没有见过他的面容,唯一将我们联系起来的就是文字和符号。无论是QQ还是手机,那信息的内容再温情也不过是杯水车薪,片刻感动过后留下的仍旧是无尽的空虚。

你永远不知道那个貌似近在咫尺,实则远在天涯的人什么时候会消失。当他不想见你的时候,只需要关掉QQ和手机,便可以蒸发,不留丝毫痕迹。

我已经脆弱得再也经不起一丁点儿的失去,所以我干脆选择从不拥有。

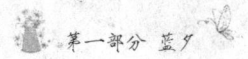

第五章 谁的礼物

（一）

2006年的春节是在1月底，而12月的上海就已经冷得刺骨。这年，崔浩送的那副手套也没能保住我的手指，两只手上都分别生了几处冻疮。外出时不戴手套很冷，戴上了稍微捂热一点儿便感觉奇痒无比。手上的疮终于被我一一抓破，毕竟疼比起痒更能让我接受。

我用羽绒服把自己裹得像个粽子，将脸缩在厚实的围巾里面，只留出一双眼睛窥探这个大千世界的红男绿女。羽绒服上帽子边缘的一圈绒毛让我觉得分外有安全感，除了眼睛我从上到下捂得滴水不漏。

这已经是我的终极抗冻装备，可是在寒风中矗立了将近半个小时，还是冻得我面部麻木，每眨一下眼睛都似乎消耗掉了过多的能量。我颤颤巍巍地掏出手机看了看时间，心里再一次咒骂那个迟到的人。正当我想把手机放回包里时，那个让我等待已久的身影终于出现在了视线里。

"尹白扬，你怎么回事？不是说两点能到我学校门口的吗？现在都快3点了！你手机又不开，等得我快冻死了，又不敢走。"我走上前劈头盖脸地抱怨起来。

"手机没电了，路上还堵车。上海车太多了，红绿灯也多，出租车两步一小停，三步一大停的，你当我想呢，看着那计时器嘟嘟地跳，

我的心都跟着狂跳。"我面前的大个子就像个被人骗了棒棒糖的小孩，嘟嘟囔囔地跟我发起了牢骚，不知到底是在抱怨上海打车太贵，还是告诉我他大老远地跑这一趟来看我根本不是出于自愿。

尹白扬的公司派他到上海来出差，其实是个苦差事，就是帮公司收一笔纠缠了很久的烂账。虽说报销差旅费，可是要是这账收不回去，那报销的事情必定泡汤。

我知道他在公司混得并不如意，他的性格外向，但是脾气太直，说一不二。这种人当朋友可以，但是当下属要是听不懂顶头上司的话外之音，做事不懂得举一反三，那注定就是基层跑腿的命。

这话都是从尹白扬自己嘴里说出来的，他什么都明白，但是他却什么都不肯改。如果说我们兄妹除了长相外还有什么地方一致，那就是这股倔脾气。

"喏，爸妈叫我带给你的。"尹白扬递过来一个大包。

我打开一看，里面净是一些我总在电话里说想吃却在上海买不到的土特产。特别是一种辣酱，只有我家乡用独特的方法才能酿制出来。其实这些土特产本身值不了几个钱，可是当你发觉有些东西有钱也没地方去买的时候，它们便立刻显得弥足珍贵。

我抱着一大包的瓶瓶罐罐站在寒风里，觉得鼻子有些发酸。这时尹白扬又塞给我几百元钱，说道："你下个月过生日，拿这钱去买点儿自己喜欢的东西。上海的新鲜东西多，别出来上了几年学还搞得自己像刚从农村出来的样子，回去了叫别人笑话。"随后他顿了顿，又继续说道："是爸妈叫我给你的。"

"你……你吃饭了吗？"我不知道是否因为冻得太久，说话竟然结巴起来。

"吃了，你快进去吧，我要走了，下午还得赶火车。对了，你们学校到上海火车站怎么坐公交？打车还是太贵了。"他说着掏出纸和笔给我。

我边写边说："我们学校过去比较麻烦，要先坐公交，再转地铁。要是到了公交站你找不到地铁口，就找个交警问一下。"

他点点头，接过纸条细细看了下，发觉我站着没动便催促道："你进去吧，进去吧，我这就走了。"

"我送你去坐公交。"我说罢就自顾自地向前走去。

"别别，不用了，我已经看到了，那边不就是公交站么？"他拉住我，指了指学校门口左侧的一个公交站台。

"不是那个，要去对面坐，不然方向就反了。"我执意要送他到对面去坐车。

"蓝夕……"尹白扬突然叫我，然后叹了口气。虽然很轻，但是我仍旧听得真切。

我转头看他，只见他有些艰难地迈出左脚，右脚却似不能用力，只是蹦跳着轻轻点了一下地，就惹得他龇牙咧嘴差点儿摔倒。

"你怎么了？！"我慌忙上前扶住他。

"骑车上班的时候不小心把腿摔伤了，没什么事。刚才站得太久，现在突然走路有点儿不适应，没事没事，一会儿就好了。"他说得轻松，可是我却分明看到他额上沁出的汗珠。

我俯下身想去掀他的裤管，却被他一把牢牢抓住了胳膊。

尹白扬目光坚定地朝我摇摇头，虽然他在笑，可是我感觉到的却是不可触犯的威严。

我的嗓子好像吞了铅块，说不出话来，于是只好沉默。我想问他受这么重的伤为什么还要来出差，为什么还要来看我，我想把他刚给我的钱还给他，让他打车去火车站，我甚至想送他上火车……然而最

终我什么也没有说,什么也没有问,因为我知道他跟我一样倔强。

在我的再三要求下,他才同意我送他到对面的公交站陪他等车。

我看着尹白扬被冻得通红的鼻头和脸颊,想象他刚才强装正常地朝站在校门口的我走来时,该是忍着多么巨大的疼痛。可是我却不分青红皂白地对他一顿乱吼。原来错的人是我。

是从什么时候开始他真正像一个哥哥了呢?还是我从什么时候开始才真正意识到了呢?

(二)

哥哥走后,我给家里打了电话。在听到妈妈诉说的真相之后,我做了一个决定,一个后来足以让我懊悔一生的决定。

"妈妈,哥哥来看我了,东西我都收到了,我打个电话跟你们说一声,怕你们担心。"我看着桌上一包满满当当的土特产,好不容易平静下来的心又禁不住泛起一阵涟漪。

"啊?白扬那孩子还是去看你了?我都说了他腿不方便,出差住的地方离你学校又远就不要专门过去了的,反正快过年了,你也快从学校回来了。"母亲竟然对尹白扬来看我的事情全不知情,这着实让我大吃一惊。

"妈,你说什么?不是你们叫哥哥来看我,给我带土特产,还给我几百块钱让我过生日么?"其实事实已经很明显,我却仍旧希望得到母亲的再次确认。因为我实在不想承认,尹白扬居然是自觉自愿地拖着伤腿,大老远跑来看我,没有父母之命,只是凭他的兄长之情。

相较之下,我的小肚鸡肠显得是多么可笑。哥哥长大了,他不再是那个执拗地只会跟我对着干，翻着白眼跟我道歉的少年。可我似乎还活在过去的时光里，拒绝成长，拒绝改变。我一向对于改变没有太强的接受能力，就像我的皮肤总是愈合得缓慢，尽管结的痂已经脱落，那皮肤上深红的印记却永远提醒着我曾经所受的伤害。

"本来开始我们是有这个想法，但谁知道你哥出差前打零工扛大米时，不小心从靠在车尾的那块踏板上踩空摔了下来，把腿给摔坏了。你说我们家虽然不富裕，但从小也没让你哥吃过这个苦啊，他本来身体就不好，三天两头生病，却自己傻乎乎地跑去遭那个罪，唉……老头子，你干吗不让我说，我跟蓝夕说说有什么关系。"电话那头传来母亲跟父亲争执的声音，父亲似乎在制止母亲告诉我关于尹白扬的真相。

"他干吗要去打零工？既然受伤了，那干吗还跑出来出差？"我焦急地询问母亲，电话线已经被我揪得缠成了一团，乱得就像我此刻的心情。

"还不是为了你哥那个女朋友，那女孩家里比咱们家条件好得多，她的父母了解我们家的情况后对你哥有点儿意见。这不快过年了，女孩子想让你哥上她家去见见家长，他们也谈了快两年了，你哥想趁这个机会跟女孩家挑明，把他俩的事情定下来。现在他想的就是多攒点儿钱，买份贵重的礼物上门，一方面是哄女孩子开心，另一方面是顺便让女孩的父母能另眼相看吧。你哥除了去扛米，真是能找到的零工都不放过。你哥是自己捞私活儿摔伤的腿，还不能耽误工作，要是不出差，那本来就不多的工资肯定被公司想方设法地扣了。这都怪我和你爸没本事，看着你哥那么辛苦，我们真是一点儿忙都帮不上。唉……"母亲说着声音逐渐哽咽，父亲仍旧不住地小声埋怨母亲不该告诉我这么多，惹我分神耽误学习，中间还夹杂着他几声沉重的叹息。

"妈,你别想这么多,我们都长这么大了,可以处理好自己的事情。你和爸都别难过了,等哥哥回去了你们也别说告诉我这事了,他这人自尊心太强,指不定又跟你们发脾气。好了,那我先挂了,你们都好好照顾自己,不用担心我。"我终于把纠缠在一起的电话线理顺,心里也暗自做了一个决定。

我打开电脑,登录QQ,点击一个正跳跃着的头像,在对话框里缓缓地打进一段话,可是随即又按了删除键,把打好的字一个个删除干净。我颓然地往后仰,靠在椅背上,长舒一口气,听着QQ不断传来滴滴的声音,那个熟悉的头像使劲地闪烁,似乎要蹦出屏幕。

我往双手间哈了口气,然后伸进口袋取暖,突然感觉左手触碰到了一件东西,掏出来一看,那鲜红的颜色直刺得我霎时间失忆。

我终于重新端坐在电脑前,坚定地在对话框里打进一句话,然后点下了发送。

"左,我现在还可以跟你要一份生日礼物吗?"

(三)

过生日究竟是为了庆祝成长,还是为了悼念逝去的青春?也许对于旁人来说,只是一个可以聚会的借口。

我生日那天刚好是周六,于是当天我被几个好友拉去杭州一日游,其实我们只有一个目的地——灵隐寺。她们不知从哪里听说灵隐寺求姻缘十分灵验,于是也不管是没有男朋友的想去求一个,还是有男朋友但是想找个更好的,总之大家都对这千年古刹表示出了极大的兴趣。

她们说:"蓝夕,你最近也够倒霉的,赶紧趁你过生日运气旺,去灵隐寺拜拜转个运,说不定明天天上就掉下个金龟婿。"

不管怎么说,出去散心是我渴望的。以前我跟崔浩有过很多次去上海周边旅游的计划,可全部因为时间或者金钱的原因宣告破产。现在我有钱也有时间,并且完全不用考虑配合另外一人的状况,何其潇洒。

于是我们几个女孩兴致勃勃地出发,到了杭州火车站再转一趟事先在网上查好的公交车直达灵隐寺。

公交车一路途经西湖,虽然早已没有荷花交映,但是当看到烟雾缥缈的湖面、灰白写意的断桥、若隐若现的雷峰塔、古朴典雅的客船,还是让我们不禁沉醉其中。

我看到一对情侣骑着双人脚踏车有说有笑地驶过湖边,心里忍不住疼痛起来。我掏出手机看了看,再次确认到现在为止还没收到崔浩的祝福短信。

早上出门的时候手机只剩下一格电,我却没有发现,于是我从来没有像今天这般在意这格电的寿命——要是崔浩打电话来,我手机没电了怎么办,他晚上还会继续打来吗?还是觉得我是故意关机,干脆不再理我?然而,后来我的手机确实在返回上海前就没电了,也确实有人给我打了电话,但不是崔浩。

那天灵隐寺里的游人不少,尽管寺内外人头攒动,但是大家都井然有序,毫不混乱。绝大多数人手里都拿着一把香,脸上虔诚而肃穆。也许佛门之地真的被佛光普照,寺里处处静谧清幽,让人自然而然地感到放松愉悦。

寺门口卖香的大娘告诉我们,扎着金纸的香是开过光的香,香的顶头还包着一盒火柴,拿香的时候一定要保证火柴在上面,这样火才会旺,许愿才会灵验。一大把香里面又分成五小把,每把一种颜色,而每个颜色的香又对应着不同的大殿和佛祖菩萨,切不可胡乱进香。

这些大殿里坐镇的佛祖菩萨们，分别掌管人的健康、财富、姻缘、仕途，甚至还有升学和考试。

每个大殿里都充斥着怀揣各种愿望前来祭拜的信徒。我一直在想，我们这种临时抱佛脚的伪信徒是否会被菩萨所不齿。不管怎样，至少我保证在生日那天，为所爱的每一个人诚心祈福。我举着香在殿前按僧人的指示朝四个方向虔诚祭拜，眼看着每根香都在滚烫的香炉里被明火烧得干干净净，我的祝福于是变成飞灰跟其他人的心愿纠缠在一起，被风卷着送到佛祖那里等待审阅。

唯独在拜观世音菩萨的时候，我专门为自己许了一个愿望："如果我跟崔浩是孽缘，可否断我情根，让我不再想念？"

从寺里出来爬飞来峰之前，我无奈地把终于没电的手机丢进背包里，然后系紧了鞋带跟姑娘们一起朝山顶前进。和"飞来峰"这个雄伟的名字极不相称的是它很矮的海拔，以及山顶那块写着"飞来峰顶"的掉漆的大石头。

姑娘们极为不爽地喘着粗气，要求我回上海之后一定要请她们大吃一顿，才能消这口被"飞来峰"欺骗的恶气。于是，我的生日在一顿胡吃海喝中宣告结束。

那天晚上我很累很累，也许是因为喝了一点儿酒，我竟十分豪爽地鼓起勇气对自己说："不发短信就不发短信，不打电话就不打电话，有什么了不起？我尹蓝夕，照样过得很开心！！"然后随便洗漱了一下便爬上床去，居然一挨着枕头就沉沉地进入了梦乡。

次日早晨，我终于给手机充上了电，开机后映入眼帘的是几十条短信和两个未接电话。电话打进来的时间正是我在寺里祭拜的时候，全部来自同一个号码。

我拿着手机呆呆地站在原地。尹蓝夕，是不是佛祖净化了你的灵魂，顺便洗去了你的记忆？你在寺里苦苦想着一个人，却忽略了另一颗期盼的心。如果辜负别人的苦心算罪，那我真的罪无可恕。

"蓝夕，生日快乐！"

"蓝夕，你今天去哪里庆祝？有人陪你吗？"

"蓝夕，其实我很早就起来了，怕你睡懒觉就没发短信打扰你，你没生气吧？"

"蓝夕，你那天说你生日这天收到我的祝福短信就会开心，那你现在开心吗？"

"蓝夕，你没带手机吗？我打你电话是通的啊。"

……

"蓝夕，你手机关机，是不是没电了？"

……

"蓝夕，12点了，你的生日要过去了哦。希望你今天过得开心，也希望你永远幸福。晚安，好梦。"

（四）

我生日过后的第二天，左的生日礼物不期而至。

那天看到左的短信和电话之后，我苦思冥想了半天要如何跟他道歉——实话实说怕他生气，因为我根本就忘了还要等他的短信。编个谎话我又良心不安，要怎样的铁石心肠才可以对一份如此诚挚的祝福加以欺骗。

考虑良久我决定还是基本照实道来，但是去掉其间自己的心理活动，包括对崔浩的记挂，包括对左的遗忘。

"昨天我跟朋友去杭州玩,中途手机没电了,到现在才开机,之前也没注意到你的电话和短信,对不起啊,左……"

"蓝夕,那你昨天开心吗?"

"嗯,挺开心的。"

"那就好,但是我想要是你昨天就看到我的短信,肯定更加开心,嘿嘿。"

"今天看到,开心同样加倍。"

我发觉自己一直在担心的是生日那天左有没有生气,而左一直在担心的却是我生日过得开不开心。他从来没有考虑过自己是否需要生气,就像我从来没有考虑过他是否也需要开心。

也许我就是如此自私,放心挥霍着左的用心,一如当年挥霍崔浩的爱意。末了才幡然醒悟,原来自己其实一直是在拆了东墙补西墙,而欣欣然抱在怀里的不过是一堆残垣断壁而已。

当我拿着包裹单到学校门口的邮局,取到那个皱皱巴巴的盒子的时候,心里有些莫名的恐慌。我知道那里面是左给我准备的生日礼物,虽然感觉盒子很轻,但是我绝对相信那里面的东西价格不菲。

在这之前,左只字未提要送我什么礼物,也不告诉我他是何时寄出的这份礼物。我是生日过后第二天才从班长那里拿到包裹单,他告诉我其实周六就收到了这个单子,但是那天没找到我,只好等到周一上课才带给我。

我暗笑,其实左真的算得很准呢。

包裹单已经破损得不成样子,左的字只在上面留下很淡的蓝色痕迹。他没有写他的地址,只留了手机号码,还有一个名字——杨乐。

我努力辨识着包裹单上的字迹,虽然很浅很模糊,但是仍旧可以看出左的字很好看。带着一点笔锋,却不拖沓;带着一点青涩,却不幼稚。

当我捧着包裹回到寝室的时候,刚好没有人在。我颤抖着双手将外面那个丑陋的盒子小心翼翼地剪开,拨去许多凌乱而细长纠结的碎纸条,一个正方形的淡蓝色首饰盒华丽地呈现在我眼前。

盒盖上有个TIFFANY的标志,整个盒子表面用天鹅绒包裹,摸上去柔软而有质感。我贪婪地摸索了许久,终于将手定格在盒子的开口处,然后屏息凝神、一鼓作气地将盒子打开。

这时夕阳的余晖刚好透过窗户照到我的床沿,在阳光的照耀下盒子里面顿时金光闪闪。我伸手将这耀眼的光芒拎起,于是金光由一团瞬间展开变成一串,底端那一大三小的银色和金色桃心交相辉映,在不同的高度有节奏地前后摆动,好似阳光下几个顽皮嬉闹的精灵。

我就这么傻傻地看着这条绝美的项链发呆,以至于几个女孩从外面推门进来时,我都没有足够的时间将它收起来。

"哇,蓝夕,这是什么啊?好漂亮!"一个室友冲到我面前,一把将项链抢了过去捧在手心里,睁大了眼睛仔细欣赏。

"一个朋……朋友送的生日礼物。"我仍旧没有从刚才的震惊中回过神来,只是呆呆地看着女孩把玩那条项链,下意识地吐出几个字,算是解释它的来历。

"蓝夕,这项链可不便宜哦,我看看……"隔壁寝室的一个女孩过来串门,碰巧也看到了,于是接过项链看了看,又翻过我手中的首饰盒瞧了一眼盒盖,脸上立即露出兴奋而羡慕的神情,说道:"哈,我就知道这是TIFFANY的宝贝,我前两天刚在网上看到过。这条是18K白金配黄金的多颗心形吊坠链,网上报价750美元,怎么也要折合五六千元人民币,我男朋友死活不肯买给我呢。蓝夕,你真好命啊!不过,你这会不会是假的?"女孩说罢又将项链翻来覆去地打量。

我一把将项链从女孩手中夺下,干巴巴地笑笑,说道:"嗯,就是

假的,买来好玩的,呵呵。"

女孩没趣地"哦"了一声,然后转身悻悻地走掉,出门前还依依不舍地扭头看了一眼。可惜我早已将项链收回首饰盒中,并且迅速塞进了那个丑陋的外包装纸盒。

隔壁寝室的女孩是上海人,家里很有钱,同样也有个门当户对的男朋友。他们可以挥金如土,不会有人觉得有丝毫不妥当,可是像我这样一个贫困家庭出身的女孩,突然拥有了如此昂贵的奢侈品,除了解释成伪造的,还有其他更合适的理由吗?

本来应该将它的光芒隐藏到我放寒假回家的,这过早的暴露让我心里颇感不安。然而转念一想,这是我长这么大唯一能做成的一件极有意义,甚至可能令某人对我刮目相看的事情,我也便顾不了其他人的许多看法和复杂目光了。

只是之后我没有预料到,也无法预料到的结果,竟然是从这条项链的无意曝光开始,在潮湿阴暗的现实泥土里播下了误会的种子,并且倚靠流言蜚语的强大力量生根发芽,逐渐将藤蔓枝叶延伸到我的每一寸生活里,苦苦纠结,渗入之深终无法根除。

(五)

对于左那份价值普通学生一个学期学费的生日礼物,我还是忍不住埋怨了他几句。而他却丝毫不理会我的意见,只是笑嘻嘻地问我喜欢不喜欢,顺便抱怨怎么没有在生日当天让我收到,害他想问我又怕没了惊喜的效果。

像这种美丽程度和昂贵程度都如此惊人的生日礼物,有哪个女孩子会不喜欢呢？只可惜就算穿上了水晶鞋，我这个灰姑娘依旧灰头土脸，永远变不成公主；就算带上了那串项链，我这个穷家女依旧是尹蓝夕，永远变不成周美美。

"左，就要放寒假过年了，我回家就不可以上网了呢。"

"嗯，我明白。蓝夕，你们家过年是不是很热闹？"

"是啊，大年三十我们一家人坐在一起吃饺子，看春晚。然后大年初一去给亲戚拜年，开个两三桌打牌打麻将，特别热闹。"

"呵呵，真好啊，我过年都不知道干什么。爸妈每次都会叫我到他们各自的家里去过年，可是我谁家也不想去，我就想一个人待着。那些地方都不是我的家，去了感觉自己像个外人。"

"左，你没有什么其他亲戚了吗？"

"爷爷在湖北呢，天门，听说过吗？"

"呵呵，当然，离我家这里两小时左右的路程吧，不是很远。左，你没有想过回你爷爷家过年吗？你的司机应该也是要回家过年的吧，你这样一个人在那么大的房子里孤孤单单地守岁，我会心疼……"

左最终被我说动，同意回他爷爷家过年。不管怎样，我想那里至少还有亲人的温暖，不至于凄凉冷淡，也不至于因为眼看着要跟别的孩子分享自己的父母而怅然。

而我早已买好了上海回武汉的火车票，仍旧是硬座，却不再有人陪伴。

我拖着那个陈旧的大红色行李箱随着人潮涌进了站台。我只顾拿着车票一节节地寻找车厢，却没有意识到自己马上就要跟两个很不愿意见到的人迎面撞上。

周美美和崔浩正站在一截车厢前深情拥抱，我下意识地将手中的车票用力地捏紧，甚至捏得褶皱起来。很不巧的是我的车厢还在他们

所站位置的前方,那么现在我究竟应该继续前行还是转身离开?一时间不知道应该如何行动的我,只得愣在离他们十米远的地方茫然失措。

崔浩先看到我,他在美美耳边喃喃了几句,于是美美从他怀里抬起头,泪眼婆娑地看向我。

"蓝夕,你也坐这个车?真巧。"美美用纸巾擦拭着自己的眼泪,举止大方优雅。

"嗯,我的车厢在前面,我先走了。再见。"我点头浅笑一下,准备继续拖着箱子前行。

"前面是硬座车厢了,蓝夕,怎么你不是买的硬卧?"美美十分惊讶地看着我,甚至忘记了哭泣。

我只是觉得好笑,从我第一次坐火车来上海上学,就从来没有买过硬卧,这点崔浩可以证明,因为每次都是他去帮我买票——两张连座的座票。而今,美美自然舍不得他再坐硬座,他去睡硬卧确实十分正常,可我有什么理由呢?

我正准备反问,谁知美美继续说道:"不是听说你在网上交了个很有钱的男朋友吗?他怎么还舍得让你坐十几个小时的硬座回家?"

我张大了嘴巴,一下子语塞,竟不知如何反驳。我习惯性地看向崔浩想要求助,往常只需要我一个眼神他便心领神会,马上出来为我排忧解难,可是这次他只是搂着美美纤细的腰身,对我笑着说道:"蓝夕,你是不是又想把钱偷偷省下来,拿去改善伙食啊?"

美美听了崔浩的话后,笑得花枝乱颤,一头靠在了他肩膀上,像一只讨好主人的猫,对我扬着胡须挑衅。

我不知道崔浩为什么会说出这样一句话,甚至不知道这句话究竟有什么地方好笑。只是觉得崔浩不应该就这么随意地把我的私事说给美美听,至少不应该堂而皇之地当着我的面。

我曾经跟崔浩说，硬座也没什么不好，只要有他陪着我，我就一点儿也不觉得累。买硬卧的钱还不如省下来，拿去跟他一起吃一些平时我们舍不得吃的东西。

其实那时没钱买硬卧的人是他，我只是把钱省下来偶尔救济一下我们俩都青黄不接的月末。

但是今天这段曾经美好的回忆，却都被他当成了一个玩笑。也许他是无意的，也许他只是想活跃一下气氛，哄他那有钱的女朋友开心。

深呼吸后，我扬起笑脸，很配合地回答道："呵呵，是啊，还是你了解我。他本来是给我钱要我坐飞机的，可是我还是买了硬座，这次省下来的钱够我买不少衣服和改善 N 次伙食了呢。"

我将笑容凝固在脸上，拉着那个崔浩曾无数次帮我从行李架上扛下来的大红行李箱，昂首挺胸地从表情错愕的两人身边走过。只是在走过之后，我听到什么东西在胸腔里破碎的声音。

也许我们早就是陌路了吧，对不起，我还一直以为自己至少对你与众不同；也许我们早就回不去了吧，对不起，我还一直以为下一次相逢会有你的回眸。

第六章 左岸的女朋友

（一）

当我把那个装着 TIFFANY 项链的淡蓝色锦盒递给尹白扬的时候，意料之中地被他咆哮着推开。

对这份礼物来历的种种猜测和那一副贫者不食嗟来之食的架势，让尹白扬看起来就像一头被人惹恼了的雄狮，他的额上微微爆出几根青色的血管，仿佛在跟我示威他是绝对不会拿这份礼物去讨好女朋友的。

我面无表情地等着他发完最后一丝暴跳如雷的怒气，然后缓缓说道："第一，我用人格担保这份礼物来得光明磊落，是我托一个值得信赖的朋友用低价买的正品。至于钱我会想办法慢慢地还，要是你觉得心里不安就从现在开始攒钱跟我一起还。再者，那个朋友跟我关系不错，也不会太着急催我。第二，到底是你那莫明其妙的自尊心重要，还是过年的时候把嫂子和她家的人哄开心重要？你自己好好考虑吧。"

说完，我将锦盒放到桌上，独自走到客厅去看电视。

我用余光瞟到尹白扬坐在屋里的床沿上苦思冥想，内心激烈斗争了半天之后，终还是起身黯然地将锦盒攥在手中，放进了他的背包里。

他就是如此倔强要强的人，仿佛天底下没有比他的自尊心更重要

的了，可是他终究还是败给了爱情。

我不指望尹白扬会谢我，也许他正恨我恨得牙痒痒。是我残忍地将现实的面纱揭下，让他不得不面对自己的软弱无力。这么久以来，也许他最引以为傲的，除了他对女朋友专一的感情，便是那誓死不低头的倔强。

他从没想过自己会为了前者放弃后者吧，在爱情面前永远没有所谓的最卑微，而只有更卑微。当你跟自己第无数次地说，这是我可以为他付出的最后一样东西之后，你会发现居然总能再找到东西可以继续奉献。这事搁在别人身上，你会觉得愚蠢至极，可是一旦发生在自己身上，便会觉得是无比值得。

左绝对是不会要我还他钱的，实际上我也没想好以什么借口可以顺利地把钱还给他。反正凑这么大一笔钱，对于我来说肯定是个很浩大的工程，即使有尹白扬的帮忙，速度也快不了多少。所以只能走一步看一步了，也许等我凑够钱的时候，自然会出现合适的借口。只是令我始料未及的是，这个还钱的机会我一等就等了好几年。

正当我对尹白扬终于收下了那条项链而松一口气的时候，手机收到了一条消息："蓝夕，我到爷爷家了。"

（二）

我想，左在他天门的爷爷家一定体验到了前所未有的开心，开心到他从过年前一个星期起就忘了给我发短信。

有句很古老的话，叫做"人总是在失去后才懂得珍惜"。我不知道自己是不是失去了什么，只是感觉彻头彻尾地失落。

左那一日三餐和睡前关机的叮嘱，俨然早就成为了我生活里不可或缺的一部分，已经让我习惯得如同呼吸一般自然。现在这些叮嘱毫无征兆地突然间消失，令我惶惶不可终日，神经质地每隔几分钟就要看下手机，甚至连上厕所都把手机带在身边，生怕错过。

这是我认识左之后过的第一个假期，之前我们从来没有断过一天的联系，不管是QQ还是短信。我也从来都没有考虑过，如果哪一天突然失去了左的联系自己会不会难过。而这次突发事件则让我得到了很明确的答案——我竟会因为思念一个不知道是否真实存在的人，让枕头湿了一整夜。

等我终于盼到开学，回到寝室的第一件事就是打开电脑上网登录QQ，也顾不得一个假期灰尘已经遍布了桌面。

果不其然，当我成功登录之后，那QQ消息的滴滴声不绝于耳，左的头像急切而欢快地跳跃，让我倍感亲切。

"蓝夕，我手机让表妹玩坏了，郁闷……"

"蓝夕，我不能给你发短信，你又不能上网。唉，急死我了。"

"蓝夕，我以前从来不看春晚的，这次看了果然是很无聊啊。但是跟爷爷他们一起看一起笑，还是很热闹，呵呵……"

"蓝夕，马上就是2006年了，电视里正在倒数最后10秒，你许的是什么新年愿望？我许的是……嘿嘿，我也不告诉你。"

"蓝夕，你快点开学吧，阿门……"

"蓝夕，爷爷说要我转学到天门去，你说好吗？"

"蓝夕，这次我要自己做决定啦，谁叫你还不开学的？嗯嗯，我决定要去天门上学了，我想感受一下你家乡的空气。"

左每天都给我留言，内容除了平日里雷打不动的叮嘱，还有他点点滴滴的心情。我空间里的每一篇日志都被他踩了N遍，甚至我以前

时不时更换的"每日心情"都被他一一回复……看着左温暖的文字,我感觉十分踏实,原来左并没有遗弃我,而是比以前更加关心我。

左决定转学去湖北,但是还需要先回沈阳办理一些相关的手续和整理自己随身的行李。

在他准备好了一切将要离开沈阳的那一天,我们仍旧像往常一样在QQ上聊天。他是下午两点的飞机,在中午12点的时候,他告诉我沈阳之于他还有一个人始终放不下。

"是林小琳吧?"

"嗯。她是我爱上的第一个女孩,也许我这一走,以后都没有机会见她了。她现在在线呢,我却不知道到底该不该跟她说我就要离开……"

寒假跟左突然失去联系的事件,除了让我第一次直面自己对左的依赖,还让我意识到自己对左远远没有他对我那般好,于是这次我毅然决然地决定也要为左做点什么。

在我跟崔浩分手之后最难过的那段时间,左加了崔浩的QQ,也学着我去看他潮湿的文字,并且曾经以一个认识我的朋友的身份跟他聊过一些关于我的痛苦和执着。左说,他并不是想帮我挽回什么,只是希望他知道他失去了什么。

那天,我跟左要来了林小琳的QQ号码,跟她说我是左的一个朋友,她便通过了我的验证。

我开始学着90后人说话的语气和方式,试图拉近我跟林小琳的距离。可惜效果不太明显,聊了几句之后她仍旧对我十分冷淡。

眼看着时间一分一秒地过去,左告诉我司机来催他去机场了。我让他带着笔记本随时跟我保持联系,因为我正在努力为他制造一个惊喜。

随着我的手指飞速运作,林小琳似乎被我的诚意打动,开始愿意每句话跟我多说两个字。我极尽煽情地劝说她去机场见左一面,不看在她跟左青梅竹马的感情,也看在他们以后可能无缘再见的分离。

终于,在我一番苦口婆心地劝说之后,林小琳发过来一个艰难的"好吧",顿时让我欣喜若狂,仿佛自己完成了一件极其伟大的工程。左的笑意甚至已经蔓延到我的脑海之中,尽管我并不知道他究竟长什么样。

我马上给正去往机场途中的左发了一个消息:"林小琳答应赶去机场见你,你好好等着吧,酝酿好一会儿要说的话哦。"

左意料之中地兴奋起来,这是我第一次单纯地为了让左开心而做出的努力,虽然最终的结果并不尽如人意。

我靠在椅子上,嘴角上扬,闭着眼睛想象左见到林小琳后那激动得不知所措的神情,左会说些什么呢?哦,不对,左现在还说不了话,那他会给林小琳写点什么呢?

正当我在心底美滋滋地为自己的"成就"自豪的时候,一阵急促的 QQ 消息声惊得我赶紧睁开了双眼。

"对不起,我有事不能去了,帮我跟左说声抱歉吧。"

我抬手看表——两点整,左此时应该正失望地坐在云端,俯瞰充满回忆之伤的沈阳。

(三)

关于林小琳为何中途变卦,我终是不得而知。事后我再也没有见过林小琳上线,也许是我已经被她拉进了黑名单。

我曾义愤填膺地对左表示自己的不满,明明已经说好的事情怎么可以就这样突然反悔,难道花一个小时去见曾经的朋友一面就如此的

困难？难道她不知道这一别可能以后都没有机会再见？

左却比我表现得淡定得多，他只是"呵呵"地笑下，告诉我他明白有些东西强求不了。如果他们相识算缘分，那么以这种方式结束也许未尝不是冥冥之中早已注定的。

他说他不难过，其实他本来也并不希冀什么。没错，是我兴冲冲地将左的希望之火点燃，然后他又不得不黯然地看着火种逐渐熄灭化为青烟。

有时令人最难以接受的并不是一无所有，而是曾经拥有之后突然丧失。更残忍的是不得不亲眼目睹和亲身经历失去的经过，自己却无能为力，除了在原地落泪神伤，别无他法。

左说不痛，但是我却痛了。左发过来一个无所谓的笑脸，但是我知道他受伤了。

左应该是真的很帅，不然不会总有女生忙着给他写情书和表白。几乎每次，左都会第一时间告诉我这些八卦，我于是笑着听完，然后夸他两句，眼看着他美滋滋地飘飘然起来。也许他说这些事的时候都带着小小的炫耀，但是我知道那绝对不是无中生有，他自信却不至于过分地自恋。

左一般都不会拒绝这些女孩子，他说他不习惯拒绝，也渴望被爱。两人在一起可以先相处，如若不合适便分开。他甚至可以同时跟几个女孩相处，只是相处，最多亲吻。有时是他主动，有时是那些女孩。

左说："在有些情况下，你会不自觉地做出某种动作，但是并不是真正地爱，只是觉得应该，你明白吗，蓝夕？"

我想我还是不明白，不是这个世界发展得太快，就是我的思想太过落后。就算时间再巧合，环境再暧昧，身边的若不是心中之人，那又如何能产生情愫，做出亲密动作？

"有时只是因为寂寞、空虚、无聊，我的很多同龄人便可以随便找个看着对眼的人开房，这对我们来说真的很正常。但是我只是吻了她们。蓝夕，你相信吗？最多就是吻而已。也有女孩暗示过我，但是我还是爱林小琳，我还是爱她。"我似乎能够看到另一块显示屏上倒映出左无奈、痛苦，却又自嘲地笑着的表情。

左并不特别，他就跟大多数90后的孩子一样，对于谈柏拉图式的恋爱感到可笑，也喜欢跟朋友攀比自己最高纪录时可以同时脚踩几条船；左又是与众不同的，在一个把性看得如此开放的环境里，他茕茕孑立，始终为了爱人保留自己心中的一方净土，哪怕被人耻笑。

"你别以为她们是真的爱我爱得死去活来，我不过是她们众多目标中的一个而已，这个世界有谁会为了一棵不知道是不是最好的树而放弃整个森林？除了我和你这两个傻瓜……"左一直在迷惑中徘徊，一直在众多的廉价爱情中寻找自己的真爱，直到有一天，这世界出现了第三个傻瓜。

"蓝夕，你相信有这种缘分吗？我跟她在沈阳的同一家医院住过院，现在我转来天门上学，居然跟她同班还是同桌。老天爷真是开了个很大的玩笑呢。"

"蓝夕，她说她喜欢我，我想我也真的有点喜欢她了。她对我非常非常的好，跟她在一起我很温暖很安全。"

"蓝夕，我可以让她做女朋友吗？"

……

"当然，如果能让你感觉温暖，为什么不呢？"

一直以来，我对于左又交了几个女朋友总是耿耿于怀，我时不时喜欢拿自己80后的眼光，去批判地看待他那些混乱的感情生活。可是这次，当左小心翼翼地询问我的意见时，我却有点怅然若失，因为左

这次是真的有些动心了,因为这次我可能真的要失去他了。

女孩名叫丁凌,曾经因为动阑尾炎手术在沈阳医院住院,一次躲在楼梯间抽烟时遇到了同去抽烟的左。她在左的病床上看到过几本几米的画册。她在某个阳光明媚的早晨惊奇地发现,正站在教室讲台上羞赧地做着自我介绍的正是一年前偶遇的少年。于是她沦陷了,陷得无法自拔,只愿沉沦。

(四)

如果说这个世界上的傻瓜也分等级,那么丁凌的级别一定高于我;如果说这个世界上的爱情也分境界,那么丁凌的境界一定让我望尘莫及;如果说这个世界上的付出一定要有回报,那么丁凌一定会得到无上的幸福。

可惜这个世界的傻瓜不分等级,丁凌甚至并不觉得自己有多傻;这个世界的爱情也不分境界,丁凌只是用自己的方式去爱一个人,并不觉得自己有多高尚;这个世界的付出并不对应回报,于是丁凌永远只觉得自己做得还不够好。

丁凌很爱很爱左,爱到我只是听听左无意的描述,都可以感觉到她那浓得化不开的情愁。

我加了丁凌的QQ,看到她的空间里有很多自拍照,还有不少跟闺蜜一起拍的大头贴。

那是个很纯净的女孩子,不怎么爱笑。喜欢自拍,但是很少像别的同龄女孩那样,故意瞪大眼睛或者鼓起腮帮。她皮肤白净,留着齐刘海儿,头发没有烫染的痕迹,乌黑自然只垂到肩膀。丁凌没有林小琳好看，也许是没有林小琳会打扮，或者说她更喜欢休闲的风格，但是她的眼神十分纯净，让人联想到清澈的泉。

丁凌跟左还有林小琳有一点是相同的，就是家里很有钱。左是绝对不会去一般中学上学的，他要上就必是那个地区里最好最贵的贵族学校。其实若不是如此，左也不会遇到那所学校里的丁凌。

我本来已经打算收拾好心情，慢慢从左的生活里谢幕，谁知左却不以为然，非逼着我和丁凌互加了QQ。他告诉丁凌我是他最好的朋友"蓝夕"，我则笑着说叫"姐姐"就好，丁凌于是顺从地叫我"蓝夕姐姐"。

自从左跟丁凌在一起之后，虽然他发给我的一天四条短信还是每天很准时地抵达我的手机，但是我们明显地不再像以往那样频繁地聊天了。

我曾经对左说："不如以后不要再发那些短信给我，我怕丁凌不舒服。"

左则大大咧咧地回答道："做我女朋友就是要忍受这些的，她也明白，你放心啦。再说只是发发短信、聊下QQ，有什么好想的？如果我不发短信，你又去过之前那种非正常的生活怎么办？我会担心的。"

谁先爱谁便输，谁多爱谁更输，为什么我们总是在这一个个轮回里不得超脱，究竟我们是真的不懂还是故意装傻呢？

这样下去不行，真的不行，我不断提醒自己应该理智了。左只是一个网络中的人，他听得了你一时的牢骚，管不了你一生的幸福。他可以偶尔在你最难过的时候送上几句温暖，可是当你真的摔倒在路边，他是无法扶你起身再背你回家的。

如今左已经找到了可以令他温暖的女孩，他却还要坚持跟我联系，是因为他也对我有种习惯性的依赖，是因为丁凌的倒追多少让他有点儿飘飘然。我作为局外人可以很清楚地看到这些细节，那我

为何还要继续装糊涂地去搅浑水呢?

左给我的,我想我根本无以为报;丁凌给左的,又正是他缺少的。我在冷静思考了几天之后,终于决定主动退出这场幕剧,只是希望有个完美的结局,也希望他们能得到我抓不住的幸福。

左的监督短信依旧每日响起,我却不再主动给他发短信。本来甚至不打算再回他的短信,可是每当看到左那亲切的文字出现在手机屏幕上,我便总是按捺不住地回复。

我并不知道自己对左的依恋已经根深蒂固到何等境地,如果不是左突然失踪,我还自豪地以为自己有多雷厉风行,能够说放下就放下,说不想就不想,其实那不过是我一厢情愿的臆想而已。

(五)

大三的课业虽然繁重,我还是在课余时间学起了网页制作。希望可以分散点儿自己的注意力,不要每天除了想崔浩跟美美究竟有多甜蜜,就是想左跟丁凌发展到了哪一步。

这一切和那一切都不属于我,我是一个人,我孑然一身,可是一个人也要努力活得自尊,活得精彩。不然,还有什么办法呢?

我把博客取名"那时的我们,是最温暖的存在",整个主页的背景是深蓝色,一条长长深深的充满沧桑的阶梯,从潺潺的流水中一直延伸到天际耸入云端,扮演着彩虹的角色。一个可爱的金发小天使正站在流水之中,低头专注地撒落几片鲜红的玫瑰花瓣,晚风吹起她洁白的长裙,也吹乱她的头发,可是她就是那般地专注,静静地将羽翼收于身背。不知究竟是在感慨玫瑰的美丽转瞬即逝,还是在沉醉水面倒映出的萧瑟身影。

网页中大抵不过是一些关于情情爱爱的故事剪辑和一些我喜欢的唯美图片。突然我很想将左的照片也放进去，于是便拿起手机，在两个星期都没有主动联系他之后，发短信给他，向他索要照片。

半晌，左回复说等过几天他照了好看的再发给我。我便也不再说什么，继续兴致勃勃地完善我的网页。

谁知这一等就是一个星期，当我忍不住想发短信过去提醒他的时候，却意外地收到了丁凌的短信。

那是条彩信，我打开一看，里面是一张男孩的照片。

尽管像素很小，照片很模糊，遮住男孩侧脸的头发很长，但是我还是一眼认出那就是左。

尽管我几乎完全看不清男孩的面容，丁凌的彩信里也没有任何文字内容，但是我十分确定，那就是左。

尽管我从来没有见过左，最多是听他神采飞扬地自我描述，但是这种无比亲切的感觉告诉我，那就是左。

可是相片真的太模糊了，我无法用来放到网页上，于是我并没有按下保存，只想着日后等左发更清晰的照片给我。是的，日后，其实这也是我的异想天开而已，如果我能知道以后的事情，那么我是绝对不会如此轻易地放弃保存左唯一一张照片的机会的。

为什么是丁凌发给我呢？按平常的习惯，左应该是亲自发给我才对。然而我自然也不会傻到去问丁凌这种问题，也许他们已经亲密到如此的境地也说不定，恋爱中两人的关系是怎么发展都不会嫌太快的。

我礼貌地发了一句"谢谢"给丁凌回过去，准备等第二天左发短信叫我起床的时候，再对他的照片提出意见和要求。

第二天清晨，短信确实毫无悬念地按时响起，我此时已经站在水

池边刷牙。我总会在左的短信到达前起床开机,否则便无法及时收到他的 morning call。

我叼着牙刷,满嘴泡沫地打开了短信,然后睁圆双眼揉了又揉,把手机屏幕擦了又擦,却仍旧看到发件人那里写着"丁凌"二字。

我久久地盯着短信发呆,当时可以说是百感交集,但是其中最强烈的感觉便是愤怒和醋意。

我自知其实没有资格生气和吃醋,于是我并没有对丁凌做任何回复,只是赌气地把手机用力地摔在床上,继续心神不宁。

我总是盼望着下一次手机响起时收到的是左的短信,可是每一次希望都在打开短信之后破灭。我让自己忍耐了3天之后,终于忍无可忍地爆发。我迫切地需要知道真相,如果是左已经厌倦了给我发短信,那他何必还要让自己的女朋友继续这一无聊的举动?是可怜我又将孤身一人,还是只想试试我的忍耐力?

我给丁凌回了一条恶狠狠的短信:"麻烦你叫左跟我联系,谢谢你的短信,不过我不需要了。"

等了很久,手机一动未动,一声不响。我抓起手机查看发件箱,将刚才的短信又转发了一遍,然后继续等待,谁知继续石沉大海。

我拨通了丁凌的手机,在重拨第三次之后,才终于有人接听。

"喂喂,丁凌吗?"

"……是"

"你能不能叫左跟我联系?他为什么突然就这样不跟我联系了?如果以后都不想联系了,大可以跟我说明白的,可是就这样突然地……我有点接受不了,你能不能叫他跟我联系?"

"……"

"你说话啊,如果这是他的意思,那丁凌你就跟我说明白,我以后

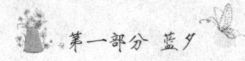

不会再……不会再等谁的短信了。"

"不是的,蓝夕姐,不是你想的那样。杨乐他现在刚动了手术,还不能用手机。"

"手术?他怎么了?"

"你知道他身体一向不好的,这次突然比较严重了。他进手术室前还一直叮嘱我,要记得给你发他的照片,还有每天记得给你发四条短信。他现在身体还很虚弱,用不了手机,蓝夕姐,你别怪他。"

我一向觉得自己算不上多好的人,可是这次我真的觉得自己坏透了——原来我一直在用自己的小肚鸡肠去判断左的关怀和丁凌的善良。

左进手术室前还想着我会不会按时起床吃饭、下雨撑伞。丁凌在自己的爱人性命攸关之时,还帮他去给一个关系暧昧的女子发关切的短信。而我,想到的只有丑恶。

在片刻震惊过后,我带着哽咽对丁凌说道:"麻烦你让他好转了就跟我联系,我很担心他,也很谢谢你,丁凌。"

第七章 那些以为春光明媚的日子

（一）

"蓝夕，你的电话。"寝室女孩将话筒递给正坐在电脑前对着QQ发呆的我。我茫然地接过话筒，目光仍旧停留在某个灰色的头像上。

"喂。"

"蓝夕，是我。我下个星期又要去上海出差，你有没有什么要带的东西？"

"没有。"

"哦，那我自己看着办吧。对了，项链的事情你跟你朋友说我会尽快还他钱的，我最近又找了几份兼职……"

"我都说了不着急了，你腿好了吗？一瘸一拐的找什么兼职？人家说了我毕业之前还清就可以的，你要是又把哪里摔坏了，去看病花的不是钱啊？得不偿失！"

"你这个是什么朋友，怎么那么好？不会是有什么目的的吧……"

"尹白扬！"

"好了好了，我知道了，你先照顾好你自己吧。本来有个老妈管我就够烦了，现在又多了两个……不说了，我挂了，下个星期就过去，要是你在这之前想到什么要带的就提前跟我说。"

我近来脾气十分火爆，而尹白扬的脾气近来却似乎越来越好，我

知道他那次去嫂子家的登门拜访应该算是比较成功。除了我家不算特别富裕和尹白扬现在还称不上多么事业有成之外,他也算得上是比较优秀的男人了。毕竟仪表堂堂,举手投足都大方得体,说话办事也十分稳妥细心,我想这些因素肯定都为他那次登门增色不少。

所谓人逢喜事精神爽,未来的岳父岳母已经对他和嫂子的事不那么明显地反对了,那他俩将来进入爱情的坟墓也是指日可待。进入坟墓其实并不可怕,那至少还可以立碑刻字记录当时的忠贞,可怕的是明明已经爱得轰轰烈烈惊天地泣鬼神,到头来却让爱死无葬身之地。

因此,面对我神经质般地大吼大叫,"精神爽"的尹白扬可以轻松地以柔克刚,在不知不觉间将我的戾气化于无形。要是以往,我们兄妹俩早就干起架来了,结局不是他摔电话就是我摔。由此可见爱情的力量之伟大,可以将一个原本性情乖张的人变得无比包容宽大。

从上次跟丁凌通话到现在已经过了3天零5个小时,在这期间我总是不自觉地拿起手机,编辑短信。我写下:

"左,对不起,我误会你了。原谅我好吗?"

"左,今天身体舒服一点儿了吗,做手术的伤口会不会很痛?"

"左,我今天按时起床,乖乖吃饭。只是白天下雨的时候忘了带伞,但是我也没有冲进雨里哦,只是抱着书站在屋檐下,安静地等待雨停。我是不是很听话?"

"左,你快点儿好起来吧,还可以看看我刚做的网页,你不是最喜欢提意见的吗?我等着呢,你快点儿,也许这次我会采纳哦……"

"左,其实我想说,我真的挺想你的……"

"左,左,左,左……"

上述这些短信,都是没有发送的,我编辑完内容之后,却不知道收件人要写谁。就让它们躺在我的草稿箱里静静地腐烂,只是表达出对某个人的思念而已，却不会打扰到任何人。而这些思念也将随着文字一起腐烂，却终不能被遗忘。

我对自己说，左现在很幸福很温暖，丁凌是个多么好的女孩，正拉着他走上正确的轨道。他还那么年轻，周身环绕着的光芒刺得我几乎睁不开双眼，他不该整日沉浸在虚幻的网络中，他应该有跟其他同龄孩子一样正常的生活。

而我，对左来说只是网络上的一个 QQ 头像，手机里的一条短信，能够证明我是真实存在的唯一途径，就是那些不同内容的文字。有人会爱上文字吗？有人可以靠这些文字生活下去吗？左肯定会说他会的，他可以。可是在我看来，这种答案只因他还是个孩子，一个一心只想爱和被爱的孩子。

很可怕，我慢慢感觉到自己对网络和现实已经有点混淆了，对于左的感情更是找不到一个合适的词语可以表达。说是亲情，可我怎么会在收到丁凌的短信时产生醋意？说是爱情，我又怎么会爱上一个比自己小 5 岁的男孩？何况左跟崔浩完全是两种性情，左天真单纯，崔浩成熟精明；左开朗活泼，崔浩内敛稳重。

在上大学之前，其实我并不知道自己究竟喜欢什么样的男生。自从跟崔浩在一起之后，我便慢慢觉得他就是我要找的人，于是他的形象和性格便成了我眼中最佳情人的标准。可是，我如今怎么又会对左产生类似的情愫呢？他俩是两个完全不同类型的人，究竟是我性格分裂，还是一开始就没有遇到对的人？

在与丁凌通话后的 3 天零 5 个小时和 6 个小时之间，我终于收到了左久违的短信：

"蓝夕，抱歉让你担心了，我没事了，就是很想你，呵呵。"

（二）

我宁愿相信左是真的好转了，我宁愿相信一切事情都在向着好的方向发展。

左刚开始跟我联系的时候，在兴奋之余我却并不敢过多地跟他发短信。因为我知道他肯定十分需要休息，不然不会每发一条短信都要间隔很久，不然不会每条短信的内容都比之前干瘪很多。

不管左康复之后，丁凌和他又会一起描绘出多少幅温馨的画面，也不管左是否会记得继续发每日四条的督促短信给我，我现在希望的就是他确实在努力康复着，而我亦深知如今用尽心思去祈祷，比起之前浪费时间去吃醋猜疑要重要几千几万倍。

关心爱护一个人，只是希望他平安健康吧。事实上如果不遇到突然的变故，很多人永远都在诸如他到底对谁更好，他今天没有跟我说晚安之类的无聊琐事上苦苦纠缠。一切平时看似重要的细节，在关系到你所爱之人健康的问题面前，都将显得无比渺小苍白。

如果你真的爱一个人，要用你的歌声换取伴随撕裂痛苦的双足，才能有资格跟他处于同一世界，你是否会愿意喝下女巫的毒药？如果你真的爱一个人，要让你亲眼看着他跟别人交换戒指，才能成就他的幸福，你是否会愿意流着眼泪默默含笑站在街角？如果你真的爱一个人，要让你历经五浊八苦百堕千劫，才有缘得到他的一次回眸，你是否会愿意用一千年的等待只为化成一朵花一棵草？

在左初愈的那段时间，我知道我还做不到，虽然到最后一刻我觉得我可以做到了。而那时的丁凌却已经可以为左毫不犹豫地喝下一百次毒药，含笑流下一千公升眼泪，花几万年等待与他相遇的轮回。

左的父亲在左的病情稍微稳定了之后，便把他接回沈阳接受最好的治疗。我知道左很小便一个人生活，如果非要比较他究竟跟父亲还是母亲更亲近，那自然还是要数他的父亲。

确切地说，左对自己的父亲有一种敬畏，他总是说他父亲上知天文下知地理。父亲离婚之后只找了一个女人，组成了一个看上去十分美满的家庭。而他每次去母亲的住所却总是发现不同的男人，尽管他母亲说自己爱左多过他父亲，可是左总是不屑地告诉我，其实她最爱的是她自己。

左给我描述这些的时候，仿佛一个置身事外的人冷眼旁观着两个不同家庭的不同生活方式，他只会认可他觉得正确的方式，并且安心臣服于这种方式。

因此左的父亲劝左回沈阳治疗并没有大费周章，只是我想左离开时丁凌的眼泪一定没有少流。

左回沈阳之前已经办理了休学，他跟我开玩笑说自己以前只是把医院当成跟学校一样要经常去的地方，现在可真的要当成家了。

我嗔怪他不要乌鸦嘴，快点儿把身体养好，就可以回自己家了。本来我在"家"的前面加了个形容词"温暖"，可是思索片刻之后还是删除了。我知道对于左来说，也许没有一个真正温暖的地方吧，除了他对爱情的希望之火还在努力地温暖着他曾经受伤的心灵。

由于现在左每日要在医院休养，不能上学也不能上网，于是他的生活回到了单一的手机时代，而他手机联系最多的那个人正是我。

没错，我跟左又恢复了往日的热络，他发短信的速度恢复正常甚至比之前更快，他短信的内容也恢复到以前的丰富甚至比之前更亲切。

我已经顾不得像个姐姐一样询问他跟丁凌最近如何，是否经常

保持联系；也顾不得之前曾痛心疾首地决定要让他离开对自己的依赖，回到现实中好好生活。我只是想每天把喜怒哀乐跟他分享，允许他时而像个孩子对我撒娇，要求他时而像个男人让我依靠。

我们往往会被一时的激情冲昏头脑，抑或其实并不糊涂，而是只愿装醉不愿醒。

（三）

从我刚认识崔浩加了他QQ起，我便吸毒上瘾般地喜欢去他的空间里看他深情的文字，他不会写特别冗长的句子，每一排的字数都很少，每篇日志都显得格式简洁，内容平淡，而实际上文字却很容易深入人心，至少很容易深入我的心。

我曾经告诉崔浩我喜欢阴天，他却说他喜欢有太阳的日子，以至于后来我看到他的文字便怀疑这是否真的出自一个喜欢太阳的人之手。但是我还是深信崔浩不会骗我，至少在那时按他的话说，他对我的爱情就像钻石一样璀璨坚硬。

崔浩是个心思缜密的人，他会把自己的心情滴水不漏地写在空间里。有时我们吵架了，互相赌气不联系，我只要进他空间看看他那掺杂着气愤和思念的文字，便会忍不住想找他重归于好。尽管后来我们分手了，也仍旧不能阻止他文字对我的吸引，直到某天我发觉他的空间上了一把大大的锁——"本空间只有QQ好友才能访问"，才知道自己已经被拒之门外，甚至已经进了黑名单。

然而，左对我文字的依恋比起我对崔浩文字的依恋有过之而无不及。

一日，左发短信问我最近是否有更新日志，我回答近日作业太多，实在没什么时间写。于是他像个小孩子般耍赖，催我赶紧写，不然他下次上网就没得看了，我也只得无奈地笑着答应。

那天下午我把作业抛在脑后，安心写了两篇日志。一篇是习惯性地发发牢骚，总结一下最近的心情。另一篇是贴了几张新拍的照片，展示我新买的西装小外套。写完后我发了短信给左，告诉他我已经更新了，等他下次上网时就可以看到。可是左这次并没有回复我，我以为他在休息，便也没有太在意。

谁知在大约半个小时之后，我的电脑右下角蹦出一个小框，显示有人回复我的QQ日志，我好奇地点开一看居然是左！

我双击左的头像，点开对话框，还没来得及把一串问号发过去，对话框里便嘀嘀地显示出了一张大大的笑脸。

"天哪，左，你在哪儿？你怎么跑来上网了？？"

"嘻嘻，我找了个网吧呢，你说你写了新的日志，我就等不及来看啊。"

"医生让你出来吗？"

"不让呢，我偷偷跑出来的。我讨厌医院的味道，很难闻。我也讨厌那难看的病号服，还是穿着自己的衣服舒服多了。"

"看完了就赶紧回去，别让我担心。"

"蓝夕，你这件新买的白色外套很不错哦，很衬你的气质。我早就说过白色很适合你的，嘿嘿。"

左就这么顾左右而言其他，完全不理会我的担心，我知道他只是想多跟我聊几句，仅此而已。那我还能如何呢？自然是收起那副长姐的面孔，在有限的时间里尽可能地听他的诉说。这并不是仅仅因为我对他的包容，而是因为我其实也正被思念纠缠得终日寝食难安。

在我以为左的病情正在好转的日子里,日趋频繁的短信又逐渐拉近了我们之间本就亲近的距离,让人感觉每日都春光无限明媚。我也从不思考未来,只想享受眼前单纯的快乐。尽管我习惯性地自欺欺人,尽管我有时清醒地知道自己是在做梦。

那天,我们大概只聊了半个多小时,他就着急地跟我说司机和医生跑到网吧来抓他回去了。下线前他仍旧不忘提醒我要记得更新日志,按时吃饭,睡前关机,不管晴天雨天都要给自己撑把伞。

虽然现在每天我都可以收到他这四条机械重复的短信,但是那日他在网上对我一字一句地再次敲下这些嘱咐时,还是让我禁不住地感动。

左在随后的时间里还是经常不顾医生的训诫,趁司机不注意的时候偷跑出来上网。但他绝不会事先告诉我他要出来上网,只因怕耽误我上课。左每次只是碰运气地去网吧傻等,如果在司机找到他之前我都还没有上线,他就会给我留很多言。

其中有一次的留言是这样的:

"如果有一天我不能提醒你什么,你一定要记得,要按时吃饭,要早点儿休息,睡前要关机。蓝夕,我会永远记住你的,不管如何,只要不出意外,我想总会有人提醒你这些的。而对她而言,我只能下辈子补偿她。我不知道为什么今天精神好像比以前好,而且我想看你的文字,所以我就起来了,但没想到你没有更新……好了,不说了,好好学习,天天向上哦,呵呵。"

当我看到这些话的时候,马上情绪激动地发了一堆问句过去:

"为什么说以后不能提醒我了?为什么这么说啊?"

"难道以后不把我当朋友了吗?"

"还有,为什么要下辈子才能补偿她?这样对她好不公平……"

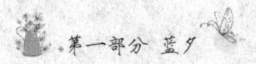

等我发送完最后一个疑问时,才发觉他的头像早已变成灰色。

左,你到底怎么了?

(四)

网络以外的日子,我还是要继续一个人前行。

我曾经不屑地跟左说过很多次,对于崔浩,我已经放下了;对于美美,我已经不恨了。我现在一个人很好,我已经学会做一个独立的人,而且做得有模有样。

可是,真的就只是有模有样而已吧。打下这些文字的时候,我还是觉得很辛苦,仿佛每根手指都被加了千斤的重量。

不可否认,每次偶然在食堂里或者大街上碰到如胶似漆的两个人,我总会不自觉地多看两眼。明知看一眼,心就会疼一下,可还是忍着剧痛想尽量再多看一眼。哪怕下一秒会因为疼痛而死去,我还是要看着他们。我还是幻想从崔浩的眼里看到一点留恋,我还是幻想美美会蹦跳着向我跑来,甜甜地叫我蓝夕,然而他们却像两个跟我素昧平生的陌生人一样,目不斜视地同我擦肩而过,连带起的风都含着冷漠。

我就在一遍遍的疼痛麻木、麻木疼痛中成长,期待哪天自己也可以云淡风轻地跟他们擦肩而过,不留痕迹,仿佛不曾受伤。

这天,我端着饭盒从食堂走回寝室,谁知刚上到我所在楼层的楼梯口,便听到一阵吵闹声从寝室的方向传来,并且不断有看热闹的女生朝着那个方向聚集。

我心里一紧,也随着人流朝事发地点走去。走过去才发现,原来吵闹声并非从我的寝室传出来,而是来自我隔壁的寝室。

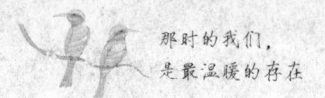

我站在人群外围，略踮脚尖朝寝室里面看去，这才发现众人围观的主角是周美美和上次看过左送我那条 TIFFANY 项链的上海女孩。

两个女孩正用上海话吵得不可开交，我好歹也在上海上了几年学，勉强能听懂个大概。

周美美一手叉腰，一手指着那个女孩喋喋不休地训斥，问她为什么自己有男朋友还要去勾搭崔浩？那个女孩丝毫不示弱，一遍又一遍地打掉美美指向她的手，叫她不要血口喷人，还说就算她要勾搭也不会去找崔浩那种穷光蛋。

我顿时觉得有点儿脑袋发胀，为什么到哪儿都逃脱不了"崔浩"这个名字？我举着饭盒，试图从人群里挤出去，因为实在不想再继续听到有关这个人的事情。

这时，被周美美骂得气势略显下风的女孩一眼发现了人群中的我，于是冲到寝室门口，一把将我拉了进来。

在我被突然的拉扯搞得晕头转向之时，那个女孩拽着我的手腕，将上海话硬生生憋成普通话，继续对周美美说道："是蓝夕告诉我崔浩有几米画册的全集，所以我才去找他借来看。我这人一向不喜欢欠人家人情，所以我就请他吃了顿饭作为回报。这么简单的事情就被你这个醋坛子搞得惊天动地，你还真是功力深厚，我看崔浩迟早也是要跟你玩儿完。"

周美美瞪圆了眼睛看着我，小脸已经憋得通红，就像一只进入高度警戒状态竖起尾巴的猫。

"嗯，是我告诉她的。"我此时目光柔和，面色平静，不是因为我还顾忌眼前这个怒发冲冠的女子是我当年的闺蜜，而是此刻我觉得她有点儿可怜。

"蓝夕，我早该想到是你！你为什么就不能放过我们呢？崔浩现在已经不理你了，所以你就找别的女人来破坏我们的感情，你……你真卑鄙！"美美似乎因为找到了一个更好的发泄对象而亢奋不已，仿佛所有的谜题都在看到我那一刻得到了最完美的解答。也许她知道继续跟那个女孩争执下去，自己也未必有好果子吃，也许她觉得我更适合成为这件事情的罪魁祸首，也许她只是因为崔浩今天没有陪她吃饭而让自己的肾上腺素有点儿分泌过多。

"呵……"我是真的不知道要说什么，于是只能右嘴角上扬，无奈地一笑。

抓住我手的女孩此时不知从身体的哪个部位爆发出一股强烈的正义之气，她松开我的手腕，双手挽在胸前，挑衅地看着美美，为我打抱不平地说道："周美美，你就省省吧，也就你整天把崔浩当个宝，人家蓝夕早有个有钱的男朋友了，不知道对她多好呢。人家送一条TIFFANY的项链都抵上你一学期学费了，有这么有钱又体贴的男朋友，她还会有闲心去破坏你和崔浩？你别整天胡思乱想了，赶紧找个心理医生看看病吧。"

女孩话音刚落，看热闹的人群顿时发出一阵哄笑。周美美气急败坏地一跺脚，冲到寝室门口拨开人群欲拂袖而去，她边拨边扭头恶狠狠地对我说道："尹蓝夕，你给我记住！"

周美美好不容易才挤了出去，我身旁的女孩仍不忘幸灾乐祸地高声喊道："周美美，记得去看心理医生啊！"于是连带着的又是一阵哄笑。

她要我记住什么呢？记住我透露给别人崔浩有几米的画册全集，还是记住左就是那个我传说中的多金男友？记住我拿着油腻的饭盒莫明其妙地被卷入这场纠纷，还是记住她被人戳到痛处落荒而逃？

然而没过多久，这句恐吓的后果便恶毒而残忍地揭晓了。

第八章 误会，还是真相

（一）

有时候，树欲静而风不止。

我不知道周美美是否仅仅因为那次几米画册的事件而一直耿耿于怀，还是她跟崔浩之间发生了什么不愉快，而导致她把一切责任全部归结于我，总之，我现在在她的眼中已经俨然由原来的闺中密友变成了仇人。

她现在确实不再跟我形同陌路，而是貌似一个十分了解我过往那些"见不得人"勾当的目击证人，整日犹如祥林嫂一般，一遍遍跟我们共同的朋友和同学控诉我的罪行，表达她对崔浩的忠贞。目的仅在于要让所有人都知道，若哪天她有不测，肯定是因为跟崔浩分手而想不开，而她跟崔浩分手又肯定是因为我从中作梗。归结到一点，就是如果她死了，请大家记得一定要抓我报官，好让她的冤情昭雪，死而瞑目。

对于这些"内幕"，自是有些人喜欢八卦，希望挖得更深；有些人觉得无聊，听过便忘记。然而不管是出于哪种心态，一旦对相同的事情听到耳熟能详了，便会潜移默化地将这些事情当成真实的存在，然后仿佛自己真的亲眼看到一样，仿佛尹蓝夕真的就是那个罪大恶极的怨妇一样。

我始终装作不知道，始终让自己保持糊涂，始终微笑着跟每个认识的人打招呼，不管他或她是装作没看见，还是虚伪地回应后一转身便很大声地议论我的种种。

当这种可怕的气息逐渐蔓延到我的寝室之后，就连跟我最亲近的女孩都开始对我有些欲言又止。终于忍无可忍的我在某天快要熄灯的时候冲出了寝室，跑到楼下的电话亭拨通了左的手机。

彩铃重复响了几遍，在我准备继续重拨的时候，电话那头终于有人接听。

"喂，左，是我，蓝夕。"

"我想跟你说话，我想跟你说话，现在这个世界没有人愿意跟我说话了，没有人……"

"为什么他们都只听美美的一面之词？就是因为她比我会哭，还是因为她是上海人？"

"我什么都没有做，甚至什么都没有想，我现在还有什么能力去破坏他们？为什么她要把一切都推到我身上？如果崔浩真的爱她，那就算我如何破坏，不也是枉然吗？她到底想怎么样，到底想怎么样？"

"……"

我胡乱地发泄一通之后，突然觉得自己是在自言自语，电话那头除了没有响彩铃表示已经接通，便不再有任何声音。

"左，你还在吗？你上次说去医院治疗，是不是还没有治好？如果是，你就敲一下话筒啊。"

我话音刚落，一记很沉闷的声响便迅速地从听筒传来，左想让我知道他一直都在听，一直都在守护。

"左……"

我开始嘤嘤地哭，此时此刻我确实有很多理由可以哭。被闺中密友劈腿，被前男友嘲笑，被人散布谣言，被人视若恶妇。但是我哭却完全不是因为这些理由，只是在听到左那快速而坚定的敲击话筒的声音之后，我心底的防线突然崩溃了，这一下不是敲在他的话筒上，而是结结实实地敲在了我的心上。

这是我第二次给左打电话，也是最后一次。

（二）

上海的4月依旧湿冷，上海的姑娘们依旧变本加厉地穿着超短裙，在裙摆和靴子之间裸露一截美腿，以此来藐视凛冽的寒风。

而我依旧被反复无常的天气冻得感冒，躺在床上两日，装死不去上课。在某个阳光透进窗棂的早晨，一缕热热的光线斜斜地打到我的脸上，暖和得让我忍不住睁开朦胧的双眼，谁知稍微清醒之后，便发觉自己的左眼皮一直跳个不停。人都说左眼跳财，右眼跳灾，但是对我而言，左眼一跳，便全是祸事。

有天我一个人漫步在大街上，左眼皮突然开始一直暴跳，然后我看到了崔浩和周美美在肯德基里互相喂薯条；有天我在教室自习，左眼皮跳得我不得不放下笔走出教室，后来我才知道，尹白扬在那天背米摔坏了腿。

今天，我的左眼皮再次诡异而有节奏地跳起来，那么又将发生什么呢？

正当我还躺在床上用嘴巴代替塞住的鼻子大口呼气，脑子里有一茬没一茬地想着这个严肃的问题之时，刚刚开机的手机突然震动，在桌上发出一阵刺耳的摩擦声，将我游离的思绪拉回现实。

我连续收到两条短信,第一条是左发的叫我起床的短信,而第二条是来自崔浩。

"蓝夕,听说你生病了,不要紧吧?下午有空吗,如果可以的话,我想找你出来聊聊,有点儿事情想跟你说。"

就算我此刻再不清醒,就算我依然爱他爱得死去活来,我也绝对有理由相信他找我肯定不是什么好事。

置之死地而后生吧。

我一鼓作气地起床,穿衣服,洗漱,对着镜子好好整理了一下我那被重感冒折磨得蜡黄的脸颊和睡得蓬乱的头发。在觉得自己的形象还算可以出去见人之后,我简洁地给崔浩回了短信,问他见面的具体时间和地点。

当天下午两点半,我在学校门口那个曾经结束了我一段情感纠葛的肯德基店里见到了久违的崔浩。

进门后,我一眼就看到了坐在窗边朝我招手微笑的他,但是我却没有马上走过去,而是下意识地环顾他的四周。虽然他告诉我这是一次只有我们两个人的见面,但是由于亲眼目睹了周美美跟我隔壁寝室女孩的闹剧,我还是心有余悸。在打探清楚周美美不会隐藏在某处,然后突然跳将出来指着我的鼻子大骂之后,才小心翼翼地走向了那个熟悉的座位。

"你在看什么?"崔浩的笑容早在我站在门口左顾右盼的打探中消失殆尽,取而代之的是一脸疑惑。

"我在看你女朋友怎么没有来,要是她知道我们两人在这里见面,恐怕又要影响你们之间的感情了。"我面带微笑地拉开他对面的椅子坐下,这段时间的修炼已经让我能在他面前不再显山露水,只剩微笑。微笑,是我现在最大的武器。

听到我半开玩笑的回答，崔浩眼中困惑的光芒立刻暗淡下去，重新燃起的竟是些许歉意："不好意思，我知道美美最近惹了太多乱子，给你添了太多麻烦，蓝夕，对不起，真是对不起。"

"好了好了"，我有些不耐烦地皱起眉头，摆摆手对他说道，"'对不起'这三个字我已经听得够多的了，从我们分手开始，你数数你一共跟我说了多少个'对不起'？应该说你对我说的话就只剩下'对不起'了吧。这个世界不是因为可以说'对不起'就可以犯错的，不是因为可以说'对不起'就可以不顾别人感受的。你或者美美对我说这三个字都没有任何意义，我受的伤害并不能因此而减小，我的心就算愈合了也还是会留下永久的疤痕。但是我不怪你们，如果伤害我，你们两个可以得到真正的幸福，那我也没什么可说的了。只是希望你们明白，我不需要你们的同情，更不需要你们的'对不起'！我现在活得很好，你或者她的阴影都别想再影响我了。"

我突然很佩服自己可以十分顺畅地对着眼前这个男人说出这串曾在梦中练习过很多次的话，如今梦已成真了一半。而另一半则是这个男人痛哭流涕地拉着我的手，告诉我他以前错了，错得荒诞离谱、痛彻心扉。如果我能再给他一个机会，他一定会好好珍惜，绝不再放开我的手。而结局是我高傲地抽回自己的手，一如当年他绝情的模样，冷冷地告诉他，对不起，我们没可能了。

然而在现实里，我却永远只能像紫霞仙子一样，只是猜中开头，却猜不到结尾。崔浩听完我的叙述，只是有些惊讶地微微张开嘴巴，喉结轻轻地滚动了一下，习惯性地十指交叉揉搓。他低头浅笑，继而抬眼对我说道："蓝夕，你变了呢。呵呵，你是真的长大了。"

我正想继续"表扬"一下崔浩，说我这成长都是拜他所赐。谁知女服务员此时笑意盈盈地走到了我们面前，摆下一张餐牌说道："两位

需要点些什么？刚才看你们一直在聊天，我也不好意思打扰，现在口渴了没？呵呵，是不是还跟以前一样，帅哥来一杯咖啡，美女来一杯奶茶？说起来，你们两位真是很久很久没来了哦。"

崔浩微笑着点头，示意我们就顺从女孩的安排。女孩于是依旧带着甜甜的笑容，收起餐牌向另外一对刚坐下的情侣走去。

看着我诧异的表情，崔浩淡淡地说道："有些只属于我们两人的回忆，不到万不得已，我都不想破坏它。"

（三）

我用力咬着浸泡在奶茶里的吸管，偷偷瞟了瞟正低头喝咖啡的崔浩，在一个小小的瞬间我幻想是不是我梦中的下半段即将上演？如果他真的拉着我的手，对我说那些悔不当初的话，我是否真的有勇气拒绝？

他为了维护我们共同的回忆，居然从来不带美美来这里吃饭？不过说起来，这种面积小选择少的店面恐怕也入不了美美的眼。以前我们3个人一起来这里聚餐时，她就总是怨声连连，不是嫌不卫生就是嫌味道不好。如今，崔浩跟我已经不是一个世界的人了，他也理应跟着美美一起享受更加优质的生活。可是他却说，这是为了维护我们共同的回忆。这话到底是否值得相信？我感觉自己仿佛一下子丧失了辨别的能力，因为我从来都对他那淡淡的语气束手无策。

当左眼皮再次突突地跳起，我便立马打散了自己脑中那些荒谬无稽的想法——想当初他脚踩两只船的时候，我不也是直到最后一刻才强迫自己接受他欺骗我的事实吗？醒醒吧，说假话永远比说真话简单。

我将嘴巴离开吸管，正正地抬起脸，深吸一口气令自己保持清醒，然后一字一顿、铿锵有力地对他说道："我说你今天叫我出来应该不是为了跟我说什么'对不起''我长大了'之类的鬼话吧？"

崔浩不置可否，在咽下一口咖啡之后，也抬起眼帘和我对视，他有些艰难地说道："你那个网上的有钱男朋友，其实在现实生活中是有女朋友的，对吧？"

我顿时一愣，心思全部都落在他口中那个"有钱男朋友"的字眼上，竟一时没反应过来他是如何得知左是有女朋友的。于是我只是故作镇定地将一缕散落的头发捋到耳后，底气不足地回答道："这是我的生活，我的自由，跟你没……"

"是的，是跟我没关系，可是我……可是我还是不能眼看着你就这样堕落下去。"崔浩的表情略微有些激动，仿佛在向我证明他句句都是肺腑之言。

可是，就算他的话再如何发自肺腑，他怎么可以说我在堕落？怎么可以说我跟左交往是堕落？他凭什么这么说？尽管我当时已经被他的话气得五脏六腑都发抖，却发觉自己无力还击，因为我向来都无法在最气急败坏的时候跟人家理论，仿佛在气愤达到顶峰的一瞬间丧失了所有正常的语言功能。

于是，我只能任由几股气在体内乱撞找不到出口，最后也只是拍案而起，将这些戾气转化为几个简单的字，从一直紧闭的双唇中挤出："我的事不用你管！"说罢，我转身欲走。

"如果我告诉你美美已经跟那个叫'左岸'的人的女朋友说了一些不该说的话，那你是否还有兴趣继续坐下把奶茶喝完呢？"崔浩总是能波澜不惊地将我汹涌澎湃的怒气悄无声息地镇压下去，也不管会不会压得我大出血得内伤。

我怀揣着一肚子憋屈，抱着自己的手提袋又重新坐回到崔浩的对面，一言不发地看着他，等待下文。

"我有左岸的QQ你知道吧，还是之前他加的我。昨天美美用我的QQ上网聊天，可能是看到左岸的头像是亮的，就主动去跟他聊天，谁知道那个QQ也是他女朋友在上，不是他本人。"崔浩眼神中透出冷静，冷静得近乎残忍。

我终是按捺不住地接过话茬，大量的气愤一下子都转化成不安，左眼皮跳跃的频率也似乎加快起来："美美究竟跟她说了什么？"

崔浩有些同情又有些疑惑地上下打量了我一番，不紧不慢地小啜一口咖啡，继续说道："我没有看到聊天记录，我是听美美跟我口述的。她跟左岸的女朋友说你一直对外宣称自己才是左岸的女朋友，还到处炫耀左岸给你买的贵重礼物，好像是条什么牌子的项链。还有你过年回家的时候左岸给了你买飞机票的钱，你却省下来买硬座……"

"够了！"我紧紧抓住自己抱在胸前的手提袋，难以置信地看向一直在说"故事"的崔浩，"你觉得我这样做了吗？我到处炫耀了吗？你觉得我是这样的人吗？"

话一出口我才发觉自己问错了对象，崔浩双手握住已经没有热气的杯子，眼神哀伤，疑惑漫溢。他早就不是以前那个只会埋头帮我拖行李，捧起我的双手为我哈气取暖的崔浩了。现在，他之于我只是一个陌生人，或者说连陌生人都不如，至少陌生人不会戴着有色眼镜看我，不会像他现在这样略歪着头仿佛在看一只受惊了的小动物。

"蓝夕，"我听到他叹了一口气，用恨铁不成钢的口气说道："网恋是不懂事的小女孩才会相信的天方夜谭，你根本没机会了解网络那头那个人的真正生活，一段真实的感情怎么可以建立在虚幻的基础之上呢？姑且不说你们之间是不是真的有爱情，就说他现在还在上高中啊，我们大学都快毕业了,你们之间难道不存在代沟吗?你们又怎么可能有未来呢?还是说你就真的只是为了他的钱?蓝夕,你以前不是这个样子的啊!"

我不管我以前是什么样子,我也不管美美和丁凌之间互相交流了些什么,我更不管自己的形象在面前这个曾经深爱过的男子眼中已经被糟蹋得如何不堪,此时我想做的只有一件事情——就是找到左。我甚至还没有想好到底要跟他说些什么,该怎么说,就只是一门心思地希望找到他,仅此而已。

桌上的奶茶只剩一半,露出的一截吸管被我咬得干瘪,塑料杯的底部若有若无地显露着粒粒深褐色的珍珠果,我的左眼皮终于停止了漫长的跳跃。

(四)

你尝试过急切地想寻找某人时,却发现平时的联系途径突然全部行不通吗?你尝试过怀揣着一肚子委屈想找人倾诉时,却发现那个每天都跟你联系的人突然间消失了吗?

那是一种比绝望更深的深渊,比思念更毒的毒药,尤其是在你不知道对方此刻正被何种所谓的"现实"缠绕,更无从知晓他内心的真实想法之时,除了妄自揣测、焦虑不安,便别无他法。

从跟崔浩见面的肯德基出来,我就立刻开始给左发短信。在发出了七八条短信他都毫无反应之后,我干脆试着直接拨打他的手机,没想到却是关机。

我冲回寝室,上网点开他灰色的 QQ 头像,发了一堆问他是否在

线的语言，回应我的仍旧是一片空白。

我一遍遍告诉自己不要紧张，不要瞎想。左只是碰巧手机关机，不在线上，只是碰巧而已。明天他还是会照常给我发4条温暖的短信，照常上网陪我聊天，在我的空间留下一串串脚印。

在得知周美美告诉了丁凌那么多或是无中生有或是歪曲捏造的事情之后，我故作镇静地安慰自己说，左只是碰巧消失。我不管这是不是自欺欺人，也不管这种碰巧的可能性有多大，我仅是毫无缘由地相信左不会轻易地怀疑我，他肯定会再次出现。

后来左确实出现了，只是那是在一星期之后。

这6天零15个小时里，他都没有发一条短信给我，他的QQ头像从来都没有闪烁。我的希望每天都跟太阳一起升起，然后随着太阳一起隐没。我日日在冰凉的月光里自省——别傻了，左是不会再跟你联系了，你敢说你从来都没有想过利用左来炫耀，利用左来让你看起来并不是没有人疼没有人要？好吧，就算是这样吧。左怎么说也只是一个网络中的人，没有说过话，没有见过面，断了就断了吧，就当自己没有上过网，没有认识过这个人⋯⋯

可是每当早晨一睁眼，我想的第一件事便是去看手机里有没有左的信息，前一夜痛下决心的决定仿佛就是叶上的露水，一遇到晨光便逐一消散。我始终不相信左会连个解释的机会都不给我，不相信他会忍心让我如此难过。

这漫长的一周，折磨得我又恢复了以前的非正常生活。我也才明白原来折磨人的并不是希望，也不是失望，而是在希望中一遍遍的失望，却又无法绝望，始终保持着一点希望之火，却无法燎原，星星点点的温暖让心不至于冻死，却终究也无法复原。

然而，这痛苦等待千呼万唤得来的一条短信，却让悬崖上那被我死死抓住的枝丫也咔嚓一声断裂。我只能听到耳畔呼呼的风声，我只能感到自己在拼命地下坠，什么希望，什么曙光，全部朝着与我相背的方向疾驰。左的脸由模糊逐渐变得清晰，然后又再次变得模糊，我始终看不清，也摸不到，我想叫，却明知道他不能回应。我就这么坠着，坠着，直到失去思考的力气，直到无力挣扎。

"蓝夕，以后我就不会这么经常地给你发短信了，我不想你就这么依赖上我，以后你自己要好好的，保重。"

（五）

当人在受到数次相同类型的打击之后，原本被搁置在角落的自尊便会倏地蹿将出来，无限放大，直到足以覆盖整个躯壳，成为一件伪装坚强的外衣。

左对我的焦头烂额熟视无睹，不给我任何解释的机会，就丢给我一句以后不再常联系的短信。我就像没有经过调查便被直接宣判了死刑的囚犯，而且这还是一桩六月飞雪的冤案。

左这样做跟当年的崔浩又有什么区别呢？同样是死刑，不过一个是斩立决，一个是死缓。左也许还是足够善良，他并没有说以后不联系，只是说以后少联系。

从左发给我那条短信之后，他仍旧是每天发 4 条督促短信给我。但是那就是全部，除此之外不会再说一句多余的话，不再陪我聊天，也不再对我倾诉心事。我想，也许有天这 4 条短信会变成 3 条，然后慢慢地这个号码将不再出现在我的收件箱里。

依赖？可笑，我尹蓝夕不会再对任何人产生依赖，没人再能伤害

到我。你们都不要想再影响我,不要自以为是地关心我是否堕落,不要自以为是地以为自己对我有多重要。为什么一定需要别人插手我的生活?我一个人照样可以活得精彩。

面对左形式上的离弃,我在好不容易冷静下来之后,颤抖着双手回给了他一条:"好的,你也保重!"然后一滴眼泪滴在我右手大拇指的指甲盖上,温热而难过。

我咬牙坚持着让自己不要去想左,不要去上网,不要发短信。我开始害怕回到寝室,因为我害怕一看到电脑就忍不住开机上网,我害怕一躺到床上就握着手机胡思乱想。我越来越多地参加集体活动,尽量让自己看起来很充实。我总是以为外表强大了,就足以支撑我残破脆弱的内心;我总是以为自我催眠地说我很快乐,我就真的很快乐。

我开始学着对左的4条短信置若罔闻,有时甚至看也不看就删掉。但是我会下意识地数每天收到他短信的条数,如果仍旧是4条,那说明他还没有消失的迹象。同时也昭示着日历又翻过了一页,今天我又很克制地没有跟他联系,对他的纠葛理应又少了一分。

在我过多地去为自己表面上看起来又坚强了一点儿而感到欢欣雀跃的时候,却没有发觉自己居然已经很久没有想起崔浩了。

2006年的五一假期,我跟几个同学约好一起去上海动物园,出门前一天晚上左居然破天荒地给我发了消息。

"蓝夕,明天放假了,你有什么计划吗?"

我端着手机,把这条短信读了几遍,然后合上丢到床头,嘻嘻哈哈地继续跟寝室女孩们东聊西侃。说也奇怪,自从上次跟崔浩见面之后,非但美美没有来找我的麻烦,而且似乎关于我的那些流言蜚语也慢慢被众人淡忘,也许是因为我不再自闭,开始慢慢融入大家了吧,有些没有事实根据的东西自然是不攻自破。

等到寝室的女孩们都逐一睡下，我才洗漱完毕，翻身上床。我拿起放在枕边的手机准备关机，可是一看到左的第四条督促短信后，便一边暗骂自己不争气，一边翻回他前面发的那条短信，按下了回复。

"我明天跟同学去上海动物园玩。"

"哦，那你玩得开心。天气预报说明天上海可能会有小雨，你记得带伞。"

"知道了，谢谢。"

五一那天早晨下了一点儿毛毛雨，随后便艳阳高照。同学笑我为了这么点儿雨还拿把伞不嫌累，看昨天晚上繁星满天，就知道今天下不起来雨。我则回答，这叫有备无患，挡了雨还可以遮阳嘛。

这句话是当初左说给我听的。

我抬头看到明媚的阳光穿过翠绿的叶片洒在每个人的身上，斑驳的光影和雨后泥土的清香令人心情十分舒畅。我掏出手机，突然有给左发短信的冲动，同学在前面叫我，我犹豫了片刻，终还是将手机合上重新放进兜里。

谁曾想这一合，关上了某人翘首以盼很久的愿望；这一合，将我日后的悔恨绵延到无尽深远。

第九章 天使来过我身旁

（一）

执着，其实真的不是一件好事。

我过分执着于某个细节，就忘记从最宏观正面的角度去思考问题；我过分执着于自己那小小的自尊，就从来不去想想一向包容我的左怎么会突然不听我的解释，而直接甩过来一句希望我不要对他过度依赖？

我一遍遍地自我心理暗示——丁凌一定是把从美美那里听到的话，原封不动地转述给左听。左一定是在了解到我只是"利用"他在人前炫耀的所谓"事实"之后，悲愤交加决定不再继续跟我交往。但是由于他从来都不会对别人说过于决绝的话，于是他就给我发了那条短信，目的是希望我自己可以觉悟到分道扬镳是我们注定的结局。

一定是这样，事实一定是如此。在这近两个月以来，我始终执着于这个自以为是的想法，故作轻松地生活着，仿佛左真的不曾出现过一样。

可是，为什么我的心里却这般疼痛呢？人家已经提前做出了选择，留给我的只剩下接受，我又还在苦恼什么呢？痛定思痛之后我明白了，这种令人窒息的感觉，缘于我并不甘心，应该说是从未甘心。

在对崔浩的选择上，我自身确实有很重大的责任，因为他一直没有看到我为他的改变，对于他的离弃我并不能理直气壮地反驳。

而对于左的选择，整件事情里我都并没有做错分毫，为什么就不能得到解释的机会？

我可以很大声地面不红心不跳地一字一句地解释给左听——我确实曾经想过利用左来炫耀，但是那仅是曾经停留在我脑海中一个刹那的幻象，我怎么忍心将左的一片真情抹上恶心的污点？我确实动机不纯地找左索要礼物，但是那是为了自己哥哥的幸福，并且我日后也一定会将这礼物的钱还给左，不管这对他来说是否仅值九牛一毛。我有时候确实没有正面否认左是我的男友，那是因为听到别人的这种误会，我已经由开始的窘迫，慢慢变得欢喜，甚至还感觉小小的幸福。

不管我的执着是否持续，也不管我是因为得不到一个解释的机会而耿耿于怀，总之有一点可以确定，在这将近两个月的时间，我从没放弃对左的思念。

一日上网，我看到丁凌长期灰色的 QQ 头像居然是亮的。犹豫不决了半天之后，我终于忍不住主动跟她打招呼，然后旁敲侧击地问她左现在好不好。

谁知丁凌顾左右而言其他，并不做正面回答。我不知道是否是左故意让丁凌不要告诉我关于他的情况，总之在一来二去的交谈之后，我索性直接对丁凌说："你叫他上 QQ，我有话跟他说，你跟他说我很想他！"

我看到我们的对话框上显示她正在输入，一支小笔在左上角写写又停停。我紧盯着那变幻无常的输入状态，想看看丁凌究竟要发什么长篇大论过来。

也许等了一个世纪那么久吧，我才终于看到对话框里出现了经丁凌千锤百炼而出的一句话：

"蓝夕姐，他已经去世一个月了。"

看到这句话后，我顿时笑了起来，旁若无人地大声笑起来，笑得寝室里几个女孩都纷纷回头莫明其妙地看向我。

我的头脑似乎从来没有这么清醒过，我将怪异的笑容僵在脸上，眼珠转也不转地盯着那句话，手指熟练地敲着冰凉的键盘，继续跟丁凌对话。

"我是不能理解你们90后的小孩，这种话难道可以随便拿来开玩笑的吗？丁凌，你不要惹我生气。"

"6月13号，他是6月13号走的，因为脑癌。那天他进了手术室，然后再没有出来。"

"你们都是骗子！你去跟左说，我骂他是骗子！明白吗？你去告诉他，尹蓝夕骂左是骗子，骂杨乐是骗子！"

寝室的女孩们关切地朝我围拢过来，有人拍了拍我的肩膀说道："蓝夕，你没事吧，怎么刚才还在笑，这会儿就满脸眼泪了？"

我还好，我没事，除了被左欺骗，被左遗弃，我一切都很好。

（二）

这个世界上有种痛不欲生叫做无能为力，有种无能为力叫做后知后觉，有种后知后觉叫做不懂珍惜，然而你却永远不知道何时才应该开始珍惜，因为当你了解的时候，你已经痛不欲生了。

在跟左失去联系的两个月后，我突然被告知他已经在一个月前就去世了。我除了觉得这是一句戏言，还能作何反应？

"可是我一直都收到他每天4条的督促短信……"

"他早就把手机给了我，嘱咐我要记得每天给你发短信。他说他承

诺过你,会一直督促你按时吃饭,早点睡觉,不管晴天雨天都要撑伞……尽管后来他已经病得不能用手机了,但是每次我去看他的时候,他都会提醒我记得要按时发短信给你。还有他每次都会问,你是否给他发短信或者在 QQ 留言。"

天知道,我是忍着多么巨大的痛苦强迫自己不要跟他联系,每次成功战胜心魔之后,我都会有些夸张地狂喜。我在阳光下为自己的决绝而沾沾自喜,左却躺在阴冷的病床上,一边凄然地等待我的主动联系,一边又要装出冷酷的模样,害怕我看出端倪。

然而这些却不是最可怕的,最可怕的是左是带着对我的误会离去。当日的赌气使我瞬间丧失了对他道明一切的欲望,而今我已经理清了思路,只求一个解释的机会,却发现已经欲诉无门。

"丁凌,左他是否一直对我有些误会……"

"你是说崔浩女朋友所说的那些事情吗?"

"那些都是她捏造的,我发誓我从来没有在别人面前把左当作什么炫耀的资本,我一直把他当成我的亲人,我不会去干那种下三滥的事情!!"

"蓝夕姐,这些到底是不是真的其实都不重要了。当时我确实十分气愤地把那些事情都说给他听,但是他只是稍稍沉默了一下就对我说,他不怪你。不管你是出于什么原因而给他温暖,他都觉得很幸福了,因为你们在一起聊天的日子,是他觉得最快乐的时光。他知道自己比你小太多,你的心里也还装着另一个人,所以你肯定不会接受跟他在一起,但是他能够在时日不多的生命里让你觉得开心一点儿,他也就很满足了。"

原来这个世界上除了尹蓝夕还有一个比她更傻的傻瓜,原来电视里催人泪下的韩剧并不全是无病呻吟,原来天使并不是只存在于天堂。

只是守护我的天使折翼了、失声了，最后又回到天堂了。

"他可真是过分，连张照片都不留给我，我还说要放到我的网站主页上去呢，丁凌，你能帮我吗？"

"我没有他的照片，也从来没有跟他合过影，他是个很不喜欢拍照的人。如果不是因为上次答应了你，他是绝对不会用手机拍那个照片让我发给你的，他总是说他答应你的事情就一定要做到。"

我此刻除了自嘲地笑笑还能如何，再多的眼泪也换不回已经被我删除的彩信，现在唯一还可以拿来缅怀的就是脑海中那朦胧隐约的少年脸庞。

"我还没有听过他的声音，我删了他留给我的唯一一张照片，左是真实存在的吗？丁凌，你告诉我左是真实存在的吗？"

"他后来去医院治疗过，本来是可以开口说话了的。但是因为长时间失声，他的嗓子变得十分沙哑，也不太会表达。所以他一直不肯告诉你他已经可以说话，因为他不想用沙哑难听的声音破坏他在你心中的形象。"

我恍然，其实那次寝室快熄灯前我在楼下电话亭给他打电话的时候，他是可以说话的，只是因为不想让我听到令他不太自信的声音，所以一直压抑着自己想安慰我的欲望，仅是全神贯注地聆听我的哭诉。为了我，又是为了我。

"蓝夕姐，他的生日是5月1号,你还记得吗？我想你肯定不记得了。因为他那天守着手机等了一整天也没有等到你的短信。尽管后来我找他去吃饭的时候，他显得很无所谓的样子，但是我知道他一定很难过，他那天甚至忘了许愿就慌忙吹灭了蜡烛。"

我现在还可以说抱歉吗？原本我答应也送他一份生日礼物的豪情壮志上哪儿去了？左在前一天提醒我出去游玩要带伞，我甚至连一丁

点儿要忆起他生日的迹象都没有,谁可以给我带上惩罚的枷锁?而我又要找谁来请求宽恕?

"丁凌,谢谢你。我知道你也很难过,可是还要你来告诉我这一切真相,这无异于再次揭开你的伤疤。真的谢谢,还有,对不起……"

"蓝夕姐,我只是为自己爱的人做他认为快乐的事情。你不用谢我,我不是为你,我是为杨乐。"

于是这世界上诞生了3个傻瓜,傻得去相信爱情,傻得为爱情肝肠寸断,却永不言悔。

(三)

你可以想象一个人就这样凭空消失了吗?在你每天还收到相同的号码发来短信的情况下,却被告知号码的主人已经不在人世,你可以想象这种无助吗?没有正式的告别,没有真实的理由,就是如此突兀地在你的生活里挖了一个大洞,你可以想象这种没有丝毫心理准备的打击吗?

可笑的是,我还一直一厢情愿地以为他真的在好转,我还一直小肚鸡肠地以为他只是跟我闹小孩子脾气,我还一直无限憧憬地以为他也许有天会回来,眉头微皱却又遮掩不住笑意,用他自己的声音清晰地对我说:"蓝夕,记得按时吃饭,睡觉关机,不论晴天雨天都要撑伞,不要让我担心哦。"

从那天开始,我每天都去左的空间留言,把他所有的日志一篇一页一字一句一标点地看完,直到烂熟于心。我始终不能接受丁凌口中的这个事实,我总觉得他在某天还会回来,这种执着一直苦苦支撑着我,就如《迷失》里那位跟老伴儿在坠机后失散的老妇人一样,我们都始终固执地坚持着各自最宝贵的,在旁人眼中却看似不切实际的念想。

在那位老妇人沧桑的面庞上从来看不到绝望,她也从不按常理思考飞机失事后人生还的可能性有多大。只是每日抱着万分的希望坐在沙滩上,任凭从海岸线投来的阳光将自己的影子一会儿缩短一会儿伸长。她的表情安详而坚定,时间并不能磨灭她的意志,反而让这种盼望更加坚固持久。

结局是两位老人终于在老妇人每日等待的沙滩边重逢。我不想说这是岛造成的奇迹,那也许是两人间深厚的感情对彼此形成的无形羁绊,并在冥冥之中牵引,使两人从岛的两头沿着圆的轨迹最终走向重逢。

向左走,向右走,可以重逢并不全是因为命运改变了习惯,而是你们之间已经经历了足够多的磨难,连丘比特也不忍心再看你们继续错过,爱神之箭终于为你们找对了另一半,在圆的另一边碰头只是迟早的缘分而已。

可是,左,我们还没来得及找到对方呢,你就被丘比特接走了吗?你散播爱,但是为何又要残忍地收回,我甚至来不及说抱歉,来不及说再见,来不及说爱你。

左的空间里有一张 PS 过的黑白相片,比他给我发的那张手机图片更加不清晰。照片上的男孩歪头浅笑,被很多或滴血殷红或黑暗萎靡的非主流图片穿梭围绕,男孩的表情在漆黑一片的空间里显得空灵而羞涩、薄凉而不羁。随着我点开空间的刹那,张扬着刺眼白色的闪灯光线和 Darin 的《B What U Wanna B》交相辉映,干净、叛逆、高傲、寂寞,似乎昭示着左从不曾离开,不然这里不会还残留他温暖的味道。

"Doctor, actor, lawyer or a singer, why not president, be a dreamer, you can be just the one you wanna be. Police man, fire

fighter or a post man, why not something like your old man, you can be just the one you wanna be……"

那么，左，你又想成为什么样的人呢？

左曾经告诉我，他只想当一个被自己所爱的人爱上的人。

2006年7月5日22点50分 以前是蓝夕太自私，从来都只是让你给她踩空间，以后不会了，她会天天来，作为对你的补偿。你说好吗？不过你可要早点回来哦，不然蓝夕会改变主意，你知道她善变的。

2006年7月7日12点25分 我的两个账号，现在一个是"左"，一个是"蓝夕"。我让它们每天一起上下线，一起陪伴。喜欢吗？呵呵……

2006年7月8日10点10分 早上起来，脑子里像要爆炸。说过的话，走过的路，像连续不断的电影反复重播。你说的"慢慢习惯"怎么就是这么艰难的过程？知道吗？现在我最后悔的事情，不是执着着自己的噩梦，因为噩梦还可以清醒，可认识了你，却是永远无法改变的事实。你教会我识别温暖，却忘记告诉我原来泡沫终将湮灭。左，你比他残忍……

2006年7月9日10点12分 你没有说再见，对一切都隐瞒。我活在谎言的世界里。而你，却亲自主持。

2006年7月10日17点5分 五一那天是你生日，我没有说祝福，你没有生气，没有怨言，只告诉我下雨不要故意忘记带伞。我生日那天你打了好几个电话，我却没有回电。然而，也再没有机会说抱歉。

2006年8月21日9点20分 《绿光森林》里的女孩说："如果有一天你发现我不见了，一定要相信，相信我还会回来。"你不见3个月了，还会回来吗？什么时候回来？

2006年8月22日9点33分 再次梦到你的留言。醒来后胳膊上的烫伤开始发疼。

2006年8月23日20点59分 放假在家里拍了好些照片，挑了几张传到了空间，你会来看吗？

2006年9月25日23点6分 你好久好久没陪我聊天了……

2006年11月1日3点29分 难过了一晚上，电影闪了一晚上，现在可以安静地睡了，左，晚安。

2006年11月11日11点11分 嘿嘿，这个时间是不是很好？蓝夕一个人，左却不在身边……你说我想你的时候，你就会出现。那我现在想你了，想你了，想你了，你出现了吗？

……

左的空间永远不会孤单，因为有我和丁凌每日的照看。可是我却再次陷入比之前更深的泥沼，左，你又将何时来将我拯救？你在天空看着我，还会心疼吗？神秘的四叶草带你找到幸福了吗？

我曾经一度分不清现实和网络，也不敢跟旁人提起，或者说其实是害怕这一切被证实真的只是泡影。我生怕那些足以支撑我的美丽片段，被人轻轻一碰就会瞬间炸裂，只剩一片冰凉的水雾。

但是有个声音在我心底却逐渐清晰——左不是虚幻的！尽管我从没听过他的声音，从没看过他的笑容，但是他留在我心底的却是一片无比真实的温暖。就如紫霞仙子在至尊宝心里留下的眼泪，不是痛到撕心裂肺、肝肠寸断，根本就不能体会到那滴泪的珍贵。

左是一个有血有肉的人，是一个刚刚过了16岁生日的人，是一个我爱上的人。

（四）

大四，是个收获与分离的季节。校园里的毕业生们不是忙着考研、找工作，就是忙着跟另一半纠结地分手。

然而我却显得与周围的人有些格格不入，因为我的生活依然按部就班地进行着——不考研，准备直接拿着毕业证和学位证在上海找一份稳定的工作。也没有要分手的人，看着每日女生楼下嗔笑怒骂的众生相，我很庆幸自己不用去亲身经历。

我只是照常吃饭，按时睡觉，睡前关机，不去故意淋雨曝晒。然后每天花一定的时间为左的空间浇花，认真地留下自己一步步的足迹，让那个漆黑的空间看起来不至于没有人气。同时我也按时更新着自己空间的日志，因为左曾叮嘱我不要偷懒，不然下次他上网就没有更新可以看了。

我在课余时间用彩色铅笔将我和左的故事绘成一幅幅漫画，然后扫描到电脑里，上传到我的主页空间——"那时的我们，是最温暖的存在"。主页里只有一个友情链接，就是"左岸"。每当完成一幅图画，我都会到左的空间里去向他报告进度，我总觉得他能看到，不论他身处何方，也不论他何时归来。

其实我曾经无数次责怪左的不辞而别，虽然我不知道自己可以为他做些什么，但是他至少应该留给我一点儿努力的权利。《天使A》里的安德烈在最紧要的关头紧紧抱住了自己的守护天使，不让她返回天堂。天使在经过了一番痛苦的挣扎之后，终于跟安德烈一同掉进塞纳河里，一如他们的初见。天使的翅膀消失了，最终她以一个凡人的姿态忘情地与安德烈在河边相拥。

那么，当雪白的翅膀穿透你后背的一霎，左，你疼痛吗？为什么不给我一个拥抱你、阻止你飞往天堂的机会？如果可以，又为何不带我一起飞翔？

当我沉浸在对左无尽的思念中，而几乎要忘记崔浩这个人的时候，周美美敲响了我寝室的门。

她知道通常下午这个时间就我一个人在寝室，于是仅轻敲了两下门，便驾轻就熟地从门缝里探入半个脑袋对我莞尔一笑，然后快速地闪身进来，转身敏捷地将门插上。

我有些慌乱地关掉了左的空间，有节奏的英文歌曲在空气里突兀地消失不见。

"有事吗？"我面无表情地看向拖了张凳子坐到我身边的周美美，感觉除了陌生还是陌生，我甚至不记得自己已经多久没有和她说过话了。

"嗯，那个……也没什么事，就是好久没见你了，过来跟你说说话。"美美有些不自然地看了我两眼，然后便不敢再继续跟我对视，而是开始若无其事地环顾我的寝室。

其实我该想到有这一天的，美美的人缘其实一直不怎么好。她秉承着"作"的特质，并且还将这种特质发挥得淋漓尽致。她喜欢得理不饶人，对一些细节斤斤计较。这种性情在男生面前也许还可以当成是耍可爱的小姐脾气，可是在女生眼里那自是十分不讨巧。

可是就是如此的周美美，却和我阴差阳错地成为了闺中密友，有时候两个人的缘分就是这般不可思议，说不清楚原因，但是就是被什么东西牢牢地维系着。

我喜欢她的猫性，她喜欢我的包容，也许还有我的衬托。

在我看来,跟崔浩在一起之后的周美美,是将自己可爱柔媚的一面渐渐隐藏起来,而那些诸如小心眼儿、乱吃醋的毛病却被无限放大。也许恋爱中的她并未发现这些弊病,就如我当年没有发现自己的问题一样。

因此,美美落到今日只能委曲求全、低声下气地来找我说话的地步,也并不是多不可思议的事情。

看着平时飞扬跋扈的她此时仿佛又回归到当年亲昵地叫我"蓝夕"的可爱女孩,我的心便再次不争气地柔软起来。我关掉显示器,将身子转向她,轻声问道:"美美,你怎么了?"

"蓝夕,你说人是不是一种很贱的动物?动不动就喜欢犯贱,貌似高傲孤立,其实没有一点尊严,从来都是失去之后才知道要珍惜!"美美将刚才散漫的目光迅速集中起来,直视着我的双眼说道。

"你跟崔浩……是不是吵架了?"我有些担心地看着她,这种状态和这种过激的言语,应该是某种战争爆发之后的产物。

突然,一滴我始料未及的泪顺着美美柔和的面颊滚落,我瞠目结舌,一时间不知从何规劝。

"蓝夕,如果有天崔浩回头来找你,你会回心转意吗?"随着美美的睫毛轻颤,又有几滴泪掉了下来,她抓着我的手,一股冰凉顿时传遍我的全身。

如果时钟可以拨回4年前,那我希望自己不要为了省钱而去坐那个硬座;如果历史可以重新改写,那我希望自己可以生活在左的周围,远远地听他的声音,看他的笑容;如果真的有爱神之箭,那我希望这一箭的联系不要再有丝毫偏差,要知道只因一句有缘无分的理由就将箭硬生生地从心中拔起,那是连神都无法忍受的痛苦。

如果真的有如果,那我希望谁也不要遇上谁,只愿一切回到原点。

第二部分 左岸

白色，到处都是白色……

头顶上的灯光太过强烈，直刺得我睁不开双眼，几个从上到下都包裹着白色，就连脸颊都用白色的口罩遮去大半的男男女女神色凝重地在我身旁来回穿梭。

紧张沉郁的氛围让房间里的空气似乎流动得很慢，我甚至感觉到它缓缓经过时用力地碾压着我干燥的肌肤。我听到金属撞击铁盘发出乒乓的声音，冰凉而激烈。一个巨大的氧气面罩箍在我的脸上，随着我的呼吸不时被蒙上一层白雾。

我想思考，但是有种极大的力量却催促我进入睡眠，我用尽所有的力气与这股力量抗争，因为我知道自己一旦睡去，便可能再也无法醒来。

我还不能睡着，我还有很多事没做，我还有很多话没说，我还有一个人没见，我还有一段幸福没有追求……

刚才我看见了谁的脸？爸爸、妈妈、丁凌、林小琳、陈方博……每个人都那么严肃，所有的女人都在哭，所有的男人都在叹气，这可真是个悲哀的场面，可是怎么好像少了一个人？那个人似乎站在离我很远很远的地方，穿着白衣，长发披肩，笑容恬静。

我告诉丁凌一定要记得每天给那个人发4条督促的短信，我告诉

丁凌如果我真的无法离开这个房间,她也不要为我哭泣,更不要把这个消息告诉那个在远方毫不知情的人,就让她永远单纯地快乐吧,然后慢慢把我忘记。

可是,如果那个人真的把我忘记,我的心又会如何地疼痛呢?我总是想做一个潇洒的人,可是对她我始终不能。

好了,那先这样吧,我对抗那股强大力量的精力已经慢慢变少,我的意识开始模糊,我的双眼逐渐闭合,药物麻醉的力量逐渐传遍我的全身……

我就要看不到你了,我就要不能给你发短信了,我就要不能再陪伴你了,如果我的生命真的只剩下一秒,那么我也要用这一秒来想念你。

眼睛阖上,睫毛轻颤,一滴泪珠滑落,滑落,滑进发际,消失不见,刹那芳华,于是永铭心间。

青梅竹马不是爱情。

(一)

我从记事起就不知道穷困是什么感觉,就像我从记事起就不知道被爱是什么感觉一样。我有堆成山的玩具,永远也花不完的零用钱,还有永远冰冷着原本俊朗、美丽面孔互相谩骂的父母。

他们应该是我的父母吧,因为他们总是说,如果不是因为生下我,他们早就离婚了云云。所谓的家族联姻,让两个大家族互相扶持,继续稳步朝着繁荣昌盛前进,但是因此牺牲了两个年轻人的幸福,然后无端多出了一个本不该存在的我。

可惜我这块绊脚石也未能牵绊住他们朝着各自幸福前进的坚定脚

步，有人说孩子是爱情的结晶，那么我又是什么的结晶呢？是为了利益而不得不导致的错误，还是在没有感情的基础上产生的负累？总之，与爱无关。

可笑的是，不知两人是不是已经争吵成了习惯，末了他们还争夺起了我的抚养权。也许毕竟是怀胎十月的痛楚让母亲刻骨铭心吧，在我被判给父亲之后，她竟哭得十分动情，抱着我使劲儿说话，叫我要乖，还说以后会常来看我。我的脸被她的眼泪弄湿，但是我却淡然得令所有大人都震惊。不哭不闹，不吼不叫，只是安静地等着这一切结束，好赶紧回去看我的动画片。至少，那所一千平米的大房子不会逃跑，电视里的动画片每天还会按时播出。不论这个世界有多少人离婚，也不管这个世界有多少跟我一样的孩子被遗弃，能够坐在柔软的大沙发里看我喜欢的动画片——对我来说便已足够。

当你发觉这个世界上只有自己可以依靠的时候，你就再也不会为一次跌倒而痛哭流涕；当你发觉这个世界上只有自己可以对自己倾诉的时候，你就再也不会为了一件玩具跟伙伴大打出手；当你发觉这个世界上没有人可以取暖的时候，你就再也不会拒绝所有——即使是来历不明的爱情。

母亲年轻美丽，身世显赫，很快就有了新的家庭，她总算一扫脸上的阴霾，露出我从没见过的灿烂微笑。这种幸福的情绪一直蔓延到她来探望我时的举手投足之间，她的性情变得温柔体贴，让我不禁暗叹爱情之伟大，爱情竟可以从头到脚、从里到外地改变一个人。于是我也扬起笑脸，尽管我知道，她的幸福以及她的微笑都与我无关，至少没有直接的关系。

相比之下，父亲则显得内敛、阴郁很多。他总是有忙不完的工作，彻夜不归是家常便饭。我对他说的最多的两句话就是"爸爸，你上班

了?""爸爸,你回来了?"

并不能说父亲对我毫不关心,他经常问我零花钱够不够、玩具够不够、衣服够不够、零食够不够……可是他从来不问我,得到的爱够不够?

他从来没有对我提起——如果有天他也有了自己的家庭,我会如何? 但是我早就问过自己千百遍,结论也并不是很难得出,因为从他们离婚那一刻起,或者说从他们日复一日的争吵开始,我就决定了要靠自己——靠自己对抗夜晚的黑暗,靠自己对抗学校里同学的欺负,靠自己对抗羡慕别人家庭幸福的心理,靠自己对抗体内的病魔,靠自己对抗无常的命运。

这个世界谁都会离开谁,没人能逃过独自一人面对生活的命运,我只是比别人早一点儿成长而已。我的眼泪会在夜晚的黑暗里逐渐干涸,我的拳头会在同学的欺负中逐渐变强,我的羡慕会在别人的幸福中逐渐麻木,我的身体会在跟病魔的斗争中逐渐强壮,我的人生会不再听取命运的唆使,而逐渐走出自己的棱角模样。

我叫杨乐,网名左岸,我喜欢几米,我始终相信真爱的存在。

(二)

一个人在阴影下生活久了,是否就会渴望阳光? 对我而言,林小琳就是一抹夏日午后的温暖阳光,她似乎有将周围的事物都照亮的本领,有她就会有笑声,有她就会有晴空。

林小琳的父亲是我父亲下属子公司的负责人,经常到我家来跟我父亲商讨工作,加上他们两人年纪相当,因此关系甚密。

每次林小琳都会屁颠屁颠地跟在她父亲身后,大摇大摆地穿过我家的花园,进到我家一楼的大客厅,然后径直走到我的背后,猛地一拍我的肩膀,希望能吓到正全神贯注看动画片的我。

而我每次也确实会被她吓到,继而整个客厅都会回荡着林小琳开心而得意的大笑。我也会被这种笑声感染,不知不觉地令自己的嘴角上扬,眼睛变成月牙。

与其说是林小琳吓人的功夫了得,不如说是我每次都期盼着那个从身后拍我肩膀的小姑娘快点儿到来。

林小琳让我羡慕的地方,除了她明媚的笑容,还有她幸福的家庭。她的父母是远近闻名的模范夫妻,两人的恩爱、一家三口的和睦无法不令人艳羡,尤其是我。

这个世界上并不是没有亲情、没有真爱,林小琳不就拥有着这一切吗?只能说是我碰巧没有遇到而已。于是我喜欢跟林小琳在一起,当她的小跟班。我希望她的光芒耀眼一点,再耀眼一点,足以驱走我周身的寒冷,和我脑中的阴霾。

从我出生起,去医院对我就像家常便饭,而只要林小琳碰巧在我家,我便希望她可以成为陪我一起去医院的那个人,而不是一脸不耐烦的母亲或者手机总是响个不停的父亲。

有一次我从验血室出来,看到坐在外面塑料椅子上的林小琳正一脸坏笑地盯着我看。她有节奏地前后晃着小腿,不屑地对我说道:"杨乐啊,你可真没用,抽点儿血就怕疼呢?我看你刚才都快哭了,这还是有我陪着你呢,要是你一个人可怎么办啊?"

我微微笑笑问她:"你不怕抽血?"

"当然,我从很早以前就是一个人来医院,无论是抽血还是打针。哦,除了司机之外。"她又露出我百看不厌的得意微笑。

"不会吧,你爸妈不陪你吗?他们放心你一个人来啊?"我一脸诧异。

"他们?呵呵。他们最关心的只有自己吧。"林小琳自嘲地笑笑,然后似乎又想起了什么,便捋起一边的袖子给我看,在她那白皙的皮肤上几条红印赫然醒目。

她笑嘻嘻地对着目瞪口呆的我说道:"我妈打的,呵呵。我爸老在外面玩女人,她自己又没本事让我爸听她的,就爱拿我出气。表面上你们看着我家很和睦,他们都是爱面子的人,所以他们是不会离婚的。他们也都没空管我,你不知道我自己一个人有多好。呵呵呵……"

我心疼地抚着那几条张牙舞爪的红色印记,抬眼看了看这个从来都散发着无限温暖的女孩。我突然明白了为什么她可以照耀别人,那是因为她自身根本就是一颗无穷无尽的光源,她的光芒不是靠别人给予,她是坚强而独立的。

那么,就让我们互相取暖吧,就让两个同病相怜的人互相靠近。你已经照亮了我内心最柔软的地方,可我何时才会占领你的心房?

(三)

对于我和林小琳的关系,我想用一句话形容最为合适——"我本将心向明月,奈何明月照沟渠"。

儿时的我们一起打闹嬉戏,一起上学放学。林小琳时刻散发着光芒,吸引我始终不能离其左右。她也从不否认跟我关系密切,有时甚至同我勾肩搭背,还曾经死活要跟着我进男卫生间,想看看究竟跟女卫生间有何不同。

然而不知为何,我认为这并不是我想要的感觉。

就算我们已经亲密到可以肌肤相亲,但是却始终有种无法言语的距离感将我隔在一堵玻璃墙之外——我可以看到她的一颦一笑,一举一动,可是就是无法触碰,或者说,她的一切始终无法与我取得关联。

我曾想林小琳是否过于坚强,以至于她从未想过要得到别人的保护。可是后来我才发现,也许她只是觉得我没有保护她的能力而已。

随着岁月的成长,一些不同的变化开始出现在我们身上。林小琳不再像以前那般同我肆无忌惮地打闹,她开始变得安静,开始学会跟其他女孩一样温文尔雅地走路,坐下时双膝并拢微微向一方倾斜。

她的头发也开始变长,优雅的斜刘海儿挡在她光洁的额上。当风吹起她的长发,也吹起美丽裙摆。我喊她的名字,她回头的一刹会露出好看的锁骨和瘦弱的肩膀。

永远不曾改变的是林小琳那令人陶醉的笑脸——这盛开在花季的笑容远比其他任何时候都要更加灿烂耀眼。

我开始明白我想要的是什么,我希望自己能够永远守护这张笑脸。林小琳的阳光可以晒干总是困扰我的抑郁阴冷,我无法想象失去她的生活将会回归怎样的灰暗。

林小琳喜欢上网聊天,她喜欢把键盘拍得噼啪作响玩劲舞团,她喜欢非主流的打扮和照大头贴,她还喜欢一件我非常厌恶的事情——见网友。

林小琳总是对我说:"放心啦,杨乐,我就是觉得好玩嘛,见见又不会怎么样。我才不会去跟他们搞一夜情呢,谁知道他们是不是青蛙或者迷你青蛙呢?再说,有你陪我去嘛,我知道你不会丢下我一个人的,对吧,嘿嘿……"

最终我总是一脸无奈地被林小琳拖到她跟网友约定的见面地点,

充当她的备胎。那些地点多是比较有情调的饮品店。按照约定的计划,如果她点的是果汁,说明她有兴趣继续跟这个人聊下去,那坐在一旁的我就可以无声无息地消失了;而如果她点的是咖啡,则说明她需要我立刻出现替她解围。我一般都是先打个电话,假装问她在哪儿,然后径直走到他们桌前带她离开。

而在我们离开之前,她会要求我为她留下那杯咖啡的钱。对于不喜欢的人,她也绝不会让自己欠下人情的。

作为回报林小琳会嬉皮笑脸地拽着我的胳膊请我去吃哈根达斯,她总是作出很听话很委屈的模样告诉我这是最后一次。

我虽然从来不相信,可却总是忍不住点头。

然而凡事都必有最后一次,林小琳结束那无稽可笑的疯狂网恋,是在遇到陈方博之后。

(四)

据林小琳说,这次要见面的人是一个她聊得时间最长却一直未见面的网友。本来她早就对此人颇有好感,但是此人却从来都不着急见面,说要等林小琳彻底爱上自己才可以。因为他觉得自己长得太难看,所以需要先多培养感情,直到他们间的维系能够达到情人眼里出西施的境地,他才会给林小琳看自己的庐山真面目。

林小琳跟很多女孩一样,是十分看重外表的。因此她便也不敢贸然约此人出来见面,生怕真的如此人所说,长得对不起观众,让一段如此美妙的感觉在阳光下凄然死去,那也未免太过可惜。

于是在跟这个人继续暧昧的同时,林小琳也从未间断过隔三岔五见网友的活动。

直到有一天，林小琳兴奋地跑到我家来对我说："杨乐，我决定去见他，不管他长得什么样，我都会做他女朋友。"她上气不接下气的话语里夹杂着几声咳嗽，说明她还未从刚才激烈的跑动中冷静下来，而她闪动的双眸和娇羞的神采，说明她这些话是出自真心而并非玩笑。

我把手中的几米画册放下，抬头看到阳光在她脸上投下斑驳的树影，暖风吹动她的青丝，却吹不开被汗水粘在她额前的碎发。微笑着的林小琳永远是那般美丽，她的笑容充满了爱的芬芳。

我还能如何呢？只能还她一个微笑，问她："那这次还是否需要我去护驾？"

林小琳抿着嘴唇，垂下眼帘思索了一阵，然后恢复微笑的表情对我说道："嗯，不用了，我自己能搞定！"

她的拒绝为何让我觉得如此痛彻心扉呢？不用去看她跟别人甜蜜的样子，我不是应该开心吗？可是，我却觉得自己就要抓不住她了，手中的风筝线已经越来越短，我拼命地拉扯着仅剩的线头，直到线在掌心留下丝丝血痕。

这是我第一次在林小琳没有要求也没有允许的情况下，偷偷尾随她到了一家水果捞店。

林小琳到的时候，那个人已经先到了，他坐在一个靠窗的座位跟她挥手。

林小琳开心地快步走去，在那人对面坐下。

幸好这家店很大，我在两人点餐的时候，偷偷溜到一个墙角的座位坐下，随便点了杯沙冰，便假装埋头看书，并时不时注意林小琳那边的动静。

两人应该是谈得很投机，林小琳那银铃般的笑声一阵阵冲击着我

的耳膜。可惜从我的角度只能勉强看到两人的侧面，即使如此我也可以分辨出两人的表情是如何地生动。

一种叫做醋意的东西开始在我的五脏六腑翻滚，甚至我捏住书的手指都开始微微颤抖。如果目光可以杀人，那我早就杀了林小琳对面那个人千百万遍；如果醋意可以量化，那我体内的酸性物质早就已经翻江倒海。

这究竟是一个怎样的人，可以让林小琳能不顾他是否长得像卡西莫多？可以让林小琳拒绝我的陪伴？这些年亲密无间的相处，居然输给了网上的几次聊天？这份埋藏已久的深情，居然就败在了朝夕的对话之间？

但是说实话，他长得并不难看，甚至可以说很帅，而且……让我觉得十分眼熟？对，十分眼熟。

"杨乐？你怎么来了！？"林小琳惊讶地差点儿把一口果汁喷到我身上。

反倒是她对面的男生十分镇定，只见他缓缓地站起身，对我伸出一只手笑着说道："杨乐，好久不见。"

我"啪"地打开他的手，却一把搂住他的肩，跟他拥抱在一起，狠狠地说道："你这个臭小子，啥时候回来的啊？居然也不去找我，太不够意思了，到底还把不把我当兄弟？"

男孩笑得一脸诡异："嘿嘿，这不是想给你个惊喜嘛。"

看到我俩你推我揉地闹得像一对失散多年的亲兄弟，林小琳张大了嘴巴，坐在位置上只剩下发傻的份儿。

这个人叫陈方博，家族企业也是上市的大集团。三年前他被父母送出国读书，不知何时回来的，但是有一点十分肯定——他就是林小琳已经喜欢上的并且可能一直喜欢下去的人。

（五）

沈阳夏日的阳光总是张扬得有些毒辣，热乎乎的风在我家的花园里来回穿梭，空气干燥得令人嗓子都冒烟。我和陈方博就在这样一个午后，坐在一张圆形编藤柚木桌的两边，面前放着一杯冷饮，巨大的遮阳伞将我们恰到好处地包裹在一个阴凉的区域内，令我们不至于因为过度炎热而丧失了谈话的兴致。

"杨乐，你还是这么喜欢晒太阳，不过我看你真是怎么晒都晒不黑呢。"陈方博伸手擦了擦额上沁出的汗珠，又猛地吸了一口饮料。

"你嫌热咱们就回屋吧。"我知道陈方博很怕热，不过那是三年前的他，不知道几年的国外生活是否令他有所改变。

"不用不用，在这儿挺好，这里安静，适合聊天。"陈方博摆摆手，继续边流汗边喝饮料。

也许是错觉吧，我似乎觉得陈方博故意把"聊天"二字说得比其他字都沉重。

我们或深或浅地聊着一些在他离开之后我们共同熟悉的人和事物，以及他在国外如意或者不如意的生活。

陈方博跟我小学和初中都不是同一个学校，之所以认识他是因为他母亲和我母亲是关系甚密的麻友。每当我去母亲家的时候，大部分时间都可以看到这个浓眉大眼的男孩子安静地坐在她母亲身后。

本来我还以为他是个内敛孤僻的男孩，后来慢慢熟识之后才知道原来他的乖巧不过是为了换取他母亲允诺的零花钱，以便去买自己心仪已久的漫画书。

两个叛逆调皮而又百无聊赖的小男孩很快便开始熟络,并且称兄道弟。随着两位母亲在麻将场上"叱咤风云",两个小男孩也是相见恨晚,在一起有说不完的话,干不完的"坏事"。

陈方博的成绩很好,他上的是全市最好的重点中学,本来他家里也想送他去我和林小琳所在的贵族学校,可是被他断然拒绝了。他是个很低调的人,从来不让司机接送,每天自己步行去公交站搭车上学、放学。他不希望自己被别人戴上家里有钱的光环,他耀眼并不是因为他丰厚的家底,而是因为他是陈方博。

我跟陈方博坐在花园里聊了很久很久,看上去是那么的开心,仿佛三年的光阴并不曾拉远我们的距离。但是有一个话题,我们都很小心地不去提及,生怕一触碰,我们一直谨言慎行维护的美好画面就会被撕裂,仿佛那个话题是一条拉链的开口,一旦拉开便再无阖上的可能。

然而当我们终于只剩下这一个话题时,陈方博还是选择了与我直面相对,让我无处可躲,无处可逃,只能眼睁睁看着他把我们之前营造的所有一切全部粉碎成灰,包括曾经,也牵扯未来。

"杨乐,你记不记得我唯一一次上你家玩儿,结果就碰上你挨打?"陈方博似笑非笑地看着我说。由于父母的离异,每次见他都只是我去找母亲的时候,而他从来没机会到我父亲家中来玩,除了那唯一的一次,那可能改变了我们三个人一生的一次。

我大笑着点头:"是啊是啊,难得一次叫你来我家玩,没想到就碰上我爸把我藏起来的考卷翻了出来,然后对我大打出手,真是丢脸。哈哈,那次林小琳也在,她还跟着我一起到处跑,叫我爸手下留情呢。"话刚出口,我便意识到了陈方博提起这个话题的目的,笑容渐渐僵在我的脸上,两束探究的目光也迅速投向了对面的男孩。

只见他仍旧保持着似笑非笑的表情,以令人难以察觉的程度微微点了下头，说道："那是我第一次见林小琳，没想到见过之后便再也无法忘掉。在阳光下荡着秋千举着水管浇花的林小琳就是一个拥有最明媚笑容的小天使，在客厅里为了维护你而满脸泪痕地求你爸爸网开一面的林小琳就是一个坚强讲义气的小勇士。你知道吗，杨乐，我已经不知道在你口中听了多少遍林小琳这个名字，而当我真正第一次见到她的时候，才知道她的吸引力比你的描述的有过之而无不及。当然，我知道你一直很喜欢她，而那个时候我也即将出国，所以我想也许你们是合适的，我就把自己的感情埋藏在心底了。可是没想到我爸爸为了让我尽快熟悉公司的运转和操作，改变了我的出国计划，要求我回国上高中，以便跟在他身边学习。而我回来的第一件事就是打听你们是否已经在一起。当我得知林小琳还是单身的时候，我承认我很惊喜，我弄来了她的QQ号，开始跟她聊天。这个傻姑娘肯定已经不记得小时候跟我有过一面之缘了，而我发现自己除了越来越喜欢她，也别无他法。我知道你是个内敛的人，我想也许是因为你还没有跟她表白，也许她也一直在等待你的倾诉，可是在跟她的聊天中我却发现事实并非如此。杨乐，她并不爱你，这才是事实，我想你也应该早就明白，所以我觉得自己应该挺身而出了，我不要再懦弱胆怯，因为我相信这才是我们最好的结果。"

听完陈方博一番来龙去脉的讲解，我"哧"地笑出声："陈方博，你凭什么就能说这是最好的结果？你凭什么？我跟她从小一起长大，我就像了解自己一样了解她，我们青梅竹马……"

"杨乐，青梅竹马并不是爱情，你不会以为时间可以跟爱情成正比吧？是的，我没有你了解她的爱好和习惯，可是我知道她需要什么，她想要什么。"陈方博淡定地抢白了我未说完的话，然后残忍地将一个我多年来都不敢面对的事实赤裸裸地摆在了我眼前。

林小琳她到底需要什么呢，她又想要什么呢？

花园里的灯亮了起来，父亲在窗口唤我和陈方博进去吃晚饭。

"天黑了，我们进去吧。"陈方博起身走到我的身后，拍了拍我的肩膀，可是此刻我的脑子里只剩下一个声音在回响："林小琳她到底需要什么呢？她又想要什么呢？"

第十章 以沉默为纪念

（一）

如果说我对父亲的感情更胜于我对母亲的话，那最重要的一点就是我觉得父亲要比母亲更加认真地对待那份感情。这场两个大家族之间为了某种目的的联姻，让两个也许本不该相识的年轻人成为了彼此的枕边人，其实这未尝不是一种缘分。十年修得同船渡，百年修得共枕眠，何况他们还有了我，就算不是爱情的结晶，难道这些年的朝夕相处就没有产生一点儿所谓的亲情？

母亲像出狱重生般奔向另一个男人的怀抱，迅速组建了自己的另一个家庭。说实话那个男人还算比较有风度，至少当着母亲的面会给我买很多的零食玩具，对我体贴有加，然后母亲便会笑得一脸灿烂，亲昵地搂着他的胳膊叫我快点儿谢谢叔叔。而我自是照单全收，却从不开口言谢，不要以为我不知道他花的其实全是我母亲的钱，除了更加高大帅气，这个穷酸的小公司职员有哪一点比得上我的父亲？

可是母亲告诉我，这是她在结婚前便爱上的人。他一直在等她，还曾许下言情剧般恶心的誓言，如今才真正算是有情人终成眷属。我听后不屑地冷笑，母亲只能叹着气说："你还小，你不懂。"

我不知道父亲是否爱着母亲，至少他还曾私下问我母亲现在过

得好不好,至少别人给他介绍对象的时候,他会有所顾忌地看看我,然后笑着摇头拒绝。

我曾经天真地以为也许对于父亲而言我是重要的,他会因为考虑到我而不再娶别的女人,所以我总是对他怀着一丝敬爱与不舍。尽管他很少回家,尽管他很少同我像父子之间那样交流。

但只要他出差回来,或者周末回家小住两天,我便会收拾起平时的顽劣,只留一点儿小小的桀骜。总是看似无意地出现在他的周围,想引起他的注意,即使是因为考试成绩太差而被打,我的眼泪其实也藏着欢笑。

父亲不在的日子里,翼便是我最亲近的人。翼曾经是父亲的司机,而现在是我的专属司机。他整整大我九岁,高二没读完便辍学了。由于翼的父亲是为杨氏集团效力多年的一名老员工,我父亲便专门招了翼来做私人司机,没曾想这一做就是十几年。翼见证了这个家庭的破裂,以及我的成长,父亲说除了他自己,翼就是我最可信赖的人。

翼并不善言辞,喜欢一个人默默地抽烟,直到烟雾缭绕,还喜欢一遍遍地擦车,直到光洁如新。就连本来有些内敛的我在他面前都会显得十分活跃,他总是安静地听我诉说,陪我打游戏,载我去外面吃饭。虽然他不说话,却总是把我的内心看得一清二楚。

某夜月光皎洁,花园的草丛里传来阵阵蛐蛐的清唱,我坐在秋千的长椅上,自己用脚支撑着将秋千倾斜到一定的角度然后放开,让整个人随着秋千来回轻晃。突然,秋千被一股外力强制停下,我看了看侧面,一点明亮的火星在黑夜里显得格外抢眼。

翼松开已经静止的秋千,走到我的身边坐下,从怀里掏出一根烟,默默地递给我。

我笑着说:"翼,真有你的,要是我爸看见非炒了你不可。"边说边夺过烟,让他帮我点燃。

一大一小两个男人,就在这样一个静谧的夏夜坐在一架白色的秋千上抽烟,两个橙黄的火星忽明忽暗,沉默在烟烧到手指后被打破。

"乐少爷,我觉得你应该跟琳小姐说清楚你的想法,不管结局会怎样,我想至少你还欠自己一个表白。"翼的声音很浑厚,让人感觉沉稳安心。

"你觉得还有这个必要吗?还有,我说了多少次,不要叫我乐少爷,叫我杨乐。"我用力地将尚未熄灭的烟头弹了出去,明亮的火星在黑夜里划出一道美丽的弧线。

"哦,对不起,乐……杨乐,在我看来,这么多年你喜欢琳小姐是很明显的事情,可是实际上你却从来没有对她说出来过,对吗?你不觉得你这样欠自己一个交代,以后要后悔的吗?也许……也许你可以选择给她写封信,或者发个邮件什么的……至少,至少我觉得还是应该说清楚,不管结局如何,还是应该说清楚。"翼小心翼翼地对我袒露着他的想法,我在想这可能是我认识他以来他对我说过的最长的一段话。

我坐在秋千上伸了一个大大的懒腰,深深地吸了一口混合着烟草味道的空气,然后拍了拍翼的肩膀笑着说道:"好!听你的,我写封信给林小琳,但是你要当我的快递哦。"

繁星璀璨,风轻虫鸣,一架白色的秋千上坐着两个抽烟的男子。身形较小的男子伸手勾住旁边身材魁梧的男子的肩膀,两人的笑声在夜空里久久回荡。

（二）

又是那家水果捞。

我站在玻璃门外,看到坐在窗户边正笑着朝我招手的林小琳,心里顿感七上八下,犹如鹿撞。她笑得那样纯真,那样灿烂,仿佛时间从来不曾带走我们不懂烦恼的童年,仿佛岁月从来不曾在我们身上留下成长的痕迹,仿佛她从来不曾收到过翼帮我带给她的那封信。确切地说,那是一封情书,而我也十分肯定翼已经将这封信交到了她的手上,我甚至可以想象她收到信时一半微笑一半错愕的表情。

在三次深呼吸的时间内,我走到她的对面,尽量自然地跟服务员点了一杯西瓜汁,然后等待她的宣判。

"嘿,杨乐,几天不见怎么又变帅了,嘻嘻。"她也像往常一样跟我开着玩笑,但是很明显地不如往常那般自然。

我俩东扯西拉地聊了几句,直到服务员将我的西瓜汁端了上来。

"杨乐,尽情地喝吧,今天我请客。"林小琳像个暴发户似的,得意洋洋地拍了拍她鼓鼓囊囊的米奇钱包。

"今天有事求我?"我漫不经心地品尝着西瓜汁液的香甜,话出口才发觉已经将自己逼进了一个不利的境地。

"嘿嘿,我就知道我家杨乐最聪明。这个你拿回去吧。"林小琳将一个白色的信封放在桌上,朝我推了过来。

我一边咽下冰凉的西瓜汁,一边瞟了一眼那个白色的信封。没错,那里面正是我煞费苦心熬了两个晚上才写好的情书,就连这个信封都是我精心挑选的,哪怕它混在一大堆别的信封里,我都可以一眼发现,而如今它却再次摆在了我的手边，并且完好无损。

我抬起头默默地看着林小琳，希望她做一个合理的解释。

林小琳保持着笑容，却明显有些僵硬。她将了将头发，没有直视我，而是不断用吸管搅着她面前的果汁，说道："信我没看，你拿回去吧，好吗？"

"为什么？"我此时也很惊讶于自己的平静，那可能是暴风雨袭来前最后的淡定。

"因为我还想继续和你做朋友。"林小琳又展开一个比之前更加灿烂的笑容，眯着眼睛对我说道。

"小琳，你知道我，我其实……"

"别说了。"

"我其实一直一直都很喜欢你，为什么你不能给我一个机会，为什么……"

"我叫你别说了！！"

最后一丝笑意终于在我大胆表白之后从林小琳的脸上彻底消失，她的表情充满了愤怒和痛苦，让我突然一下子觉得她似乎有点儿陌生。

"杨乐，为什么我们就不能一直做好朋友呢？你也说过你相信男女之间是存在纯粹的友谊的，不是吗？"

"小琳，可是我无法只做你的好朋友。我相信你一直都有感觉的，我相信……"

"是的，我早就知道，可是为什么我们还能一直维持着这么好的关系？就是因为我们之间的那层纸从来没有被捅破，而现在，杨乐，你要我怎么面对你呢？"

"为什么陈方博可以，我就不可以？我到底哪里比他差？何况我们还是从小玩到大，论感情基础，论了解，我都要比他强。"

"呵,杨乐,你还不明白吗?爱情这回事,哪有那么多为什么!爱了就是爱了,不爱就是不爱,跟认识多长时间、有多了解有什么关系!"

"小琳……"

"杨乐,你不要傻了,日久生情这种事情不可能发生在我们身上,至少不可能发生在我身上,你明白吗?我追求的是感觉,我就是喜欢陈方博的幽默、智慧、有主见,我对他的这种感觉是从来不曾对你有过的。"

"我也可以学着去变成你喜欢的那种人,人是可以改变的,不是吗?"

"我不希望也不值得你为我这样做,杨乐,你把我想得太好了,我不是你那个可以从一而终的对象。你很鄙视玩一夜情吧,你很瞧不起跟网友第一次见面就去开房吧,你表面上总喜欢打扮得很非主流,可实际上你却是一个又传统又死心眼儿的人。我以前是骗你的,杨乐,我是骗你的,我跟那些人见面,我跟他们……"

"够了,别说了!"这次是我主动要求她住口,我终于开始制止她继续将我的心一片片撕碎,直到更碎。

林小琳也终于安静了,她因为说话太久而深深吸了一大口果汁润喉,此时她脸上的表情也恢复了平静,还泛着一丝若有似无的笑意。

她沉默着喝完杯里剩下的果汁,然后径直走到柜台去结账。最后又走回我的身旁,对着一直岿然不动的我小声说道:"杨乐,我们以后也不要做朋友了吧,希望你以后能找到自己真正的最爱。"

水果捞门口的玩具门铃,一遍遍响着"欢迎下次光临"。我动了动已经麻木的手指,突然发现对面空杯子里的吸管上还残留着林小琳粉红的唇彩,空气里还弥散着她刚才走过时留下的独特馨香。

我终于站起身来,循着她的香气朝水果捞的门口走去,而这段路似乎走了10年的光阴那么久。

（三）

当我双手抱头蜷缩着蹲在冰凉的墙角，一阵阵灸热的疼痛感才逐渐从我的脸上以及身体很多部位不断传来。我真是很久没打架了，身手果然大不如前，而且现在身体素质也越来越差，口中不断泛着腥甜的味道，有些头晕目眩。

在这个二十几平的小房间里，打骂声、惨叫声、凄厉的哀求声不绝于耳，烟味、汗味、不新鲜的饭菜味竞相扑鼻。一个面相凶悍身穿制服的人，手拿并未通电的电棍吆喝着要我们放老实点儿，全部整齐地贴着墙根蹲好，说一会儿需要我们挨个进里屋去录口供。

这个彪悍的男人用电棍重重地敲着一张木头长椅的椅背，咧开油腻腻的大嘴狰狞地笑着对我们说："你们这些小兔崽子别打算跟老子玩花样，要是一会儿录口供敢胡说八道，哼哼，看到没，下场就跟这人一样——把你拴在这铁管上几个小时，看你到时候是自己爬出去啊，还是叫人给你抬出去。"

我们循声望去，只见一个被手铐铐住，半蹲在长椅旁边的男子，正将脑袋耷拉着靠在自己一边的胳膊上无力地呻吟。光是看他那痛苦的神情，我们都已经有些心惊胆战。男子的双手被手铐吊在跟长椅的椅背同高，嵌在墙里的一根铁管上，这个高度令他站也不是，坐也不是，只能半蹲在原地，依靠手铐牵扯住身体的力量才能勉强维持平衡，而他的手腕上已经被手铐割出几道深深的血印，皮肉外翻，显得突兀而恐怖。

在与我们方向垂直的一面墙下蹲着另外一排人，他们的年龄明显

比我和蹲在我旁边的人要大,而且装扮怪异,每个人身上都有着奇形怪状的文身。他们中为首的应该是一个染着红色头发,留着山羊胡子,唯一没有双手抱头的男人,他不屑地朝我们的方向吐了口口水,然后直直地举起了他的左手中指。

"你干什么呢?"先前那个警察挥舞着他手中的电棍张牙舞爪地朝红发男人走去,而那个红发男人居然煞是精熟于变脸,刚才一脸的不屑此刻就变成一副诣媚的表情。只见他卑躬屈膝地从怀里掏出一包软中华当场开包,抽出一根恭敬地递给那个警察,被挡了回来,继而陪着笑脸说:"强哥,没想到这么巧是你当班啊,呵呵,我几个兄弟不懂事,喝醉了酒跟那几个小朋友发生了一点儿冲突。兄弟们今天也是伤得不轻,我一会儿还得带着他们去医院,您看今天这事儿……"

这位被称为"强哥"的警察先是瞥了他一眼,然后狠狠地教育了一通,最后说让他去把手续办了就可以离开,并说若还有下次,全关起来。

红发男人连连赔笑道谢,连踢带踹地把那一帮小混混赶出了大门,随后仍不忘点头哈腰、嬉皮笑脸地继续恭维那警察。只是出门前,他迅速地恢复了之前的冷酷与不屑,并且用手指了指我们,随后又指了指自己的太阳穴,目光凶狠。

看到这一幕后,蹲在我旁边的高中生们立刻开始骚动。

"完了,红狼肯定是不会善罢甘休了,还不知道他以后会怎么对付我们!"

"你担心个屁啊,现在先想想怎么出去!"

"我已经打电话叫我爸来接我了,可是怎么还没到?"

"回家肯定又是一顿打骂了,真倒霉!"

……

"强哥"此刻已经抽完了那根中华,他用电棍把他的办公桌敲得震天作响,大声地训斥我们:"不许交头接耳,都给我安静,小兔崽子们!"

这是我第一次进公安局,我只感到脑袋发蒙,渐渐觉得眼前的一切都开始变得不真实,乱七八糟的声音似乎是发生在另一个空间,忽近忽远,直到旁边有人跟我说话,才将我拉回现实。

"杨乐,你为什么要来?"蹲在我身边一直沉默的陈方博此时开了腔,他将双手标准地放在脑后,一脸困惑地看着我。

我撑着自己已经肿起的右眼,对他苦笑,是啊,我为什么会在公安局里呢?我又为什么会去那间酒吧呢?我为什么会跟陈方博一起蹲在这里呢?我又为什么要打架呢?

(四)

在我双手抱头蹲在公安局墙角的前5个小时,我还躺在床上听着班德瑞的《仙境》,惬意地翻看几米的画册。直到接到一个兄弟的电话之后,我的人生轨迹便开始发生剧烈的扭曲。

"杨乐,林小琳出事了,在学校门口那间酒吧,你快过来!"

我几乎是从床上一跃而起,抓起衣服边跑边穿冲出门去。这一系列的动作是那么的连贯,仿佛上天安排了我注定要去那间酒吧拯救林小琳,仿佛林小琳其实并不曾残忍地拒绝了我,而是已经成为了我名正言顺的女朋友。而实际上彼时彼刻,我的脑中什么都没想,只是对"林小琳出事了"这几个字产生了条件反射,迅速猛烈而毫不含糊。

当我赶到酒吧的时候,里面已经乱作一团,但我还是一眼就找出了正扭曲着表情使劲挣脱一个红发男子纠缠的林小琳。我往四下一看,

随手拎起一张椅子就气势汹汹地径直朝林小琳和那红发男子走去。正当我抡起椅子准备砸向红发男子的时候,他却发现了并闪身躲开,同时他也松开了刚才紧紧抓住林小琳的脏手。

"小琳,你没事吧?"我心疼地抚摸林小琳已经被红发男子抓得通红的手腕。

谁知林小琳却将手从我的掌心抽出,一脸错愕地问道:"杨乐,你怎么来了?谁告诉你的?"

我正想解释,却突然被人撂倒,右脸一阵麻木,随即便是火辣辣的疼痛。

"这又是哪里来的野小子,看来这小妞的帮手还不少啊!"我这才看清楚是刚才的红发男子趁我不注意时搞的突然袭击。

我飞快地起身,一把将林小琳推向人较少的酒吧门口,一个转身的时间我就又被红发男子扯了回去,跟他以及他的手下扭打在一起。

我不知道自己究竟和多少个人打了架,也不清楚自己究竟挨了多少拳头,只是当警察赶到的时候,我已经有些神志不清,脑袋里嗡嗡作响。

终于,我们都被带上了警车。

我听到酒吧老板对着一片狼藉敢怒不敢言的嚎啕声,我听到酒吧门口看热闹的人群发出阵阵的议论声,我听到打电话叫我过来的兄弟担心地问:"杨乐,你不要紧吧,从没见你打架那么拼命,我看你这浑身伤得真是不轻啊。"

我摇摇头,此时只是想知道林小琳现在在哪里,是否已经安全。

然而当我真正确定林小琳的确毫发无伤的时候,却是她在公安局里和陈方博紧紧相拥的瞬间。

在这之前,蹲在我旁边的陈方博对我说道:"杨乐,我有能力保护好小琳,所以希望你以后都不要来插手她的事情,好吗?这算是我作为你的好朋友对你提出的请求,也算是我作为小琳男朋友对你提出的要求。杨乐,我想……我想你能明白我的意思……"

他的话音刚落,就见一个瘦高的女孩冲进了公安局左顾右盼,直到看向了我们的方向,她才大喊一声:"方博!",然后飞奔过来与我身边已经站起身的男子紧紧拥抱在一起。

我仍旧保持着双手抱头的姿势,脊背略微靠着冰凉的墙壁,有些费力地仰头看着这感人肺腑的一幕——女子泣不成声,男子疼爱有加,而我就蹲在离他们半米远的地方,接受着这一切,注视着这一切,直到心也无力滴血。

"干什么呢,干什么呢,当这儿是你们自己家啊?喂,说你呢!还舍不得放开?!"那个大腹便便的警察边说边晃着电棍快步朝陈方博和林小琳走了过来。

"我是来交保释金的。"林小琳擦了擦泪水,转头对着那个人称"强哥"的警察说道。

"保释金?"警察抬眼扫视了一下两人,然后说道:"都还未成年吧,回去叫你们老子过来,保释这事儿需要监护人……"

"这是方律师,有什么话你直接和他说吧。"林小琳打断警察的话,并指了指身后一个拿公文包的男人。

警察有些诧异地张着大嘴愣了片刻,随后和方律师一起走到一旁。

陈方博拉住林小琳说:"小琳,让他把杨乐的手续也一起办了。"

而直到此时,林小琳方才发现我的存在。她的表情变幻不定,似有羞怯又有埋怨,最后她只是目光游离地点了点头。

"不用了,我已经叫我爸来接我了,你们走吧,我没关系。"此时的我十分想挤出一丝轻松和笑意,无奈右脸已经实在肿得不像话,而

我的胸腔也像被掏空一般，只能发出悲怆的回响。

看着林小琳令人心碎的背影，我突然明白了什么叫做无能为力。

（五）

一个接着一个，蹲在我旁边的人已经纷纷被家长领走。

平举着的双臂已经麻得再也抬不起来，于是我只能靠着墙颓然地瘫坐在地上，忘记了冰凉，也忘记了疼痛。

"杨乐，你给你爸打电话了吗？"除我之外，仅剩下的另一个男生蹭着墙根悄悄挪到我旁边，小声地问道。

见我点头，那男生便继续说道："我爸这会儿估计又在打麻将，而且肯定是输钱了想捞本，不然肯定一早就揣着钞票找借口下桌来局子里接我了。不过，你爸呢？怎么到现在也不来接你？"

我努力思索了一下，却发觉自己也无法回答这个问题，只能含糊地摇了摇头，然后不再说话。

不久，我旁边这位仅剩的"战友"也被他那气急败坏的父亲拧着耳朵带走了。看样子真是让他说中了，果然是麻场失利。

那个男生被他父亲揪得龇牙咧嘴，还仍旧不忘冲我做了个无奈的鬼脸，令我不禁哑然失笑，只是这一笑牵动了受伤的面部肌肉，马上疼得我差点掉泪。

"我说……"那个长着油腻大嘴的胖警察此刻已经将电棍别在腰间，坐在办公桌旁气定神闲地喝着一杯热气腾腾的绿茶，同时不忘斜着眼睛瞟我，说道："你要不要再打个电话？老子可快下班了，不想继续陪着你在这儿耗。"

我挣扎着站起身，正欲回答，就看到父亲步履匆匆地从门口走了进来，手里还拎着公文包，看样子是刚从公司出来。只是他身后还跟着一个年轻女人，年纪应该比我大不了多少。

父亲并不跟我说话，只是很有涵养地跟胖警察交涉了保释的相关事宜，十分迅速地办完一系列手续，然后就欲转身出门。可是待父亲走出几步远，回头发现我依旧站着没动，只是眉头微皱地盯着他的身后发愣，于是他低沉着穿透力极强的嗓音对我说道："你打算留在这里过夜吗？还不快走？"

我只能面无表情地朝着他开始移动，只是每走一步都觉得身体仿佛要被撕裂一般疼痛，然而这疼痛并不能影响我的视线，我自始至终都注视着那个年轻的女子，不曾松懈。

女子开始还对我莞尔一笑，不一会儿就被我盯得有点儿无所适从，只能假装看向别处，或者借故跟父亲说话。

我跟在他们身后，始终保持3米远的距离，就这样一直走到奔驰车的旁边，我便再也无处可躲。

父亲帮年轻女子打开了车门，待她上车后自己再绕到另一边坐到驾驶位上。

我看着父亲和女子都已坐好便说道："你们先走吧，我打电话叫翼来接我。"

父亲摇下车窗，并不理会我的提议，严肃而严厉地说道："上车，我有话跟你说。"

我深吸了口气，只能无奈地坐进车里。

父亲按标准的车速在公路上行驶着，车内的气氛有些诡异，在这个下着雨的夜，张学友不合时宜地忘情地唱着《吻别》。

"你为什么又把新来的保姆赶走了？这次是嫌她做的饭菜里面有虫

子,还是怪她睡觉打呼噜声太大?"当车子驶上高速公路,父亲终于用那厚重的嗓音打破了这令人难以忍受的沉默。

"没有特别的理由,我就是看她不顺眼。我可以照顾好自己,我不需要多余的人在我眼前晃悠。从我5岁就把各式各样的保姆气得辞职开始,你就应该明白我根本用不着这种人来把我简单的生活弄得复杂。"趁着父亲还没有来得及反驳,我试图直接将这个无聊的话题转移,"其实你完全可以叫翼来接我,只要多花点钱,不是监护人也可以保释……"

"是我专门不让他去的。"父亲成功地被我带向另一个话题,可惜答案却让我如置冰窖,"其实他一早就着急地跟我说了这件事情,杨乐啊杨乐,我平时工作忙顾不上你,你现在居然直接闹进公安局?呵,行啊,那我就让你在里面多待一会儿,牢牢记住这一次,看你以后还敢不敢这么顽劣!!"父亲言语之间充满了对我的极度气愤,可是从我这个角度看去,他激动的语气却丝毫没有影响到他开车的姿态,如果不是我离得近,我真怀疑这话是从一个暴跳如雷的中年男人口中说出来的。

"你也别太生气了,他还是个孩子,以后肯定不会再这样的,是吧,杨乐?"一直保持着淑女风范坐在副驾驶位上的女子此时开了腔,似乎想帮我打个圆场。

可是我凭什么要回答你呢?你是谁?你为什么要坐在我父亲的副驾驶位上?你是以什么身份来帮我说话?我为什么以后就肯定不会这样?

一连串的问句在我脑中盘旋,可实际上,我只是安静地坐在后面并没说话。

"你这孩子怎么一点儿礼貌都不懂,人家跟你说话呢,你没听见?"父亲稳如泰山的姿势终于有了点改变,他扭头狠狠地看了我一眼。

"没关系，没关系，你都还没跟他介绍我呢。杨乐，你好，以后你就叫我苏姐吧，我是你爸爸的朋友，请多关照哦。"女子将半个身子探出座位，笑着对我伸出了一只手。

我看了看那只手指修长白皙的纤纤玉手，又抬眼看了看女子年轻姣好略施粉黛的面庞，最终什么也没有说，什么也没有做，只是静静地把脸偏向了窗外。

女子在短暂的尴尬之后将手收回，转而去安抚再次发怒的父亲。而我只是静静地、静静地看着车窗外川流不息的人群和华灯初上的街道。

我有些悲凉地想，我可能再次被这个世界遗弃了。

（六）

如果出生时就注定孑然一身，那我现在可以说继续回归到这种宁静。

一个人的房间，一个人的空气，一个人的脚步声，一个人的呼吸。

我发觉自己开始变得习惯这种孤独，不再惶恐。只是有时会被自己突然间的自言自语吓到，回头四顾偌大的房间，方才发觉自己的可笑。

于是，我学着不再开口说话，做一个安静的人，并将永远安静。

有时候，我坐在桌前翻阅看了无数次的《向左走，向右走》，正午的阳光反射到我眼中，直到眼前一片白影。苏姐会端着一壶香气四溢的铁观音，轻手轻脚地走到我的旁边放下。

我只是偏偏头，却不跟她做眼神的交流，仅是示意我察觉到了这壶茶的存在，然后便继续翻画册。

苏姐似乎从不介意我的态度，连我都不得不对她的忍耐力感到惊叹。如果不是因为她跟父亲的关系，也许我会对她产生一点儿好感。可惜这个世界上并没有如果。

事实就是苏姐以我后妈的名义跟父亲一起彻底搬了出去，他们会在周末偶尔回来看看我，也不管我觉得这是否有必要。其实我早就在脑中揣测过这一天的到来，我也曾无数次对自己说不要相信和依靠自己以外的人，但是当这个事实突然赤裸裸地摆在我面前时，我却远不如自己想象的坚强，甚至更加脆弱。

原来我还是从来不曾对父亲的爱感到绝望，我不止一次地幻想他会为我撑起一片足以独享天伦的晴空，然而那最终仍旧只是幻想而已。父亲划亮一根火柴，微弱的光芒照亮了我的世界，如今火柴已燃尽，他甩甩被烫到的手指，毅然决然地跟他的意中人一同到有着永恒光亮的国度里双宿双飞，有谁还会在乎背后可怖的黑暗，有谁还会在乎从此形影相吊的我？

一个人住在一栋一千平米的大房子里，其实是件可怕的事情。我会害怕自己的脚步声，害怕任何一个没有光线的角落。我总是在天黑之后点亮所有的灯，翼总是等我睡着之后再将这些光亮一盏盏熄灭。

有一天，我在纸上对翼写道："翼，我发觉我不能说话了。"然后任凭大风把我早上整理了半天的发型吹乱，却依旧笑容可掬。

也许那天风真的很大，以至于将沙尘吹进了翼的眼睛，令他流泪不止。

我终于可以不必再害怕自己某次突然的发声，我也开始学会辨认自己和翼的脚步声有何不同。但是我却变得有点儿厌恶阳光，那些炙热的白晃晃的光线总是让我想起林小琳的笑脸，让我想起她拿着水管借故浇花实则却跟我打水仗的情景，让我想起那个午后我跟陈方博的谈话，让我想起自己为她跑去酒吧打架的一路明媚。

我将自己封锁起来，封锁在那个十几平的小房间里，一千平米的大房子对我而言似乎就只剩下这么一个狭小的空间。散漫，懒惰，不愿意出门，只喜欢蜷缩在屋里看几米的画册，写一点伤感的文字。

直到有一天，翼推开房门告诉我，他去续了网费，我才慢慢将自己的注意力转移到了网上。

网络里人们不必说真话，可以隐藏身份、年龄甚至性别。我可以在某个论坛里装成一个低级的流氓，而换个ID后就立刻摇身变成一个多情少女。

每个人都戴着面具，看起来可笑而可耻，但是每个人却又都乐此不疲，天马行空地说着一些自己永远都不会相信的誓言，花人民币在游戏里用小喇叭变着花样刷屏说我爱你。每个人都以为自己充实了，个性了，天下无敌了，其实，我们空虚了，低俗了，一文不值了。

只要不语聊，这个网络的另一头永远不会有人知道我半路出家成了哑巴，只要我不说真话，这个网络的另一头也永远不会有人知道杨乐就是左岸，杨乐的父母离异，没有人要他。

我从QQ在线名单里搜索我的猎物，我跟那些小女孩们视频，直到把她们迷得神魂颠倒。只是左岸从不说话，也很少微笑。

也许每个人一生中注定是会遇到一个或几个足以改变你生活的人，这些人会对你以后的人生造成莫大的影响，有些影响甚至无法想象。我之前并不知道这个女孩今后会对我造成何等的影响，只是她的QQ名字和空间日志简介令我顿时对她产生了浓厚的兴趣。

她叫"地铁"，空间里的日志和图片都充盈着几米的元素。

于是，我发了一条加友申请过去：

"你好，你也喜欢几米的《地下铁》吗？"

第十一章 在别人的幸福里幸福

（一）

"地铁"是个1985年的女孩，大我5岁。她的真名叫尹蓝夕——十分好听的名字，所以我喜欢直接叫她"蓝夕"，并且每次打出这两个字都让我倍感愉悦。而她喜欢叫我"左"，她说这似乎是她对我的第一感觉，脱口而出。

谁曾想"左"和"蓝夕"的故事，从一开始就注定了要蔓延整个冬季。

如果说茫茫人海里两个人相识是因为冥冥之中有某种既定的牵引，那么我想和蓝夕的相识是因为我注定要帮她疗伤，助她幸福。

蓝夕的家庭很普通，她上面还有个哥哥。虽说一家人衣食无忧，但是也绝非锦衣玉食。

蓝夕的男朋友崔浩是她在武汉开往上海的火车上偶遇的，两个人恰巧是同一所大学的新生。应该说是蓝夕对崔浩一见钟情，但是出于一个女孩的矜持，两人一直暧昧到大一快结束，她才等到崔浩水到渠成的表白。

促使我跟蓝夕成为QQ好友的几米，其实正是崔浩的最爱，蓝夕不过是爱屋及乌而已。而事后她也直言不讳地告诉我，如果不是我问她是否喜欢几米作品，她是绝对不会通过我的验证的。

世界上就是有如此之多的巧合，除了解释为缘分不知还有何更好

的理由?于是我跟蓝夕——这两个极度失意之人,在网络上相遇了。

蓝夕被自己的闺中密友劈腿,被两个自己最亲密的人背叛。她感觉生不如死,对这个世界充满了质疑,却又始终不肯放弃对爱情的幻想。只能每天行尸走肉般地生活,日夜颠倒,疯狂上网,企图用颓废消瘦的形象来换取男友的同情和对他们逝去爱情的眷恋。

不知是因为我丧失说话能力之后,自己的感觉变得更加敏锐。看着蓝夕从网络那端发来大段大段的血泪叙述,让我觉得自己的心都要被撕碎一般——一种似曾相识的感觉慢慢演变成同病相怜的理解,一种从几米开始的好奇慢慢升级成对这个柔弱女孩的保护欲。

我不忍心看着她为了一段失去的爱情而非正常的生活,尽管其实自己也是得过且过;我不愿意看着她在没有希望的爱情里沉沦,尽管其实自己也傻得可笑。我一直认为我跟蓝夕是同一类人,一种单纯可怜到只会伤害自己的人。我们蜷缩在被子里,用自己的左手温暖右手,心里疼痛到几乎将手臂咬出血印,却从来不去怀疑人性和爱情。只会考虑他或她不爱我,是否是因为自己哪里做得还不够好?

我也记不起自己是从什么时候开始迷上了蓝夕的故事和她的文字,只是当我发现的时候,已经欲罢不能。为了能去陪她聊天,我会中午不吃饭省下时间,专门花20分钟坐车到最近的网吧去等她上线。为了能看到她的最新日志,我会在周末的时候一天几十次地点进她的空间。

我无法确切地解释自己的这种心理,只是感觉对这些事情上瘾。也许蓝夕就是另一个我吧,我能深切体会自己的痛苦,所以我不想再让她如此伤心,仿佛她的伤好了,我便也不疼了。

一开始我们的交流仅限于网络,慢慢地便开始用短信来填补不能上网的时间。我每天会发四条短信给蓝夕,督促她早睡早起,按时吃饭,睡前关机,为了防止她找借口任性地淋雨,我还专门订了上海的天气预报短信，以便在前一天提醒她出门带伞。

我想蓝夕应该也是对我很有好感的吧，不然她不会这么听我的话，并且如她自己所说的开始产生依赖。这种依赖跟我周围那些女孩的矫情并不相同，而是让我觉得自己变得重要起来，并不是随便谁都可以替代的。

但是从林小琳那里受到的挫败感，仍旧让我一度无法重建足够的自信，我只是小心翼翼地守护着蓝夕，却从不奢求她能回报给我什么，尤其是自己的失声，让我更加自惭形秽。我用键盘噼里啪啦地敲过去虚伪的自信，我描述着自己"万人迷"的外貌，细数有多少女生对我暗送过秋波，写过情书。

然而不管我把自己塑造得多么完美，蓝夕的心中都始终不曾有过我的位置，我甚至怀疑她会记不住我的真名。有时她开玩笑地想找我要照片，或者跟我视频，我都一一借口推脱。因为我突然对自己曾经引以为傲的外表不再有信心，我总觉得找不到一个足够完美的角度来展现给她——不是太青涩就是太忧郁。至于通电话我更是从未提及，如果不是因为那次我对她的担心不知不觉淹没了自卑的心理，我想我永远也没有勇气拨通她的手机。

12月的第一天是崔浩的生日。尽管已经分手，蓝夕还是为他精心准备了一份生日礼物，并寄希望于这份礼物可以让崔浩回头。蓝夕出门前还承诺，以后我过生日的时候，也会为我准备一份礼物。先不去考虑是否真有这样一天，仅是这句看似随意的话便足以让我雀跃许久。

可是到了晚上，蓝夕早上出门前的开心却变成了痛彻心扉的挫败与难过。她说原本以为自己已经可以很好地面对前男友和曾经的闺中密友，谁曾想所有的坚强都在见到那两人的甜蜜之后彻底崩溃瓦解。

蓝夕从QQ发消息给我："左，我觉得我就要死了，现在每呼吸一

次心脏都会连带着疼痛。左，我就要死了……"之后便再无下文。任凭我发了无数句话过去，可她那边始终悄无声息。

于是我开始害怕，我害怕她又会想出什么方法来折磨自己。终于在巨大的担心如洪水般泛滥冲垮了不能说话的自卑心理防线之后，我拨通了蓝夕的号码。

"喂，左，是你吗？"

……

"喂，你说话啊，左，是你吗？"

"左，你再不说话我要生气了，这一点儿都不好玩。"

……

我听到了蓝夕的声音，虽然我曾无数次幻想过她的声音，却难以形容此刻真正听到她声音之后的感动。

是的，感动。

蓝夕的声音并不太细，略微带着哭泣之后的沙哑，一听就知道是个不太会发嗲的女孩，但是说话间却让我感觉温暖与安心。我是多么希望自己可以同她对话，然而我唯一能做的却只是将头靠在冰冷的墙上心如刀绞。

那夜，我给这个叫蓝夕的女孩打了我们相识以来的第一个电话，那夜，我决定为了这个女孩去治疗失声。

（二）

有时候一个人过于低调和沉默，反而显得鹤立鸡群。

我经常被很多同龄的女孩，甚至是初中的女孩们追捧。以前林小琳总是坏笑着问我为何不答应，我则只是有些悲哀地看着她，在心底疼痛地诘问："难道你真的不知道我是为了你？"而现在我对女孩们来者不拒，用无数空洞的爱情来填补自己空洞的心。可是这些快餐一样的速食爱情，却只能像泡沫一般，看似强大实则不能为心灵加上丝毫的重量。

我被不同的女孩们挽着一起去看电影、逛街，像情侣一样，可是我却从来不说爱她们。当然我也知道她们同样未必爱我，只是张口闭口十分自然地叫着老公。而这个称谓仿似一种专门为她们提供钞票的物种，薄凉惨淡，令人兴趣索然。

我们就是生活在这样的人间——追逐非主流直到成为90后的主流；可以同时爱很多人，却没人能说出真爱的感觉；可以把自己包装得前卫潮流，却没人有勇气用最真实的自己面对他人。

可是我们就是如此地乐此不疲，欺骗别人，也欺骗自己。

经常有陌生的女孩子不知从哪里弄来我的手机号码，给我发一些暧昧的短信，有的就此成为我的新任女友。很少有人会比较执着地持续发短信给我，也很少有比我大的女孩会来找我，因为我们学校的人几乎都知道杨乐不会找比自己大的女孩做女朋友。

可是这个陌生的号码却一天发十几条短信给我，并且坦言自己比我大，希望可以先从我的姐姐做起，以后再慢慢发展。

一开始我还是很有礼貌地跟她重复了我的原则，但在被她纠缠了几天之后，我几乎失去了所有的耐性，就差对她大吼大叫了。当然，这是在我可以发声的情况下。

"如果我告诉你，红狼对林小琳还会有进一步行动，而我有本事阻止这一切的发生，那么你会考虑一下改变你的原则吗？"

当我看到这条短信的时候，一种久违的感觉又从心底汩汩地冒了

出来——林小琳？红狼？原来不知不觉间距离我为林小琳去酒吧打架已经过去了几个月之久，我的右脸靠近下巴的地方还有一条若隐若现的印记，那天浑身都要被撕裂般的痛楚和心底凄然的绝望，让我至今仍旧不寒而栗。如今我不再具备为林小琳奋不顾身、条件反射般的勇气，可是我能否就如此放任她有可能落入坏人魔爪而冷眼旁观？

我颤抖着双手按下了回复："姐姐，没想到你这么神通广大呢。小弟有眼不识泰山，这个周六想邀你一起共进晚餐，不知道姐姐赏脸否？"

女孩名叫思琴，原来其父便是当时威风八面、白道黑道通吃的黑帮之首。而红狼不过是其下的一个爪牙，作为大小姐的她自然有办法命令红狼做什么，或者不做什么。

思琴大我一岁，已经上高二了，跟她温婉的名字不太相符的是她火暴的脾气和张扬的个性。思琴很漂亮，比林小琳还要好看，但是她在我面前却总显得有些不自信，有时甚至收拾起自己的小姐脾气，只为博我一笑。

我开始有些害怕跟她相处，因为我害怕她的真心，曾经我也怀揣着这样的感情去接近另一个女孩。可是遍体鳞伤之后才明白，如果一开始就选错了对象，那最后留下的只能是伤害，并且是更多更深的伤害。

我们都希冀自己的真心可以感天动地得到回报，我们总是相信人定胜天，我们的好总有一天会被对方发现，而事实上我们确实能够感动天地，可惜我们却无法感动一颗为别人而跳动的心。因为我的她、她的他……都在持续做着类似的事情，直到有天我们中的某一个人可以回头，结束所有人的苦难。

陈方博和林小琳已经有情人终成眷属，可我仍旧无法做到自欺欺人地去伤害思琴的真心。有时候人就是如此可笑，能够在逢场作戏中笑傲江湖，但当面对真正的爱情时却又无能为力害怕畏缩。

我是在跟思琴一起逛街的时候看到橱窗里那棵四叶草的，我的出神引起了她的好奇，从而追问我四叶草的传说。而当晚上看过我从网上发给她的四叶草传说之后，她第二天便去将那棵四叶草买下，然后在学校门口送给了我："杨乐，我付出了，希望了，也爱了，我希望我会找到幸福。"

我无言地笑笑，如果四叶草真的可以给人带来幸福，那我当年煞费苦心为林小琳寻来的四叶草，为何现在被她遗弃在布满灰尘的角落？

而蓝夕这个相识于网络跟我素未谋面的女孩，却让我重新燃起那即将熄灭的希望之火，让我重新坚定了自己对爱情的信念——这个世界上并不是所有人都已经对爱情绝望，还有个女孩跟我一样在无助迷茫里徘徊，却一直坚信曙光终将到来。

蓝夕拒绝了我的"四叶草"，她说："幸福不是一棵草就能带给她的。"我沉默，却越发觉得与她惺惺相惜。是的，幸福是抓在我们手中的风筝线，不要怕线在手中留下的伤痕，因为那才是我们能体会的真实。

（三）

当父亲母亲各自站在病床的两侧，医生护士也分散在我的周围，翼眉头深锁地站在人群之后，突兀地露出大半个脑袋，而我则努力地让自己看起来不至于太过激动。终于，随着医生的循循善诱，一阵声带振动转化成久违的声音冲出了我的口腔。

所有人都为我的再次发声感到欢欣雀跃，母亲喜极而泣，父亲拉着医生的手激动言谢，翼舒展了眉头走出病房……而只有我，苍白着脸颊，独自坐在病床上，有些凄然地看着这一切。

那个沙哑古怪的声音就是我发出的吗？虽然距离失声已经过去几个月了，可是我还不至于忘记自己以前的嗓音。而我现在感觉到的除了陌生就是可怕，因为实在难以接受那个让我听上去就像变成了另外一个人的声音。

开始的翘首以盼变成了现在的心灰意冷，我原本一开口说话就第一个打电话给蓝夕的计划现在也只能宣布破灭。教我如何才能有勇气用这样难听的声音去跟自己爱慕的女孩打电话吧？我总是介意自己是否已经将最完美的一面展现给她，害怕自己的一丁点儿瑕疵会引起她的反感，所以将所有不满意的地方隐藏再隐藏。如果不能给她最好的，那么干脆就忽略掉这些吧。

有一次我跟往常一样在网上跟蓝夕聊天，劝说她不要因为不如意的结果就去后悔曾经的所作所为，谁曾想蓝夕说突然很想听听我的声音，问我是否已经去接受治疗。天知道我当时是多么想打电话给这个女孩！她第一次说她想接触我、感知我，可是我却懦弱地躲在网络的背后不敢回应。

终于，我还是对她撒了谎，继而将话题转移到她的生日礼物上。她回答她并没有什么特别想要的东西。我于是自说自话地计划起来，说到时候是给她买项链、耳环还是香水。毕竟陪很多女孩子逛过街的我，对于这些东西的挑选还是很有自信的。

可是蓝夕却一直推脱，最后说希望到她生日那天能够收到我的祝福短信便好，其他什么都不需要。对于这种善良女孩的单纯要求，我又怎能忍心拒绝呢？

在我将蓝夕的生日标注在所有日历上后的第7天，却收到了她还是希望收到一份生日礼物的请求。我并没有追问她原因，只是欣然答应。

不论多年后，究竟是否能得知她索要这份礼物的真正目的，我只是执着地相信,她不会因为不良的动机而改变自己的初衷。而即便如此,我也从来不后悔自己的一厢情愿。因为我就是很想很想送这个女孩一份生日礼物,希望能用这份礼物将网络和现实联系起来,我希望自己能为她留下点什么,也许日后无缘相见也还有一些东西可以用来想念。

TIFFANY曾是林小琳的最爱,我不知道她现在的爱好是否有所改变,但是可以肯定的是她喜欢的东西一定都是价格不菲的奢侈品。

TIFFANY专卖店的售货员小姐笑容可掬,礼貌娴熟地拿出玻璃柜里的一款有着3颗心形吊坠的项链,对我说道:"先生,您是给女朋友买礼物吗?我推荐您买这款18K白金配黄金的吊坠链。3颗心悬在不同的高度是代表'我爱你',同时这款造型也可以代表对女孩子一种欲说还休的感情哦。"

我买下了那串项链。当看到售货员小姐小心翼翼地帮我将它放进一个正方形的淡蓝色天鹅绒首饰盒,然后摆出一个极尽诱惑魅力的闪亮造型时,我的心便不由得激动起来。

在填写包裹单的时候,我努力想象着蓝夕收到这份礼物后的表情,究竟是女孩看到心爱的玩具时那种可爱的惊讶,还是任凭欣喜在心底流淌,表面上却只是不动声色,微微浅笑?不管是哪一种表情,都令我兴奋地嘴角上扬,甚至吹起口哨。

(四)

随着窗外的寒风越来越凛冽,家里的暖气是越来越充足,而日子也正悠然自得地一天天朝着春节迈近。

对于一个孤单的人来说,越是应该阖家团圆的日子就越发显得难

以度过。大街小巷都充盈着过年的喜庆,而这种浓郁的节日氛围却让我感觉窒息。

也许我是应该习惯了吧,自从父亲母亲分道扬镳之后,我便再也没和母亲一起过过春节,而自从父亲重新组建了自己的家庭之后,我便拒绝再跟他一起过年。我把父亲处心积虑找来的保姆一一打发掉,也从来没有接受翼要我去他家过年的邀请。因为我想看看一个人究竟可以悲惨到何等地步,一个家又可以冷清到哪种境地。

即便是后来成为了思琴的男友,我也从来没有去过她家,更别说去她家过节。好在思琴对我的顺从超乎了想象,而对我的决定也从不多言。

每次翼回老家前,都会陪我去买整整一冰箱的食物。他有次建议我可以自己涮火锅吃,我却只是撇撇嘴,说道:"多麻烦啊,还是泡面来得快。放心吧,也就一个多星期,我还不至于让自己饿死。大年三十的时候记得给我来个电话,看我是不是还活着啊。"然后坏笑着把哭笑不得的翼推出了门外。

我特别准许翼可以开着我家的车回去,因为比起坐车我更愿意一个人步行。我可以跟着熙攘的人群涌过斑马线,沿着灯火通明的街道走向某一家超市。感受空气里鞭炮浓郁的火药味,欣赏夜空中时不时绽放的朵朵烟花。想象着哪一栋高楼里的哪一户人家正全家热火朝天地围坐在餐桌的周围,吃着水饺看着电视其乐融融。

在我选择独立的这几年里,每逢这个举国欢腾的时刻,我都独自一人走失在沈阳深冬的街头,只有路灯为伴。

原来一个人孤独得久了,并不会习惯这种孤独,而是越发地渴望有人陪伴。正如一个人被遗忘得久了,并非就将被遗忘看作理所当然,而是更加迫切地想寻找一份爱来将自己温暖。

我从未放弃寻找这份爱,也曾有许许多多各种形式的爱在我的身边游走,看似可以轻易地抓住,但心里却清楚那不过是爱的海市蜃楼,短暂的欢愉之后留下的究竟是什么?不过是镜花水月,很快就会烟消云散。

我曾有很多的女朋友,甚至可以同时跟几个不同类型的女孩在一起谈所谓的恋爱,但却从来不跟她们发生关系,就连是否接吻也是按我的心情而定。我需要很多很多的爱来让自己安心,可是当我得到它们的时候,却又总是觉得惶恐。就像自己抱着一团外表在熊熊燃烧的火焰,实际上感觉到的却是一片冰冷。

在某些同龄人眼里,也许我是个异类——不跟那些送上门的女孩上床,却去追求莫名其妙的感觉。可是也只有明白自己想要什么的时候,才能如此这般淡然洒脱。

蓝夕说她虽然不喜欢我对恋爱的儿戏,却能理解我得不到真正温暖的感受。那是因为我用冰将自己的心封了起来,害怕再次被伤害,却从没想过冰的棱角也许会将另一颗试图靠近的心划破。

林小琳曾经是我的阳光,我的心也曾经温暖地柔软着。可是当这抹阳光只为陈方博灿烂之后,我便将自己冰封起来,以防流血过多而死。

那么,为何现在我又可以慢慢感觉到自己的心跳?蓝夕,是你将这火把点亮的吗?

说实话,我很羡慕蓝夕家里那种过年的气氛,也是第一次从她那里知道,原来大年三十的晚上还可以一家人一起热热闹闹地看春晚和倒计时守岁。因此我听从了蓝夕的建议——去湖北天门的爷爷家里过年。

无论是父亲的家还是母亲的家,我都已经成了局外人,看着他们

叫两张陌生的面孔老公老婆,只会让我感觉恶心得想吐。

也许爷爷家会给我带来新的惊喜,也许我的春节也可以过得热闹非凡,也许我在蓝夕家乡的天空可以跟她看到同一片云彩。

第十二章 为缘分牵手

（一）

湖北的冬天仿佛比沈阳更加寒冷，虽然室外温度并没有沈阳低，但是由于屋子里没有暖气，反而令人感觉更加难以忍受。

但是，这却是我记事以来感觉最温暖的一个春节。

年三十的晚上，我不用一个人出去游荡，而是跟很多亲人围坐在桌旁，等待叔叔将一挂鞭炮点燃。我们在众多此起彼伏、忽远忽近的鞭炮声中，努力辨别自家的那挂何时响尽最后一声，然后爷爷一声令下，众人举杯共贺新年。

我是长这么大头一次认认真真地坐在电视机前跟家人一起看春晚，爷爷、奶奶还有表妹都聚精会神地盯着电视，生怕漏过每一个细节。表妹很乖巧，拉着我坐在她的身边，细数她喜欢的那些大明星，而一旦看到喜欢的明星出场，就立即激动得手舞足蹈。

叔叔、小姑等几个中年人凑了一桌打麻将，于是，我有时被叔叔叫过去欣赏他的牌面有多漂亮，有时被表妹拉住看她为了某个明星大呼小叫。

原来过年真的可以如此热闹，这种温情令我从里到外地融化着，不知不觉间竟已经笑得面部肌肉都有点儿酸疼，我甚至不记得上次这样开怀大笑是在何时。

春晚的主持人开始宣布新年倒计时，随着倒数的数字越来越小，我也越来越想给蓝夕发个短信。

我掏出已经无法开机的手机看了看，只能无奈地叹了口气。坐在一旁的表妹拉着我的手，朝我吐了吐舌头，很不好意思地眨眼笑笑，以此表示她的歉意。我则摸摸她的头，告诉她没关系，别往心里去。如果一个才12岁的小姑娘不小心摔坏了你的手机，你除了包容还能忍心朝她发作？

看完了春晚，爷爷、奶奶和表妹相继去睡觉了，叔叔等人的麻将尚在热火朝天地进行着。我进到自己的卧房，用笔记本上网给蓝夕留了很多新年祝福，然后进到她的空间，把里面所有日志统统温习了一遍，并且逐一留下自己的脚印。事实上这空间里面的日志在蓝夕放假回家的那一天便再无更新，由于蓝夕假期无法上网，我只得反复咀嚼每一篇都已经看过多次的语言，将蓝夕曾经的喜怒哀乐全部重新品尝一遍，有时痛到心碎，有时笑得明媚。

爷爷对我家中的事情自是心知肚明，于是他提出让我干脆转学到天门，而且那里学校的教学质量也是全国出名的好。

沈阳对我来说真的是一个拥有太多回忆的地方，无论是旧时的笑靥如花，还是曾经的黯然泪下，无一不让我感慨万千，难以放下。也许是时候开始一种新的生活了，也许是时候重生一次了，也许是时候做我多年来最勇敢的一个决定了。

此时此刻，我是多么希望蓝夕可以在身边给我一些鼓励，可是现在我能做的只是一个字一个字地在网上给她留言，却不知道她何时才能看到。

网络，究竟是真实还是虚幻，是善良还是邪恶？两个天各一方的人在网上相遇，究竟是上天注定的缘分还是仅仅机缘巧合？我们如果将这种相遇继续发展成相互依赖，究竟是顺应天意还是无聊消遣？又如果将这种依赖冠以爱情的名义，究竟是实至名归还是天真幼稚？

我不知道自己是否爱上了蓝夕，然而对她的依赖却是实实在在地与日俱增。爱是好感的日积月累，然而我却不确定自己对蓝夕的好感是否已经达到了爱的境界。我只是想就这样看着她，守护着她，希望她远离悲伤，找到自己的幸福。同时又倍感矛盾地害怕她会远离自己，不再需要自己的守护。

进退两难，烦郁无以复加。

（二）

当重新联系上蓝夕的时候，我已经回到沈阳，去学校办理一些相应的转学手续。

令我感到多少有些失落的是将近半个多月同蓝夕失去联系，她却并未对我表现出更多的热情，至少没有让我感受到自己想象中应有的思念，或者说我认为她远不如我思念她那般思念着我。不过幸好我早就习惯了做一个被人遗忘的角色，目前来看至少我还尚未被蓝夕遗忘，这便已足够。

在即将坐飞机离开沈阳的那天，我照常在 QQ 上跟蓝夕聊天。我告诉她现在沈阳这座城市里我还有一个人放不下，毕竟是自己的初恋，这份感情已经深入骨髓，随着血液一起流淌，跟着皮肤一起生长，想要忘记已是奢望，能做的只能尽量深藏。

而蓝夕居然说希望能够帮我叫林小琳出来，去机场见我最后一面。

霎时间各种滋味纷纷涌上心头——有对蓝夕这份关心的感动,也有对同林小琳见面的无限憧憬。

我将林小琳的QQ告诉了蓝夕,便开始焦急而漫长的等待。

时间一分一秒地过去,翼已经将我所有的行李都放进了车的后备箱,然后过来催促我准备前往机场。

蓝夕叫我不要关电脑,因为她需要随时跟我保持联系。我心中窃喜,也许林小琳真的愿意出来再见我一面。

在汽车快到机场的时候,我收到了蓝夕的消息:"林小琳答应赶去机场见你,你好好等着吧,酝酿好待会儿要说的话哦。"

我想如果蓝夕此刻就在我的身边,我一定会开心得直接上去拥抱她,而实际上我想我能做的就是安静地坐在候机大厅等待林小琳的到来。虽然表面宁静,内心却早已感慨万千。

翼一次次看着手表,提醒我该过安检了,我却固执地摇头,左顾右盼地寻找林小琳的身影。

候机大厅里的每个人都拖着大包小包的行李,行色匆匆,我觉得自己此时的表情一定显得十分突兀,因为翼说我一直笑得不正常。

是的,我一直在笑,可是心里却比在场的任何一个人都紧张。

终于,机场大厅里甜美的女声开始通知旅客,我坐的那班飞机已经开始登机,翼听后二话不说就拉着我往安检通道跑。我们直接越过冗长的队伍,插到了最前面,他挥舞着手中的机票喊道:"不好意思,我们这班飞机已经开始登机了,不好意思麻烦借过,不好意思……"

我终是不知道自己是如何被翼推着过了安检,然后是如何随着人流上了飞机。

我唯一的记忆就是坐在窗边看着飞机徐徐滑行起飞,感觉沈阳越变越小,心里的伤却越来越深。

我抚着手背上那条细长的深褐色疤痕，有些自嘲地笑笑，我想，这疤痕应该是林小琳留给我唯一的纪念品吧。

在酒吧打架事件后不久，有一次我独自一人鬼使神差地走到了林小琳的家门口，矗立在她的窗下，久久不愿离去。

我知道她家二楼那个挂着粉色窗帘的窗户就是她的房间，于是我就呆傻地盯着窗帘上倒映出的纤细身影，渐渐泪流满面。

突然房间的灯熄了，我意识到林小琳可能发现了我，于是赶紧把脸擦干，转身欲走，可没想到却还是被跑出来的林小琳厉声叫住。

"杨乐，你给我过来！"林小琳气势汹汹，一脸蛮横。

我慢慢走到她的身旁，谁知她二话不说抓起我的右手，直接用锋利的东西划了上去。鲜血顿时顺着手背滑落，一滴两滴……

我面无表情地看着林小琳做完这一切，然后与她四目相对。我并不是不觉得疼，只是手背的伤跟我内心的伤比起来，是那么的微不足道，我甚至没有多余的神经再去感受那个眉刀划破皮肤时的惨烈。

"你不要喜欢我，我不喜欢你，你再怎么做我也不会喜欢你，明白吗？"

说完这些以后，林小琳哭了，她的掌心也淌着我的鲜血。我抬起自己干净的左手想帮她擦去泪水，可她却一下子闪开，同时也放开了我的右手。

林小琳哭着摇了摇头，然后决绝地转身，消失在她家的门后。

我依旧呆呆地站在原地，心想，小琳，你为什么要哭呢？我不疼，真的一点儿也不疼，只是我想我再也不会这样疼了，再也不会了。

（三）

到新班级上学的第一天，阳光铺了一路，树荫洒了一程，我的心情也跟随这明媚的天气一点点灿烂了起来。这是我新生活开始的第一天，也许早就注定了非比寻常。

"大家好，我叫杨乐，从沈阳转学过来，很高兴认识你们。"自我介绍过后，我在同学们的掌声中慢慢走向老师指定的座位，看似目不斜视，实则心花怒放，因为我听到很多女生的小声赞美，这极大地满足了我的虚荣心。

我强作镇静地放好书包，拿出课本，很自然地转起了一支笔，抬头看向老师的方向，准备老老实实地上我在新学校的第一堂课。

"杨乐，真的是你？"突然一个女孩的声音在我旁边响起，我疑惑地一偏头，发现一个剪着整齐刘海儿，长发披肩的白净女生正冲我微微笑着。这个微笑让我感觉甚是熟悉，却又无法一下子清晰记起，我只能眉头微皱，嘴巴半张，感觉一个呼之欲出的名字就在舌尖打转。

"我是丁凌，还记得吗？"女孩看了看我尴尬的表情，脸上笑的幅度更大了，并且直接说出了自己的名字，试图结束我那痛苦而漫长的记忆搜索。

"哦哦哦……是你啊。"我不自觉地提高了音量，惹得周围的同学纷纷回头。

丁凌将一根手指比在唇间，示意我小点儿声。然后在纸上写写画画，递了过来："下课再说，真没想到我们这么有缘！"

我还给她一个灿烂的笑容，点点头，便开始期盼这堂刚开始上的课早点儿结束。

一年前的沈阳某家医院,有一个女孩因为做阑尾切除手术在那里住院,无聊之际她喜欢偷偷溜到医院里一个没人会去的楼梯间抽烟。

可是某天,当女孩习惯性地去楼梯间时,却发现那里已经烟雾缭绕。女孩好奇地走了过去,看到一个瘦高的男孩正坐在台阶上颓然地抽着烟,身旁散落着两三个烟头。

男孩很快便察觉到了女孩的到来,他看到女孩也穿着病号服,于是友善地笑笑问道:"这是你的地盘?不好意思,我借用一下,呵呵……"

女孩走到男孩身边坐下,然后找他要了一支烟。男孩笑着说道:"女孩抽烟可真不好。"可是却仍旧帮女孩点上了烟。

两人就这样在楼梯间因为一支烟的缘分相识了。

女孩得知了男孩的病房号,便在接下来的日子里经常到男孩的病房去看几米的漫画。在几个阳光照进窗棂的午后,女孩坐在床沿笑意盈盈地看男孩捧着画册给自己读《向左走,向右走》。女孩有时看看窗外,有时又盯着男孩俊朗的面容发一会儿呆,住院的日子就因为两人的互相维系而变得生动和有趣起来。

快乐的日子总是很短暂,女孩的阑尾切除手术原本只需住院一周左右,她却硬是又多住了一周,只为每天准时出现在男孩的病房里。

两人出院之后,女孩回到湖北继续她的学业,而男孩也回归到了自己的生活。由于后来两人都忙于各自的事情,便疏于联络,那份曾经闪闪发光的友情也在光阴中慢慢被淡忘。

然而一年之后,男孩和女孩却重逢在湖北天门这所贵族学校的同一个班级,更巧的是两人还是同桌。世上的事情就是充满了各种不可思议的巧合,令目瞪口呆的你不得不承认这是某种既定的安排。

没错,这个男孩就是我,而那个女孩就是此刻正坐在我身边专注听课的丁凌。

（四）

在新学校的日子里，因为有丁凌的陪伴而让我感觉更加容易度过。

我们原本就已相识，现在又是同桌，自是很快便形影不离，一起吃饭，上课，一起放学回家。

在我们这个敏感的年纪，在这个约定俗成的环境里，我和丁凌毫不意外地成为别人眼中的情侣。但是只有我们俩明白，这种情谊很亲很切，但却并非爱情。

丁凌家里的条件也很好，但是她却不像其他富裕家庭的女孩那般娇气蛮横。她只喜欢剪齐刘海儿，留刚好披肩的长发，从不擦脂抹粉，打扮素净大方。丁凌的成绩是全年级第一，在这样高手如云的学校里，令我不得不对她生出一份仰慕之情。

丁凌是那种让人完全无法忍心伤害的女孩，单纯善良到令人心疼。本来按照我以前的处事方式，早就把她当做自己的女友，做一对别人眼中真正意义上的情侣。可是我却无法将那个虚伪可憎的自己展现在丁凌面前，仿佛心中的黑暗一碰到她的纯真便纷纷瓦解，她就像童话里的公主拥有将癞蛤蟆变成芙蓉花的力量。

然而这般乖巧的丁凌却有一个令我十分厌恶的习惯——抽烟。虽然我们相识是从一支烟开始，我却丝毫不因为这支烟的缘分而对她抽烟的习惯产生好感。

也许因为每次我都是半开玩笑地跟她说我不喜欢她抽烟，而令她从未真正正视过这个问题吧。每当听完我的埋怨她都只是淡淡地笑，然后从我口袋里掏出打火机自顾自地点上烟，眯着眼睛深吸一口，让烟在肺里一个轮回，最后缓缓从没有血色的唇间吐出。

是啊，我从来都没有为她改变过什么，我又有何理由去要求她按照我的意愿来戒掉她的习惯呢？

有一日，我刚刚跟父亲通了电话，为了他要跟苏姐结婚办酒席的事情而大吵了一架，因为我死活都不肯回去参加这个婚礼。我知道父亲其实还是很看重我这个儿子的，因此便有恃无恐地依仗着这一点，用尽全力表达我的不满。尽管从一开始我就明白，自己带给他的阴影怎能同苏姐带给他的明媚相提并论？这是一件早就注定了结局的事情，我只是为了挽回一个做儿子的身份，让自己看起来不至于太过凄惨。

当天下午放学，我又看到丁凌跟几个女孩站在教学楼旁抽烟，心情原本就不好的我，二话不说冲到众女生面前拉起丁凌就走，引起一片哗然。

丁凌挣扎着说我弄疼了她，我却不管不顾地一直把她拉到了学校外面的小超市门口，方才松手。

我去超市买了一提罐装啤酒，径直走到她面前，打开一罐就咕噜咕噜地喝起来，目光却一直死死盯住目瞪口呆的她。

丁凌手中一直捏着的烟燃尽了，她下意识地又掏出一根点燃，然后眉头微皱地问我："杨乐，你想干什么？"

我依旧不说话，只是把喝完的空罐捏扁丢到一旁，继续目不转睛地看着她，打开另外一罐狂喝猛灌。

不一会儿，一种火烧般的灼热感从耳朵开始蔓延，直至我的整张脸。丁凌上前来抢我手中的啤酒，却被我粗暴地推开，然后又示威似的大喝一口，任凭淡黄的液体从口中溢出，顺着我的下巴、脖颈，一直流到衣襟之中。

当我喝到第四罐的时候，丁凌终于明白了我的用意。她把刚掏出的烟又塞了回去，深深叹了口气，拉着我在超市门口一张带有遮阳大

伞的圆桌旁坐下，用纸巾帮我擦拭脸上和身上的酒液。

看着丁凌一丝不苟的表情，初现的月光打在她略显苍白的脸上反射出圣洁的光芒，我趁着酒劲一把搂她入怀，摸索着找到她的嘴唇，有些粗暴地吮吸。

丁凌一开始被我吓着了，有些激动地反抗，可是不一会儿我就感觉到了她的顺从与配合。

这天晚上，在那个小超市的门口，我跟她讲了很多很多，包括我的身世，我的家庭，我的过去，我的现在，包括我为什么失声，我又为什么去治疗，以及为什么可以说话了却仍旧不愿开口……当然还包括对我影响最深的两个女孩——林小琳和尹蓝夕。

丁凌是喜欢我的，从在沈阳医院朝夕相处的那几天我就可以感觉出来，但是正是因为她跟其他浮躁的女孩不同，也令她少了几分追求爱情的勇气。

那晚的吻让我们之间的暧昧终于被捅破，我坦言自己是个"花花公子"，并且现在就还有个女朋友在沈阳，我也不保证在丁凌之后，就不会再有别的女朋友，但是我却承诺会为了她尝试改变。

而那晚的丁凌，那如水的眼神和明澈的双眸，无一不在向我说明这个女孩已经爱我到了何等地步，她心甘情愿地做我众多女朋友里面的一个，毫无怨言。尽管如此，关于日后丁凌对这份感情的种种付出，我还是只能说至少当时的我是无法想象的。

（五）

和丁凌在一起的事情，我第一时间就去网上询问了蓝夕的意见。我觉得丁凌是继林小琳之后，第一个在现实中给我温暖感的女孩，对于跟她真正在一起，我是抱着一种前所未有的认真，所以我很想听听自己最信任依赖的蓝夕的意见。当然还有同样重要的一点——我也迫切地想知道蓝夕对于这件事情的反应。虽然我知道也许自己跟蓝夕之间注定无法发生什么，可是却仍旧希望蓝夕会为这件事情所动容，哪怕只是一丁点儿吃醋的感觉。

可惜，我的希望最终还是有惊无险地变成了失望。蓝夕告诉我，如果丁凌可以给我温暖，那么我们在一起将是一件多么皆大欢喜的事情。是吗？真的皆大欢喜吗？蓝夕，你真的也欢喜吗？

为什么女人都喜欢对自己心里的真实想法欲盖弥彰？究竟是为了考验男人对她们的忠贞程度，还是仅仅想表现得豁达大方？

我并不确定蓝夕对我的感情到底是何种成分，但是我想她至少是曾经依赖过我的关心和体贴。但是她又从来不肯将自己全部放松下来，因为崔浩带给她的伤实在太深，而在那个伤口尚未愈合的时候，她决然不敢轻易对另外一个人敞开心扉。

对于没有把握的感情，她说自己宁愿选择从不曾拥有。

可是，这世上有几人可以把握自己的感情，又有几人自以为凌驾于感情之上，实则是被感情玩弄于掌心？

蓝夕担心我跟她联系得过于频繁会影响我跟丁凌的感情，我则很无所谓地告诉她，要想做我的女朋友，必定要学会忍受这些琐事，何况我跟她又并没有做什么出轨的事情。

只是我这些解释似乎对蓝夕没有起到任何说服作用，她已经从一个曾经为爱死去活来的小女生，变成了一个倔强独立的成熟女子——能靠自己走下去的路，就绝对不会去扶别人的手。

其实我能体会蓝夕的心情，她很早就跟我说过，她知道这个世界终将彼此分离，人最终总是一个人走向孤独。而当我离开她的时候，就是我找到自己新的爱情的时候。记得那时我还半开玩笑地问她，为

何不是她先离开?

知道我让丁凌的事情后,蓝夕开始慢慢跟我疏远,我害怕她继续过上以前的非正常生活,因此从未间断每天给她发四条监督短信,也仍旧经常借故跟她发短信聊天。令我稍感欣慰的是她还是会回复我,只是再也不主动发短信给我,仿佛她的悲伤快乐一下子全部都消失了一般,我终是不得见面具后面的她究竟隐藏了些什么。

我让丁凌和蓝夕互相加了 QQ,并再次告诉丁凌,这个蓝夕就是我曾说过的那个最好的朋友。丁凌顺从地叫她"蓝夕姐姐",蓝夕也尽职尽责地充当着一个长姐的角色,尽管那并不是我喜欢的姿态。

远在沈阳的思琴耳目也确实众多到令我瞠目结舌,也许是因为我跟丁凌之前就一直比较暧昧吧,她已经旁敲侧击地询问了几次我们究竟是何关系,却都被我搪塞而过。

跟丁凌的善解人意不同,尽管思琴的大小姐脾气在我面前已经有所收敛,但是骨子里的占有欲却仍旧是强烈得令人胆寒。我暂时不敢告诉她有关丁凌的事情,一方面是保护着丁凌,另一方面也是在给自己足够的时间考虑——在思琴和丁凌之间做一个选择,这只是早晚的事情。思琴是我不敢伤害的女孩,而丁凌是我不忍伤害的女孩。如果非要伤害一个,那受害方的苦痛与恼怒就全部都发泄到我的身上来吧。

这并不仅仅是我一时冲动的虚伪想法,最终我确实兑现了自己定下的誓言——为了其中的一个而狠狠伤害了另一个,自己则披荆斩棘只为用有限的生命来赎还曾经的罪孽。

第十三章 倒计时的世界

（一）

我也不记得自己是从何时开始总是隐隐地头痛，只是知道当我留意到这个问题的时候，止疼药都已经吃了不少。

每天早晚几乎会定时发生的头痛将我困扰得暴躁不堪，而当丁凌好心安慰我不要太多虑，将心态放轻松一点时，我的反应却只是穷凶极恶地叫她不要多管闲事。每次在冲着丁凌一顿乱吼之后，看到她委屈的模样，我才开始觉得有些清醒。我只能一边安抚丁凌，一边有些害怕地问自己，刚才那个狂暴叫嚣的家伙果真就是我杨乐吗？

以前我的视力很好，再怎么躺着看书或没日没夜地上网打游戏都不曾受到丝毫影响。可是最近我却总是看不清东西，有时甚至看不清丁凌近在咫尺的脸。

无论是活动的人流车辆，还是静止的站牌树木，都在我的视线里忽近忽远，忽上忽下。伴随这种模糊感而来的是一阵阵眩晕，严重时还会引起我的呕吐。

而最终令我进医院彻底检查身体的，是因为我晕倒在教室里。当爷爷和叔叔从医生办公室出来时，我从他们的脸上读到的是凝重。当别人有意在你面前说谎的时候，只要你足够冷静无论如何都是能分辨出来的。

我半躺在病床上，尽管刺鼻的消毒水弄得我很不舒服，我还是看到爷爷偷偷地转身叹气。尽管叔叔夸张地笑着告诉我没什么大碍，等我感觉好点就可以先出院回家等待最后的诊断结果，我还是感觉到他笑得十分勉强。

然后，我继续把大家这种若无其事的表演做给丁凌看，告诉她不用担心，没有什么大问题。

就在我心神不宁地等待检查结果的时候，蓝夕告诉我她做了一个网站，主题名叫"那时的我们，是最温暖的存在"，她想把我的照片放上去，于是几次找我索要。

这是个多么美的名字，特别是还包含着蓝夕对我的称呼。整个主页的背景是我喜欢的深蓝色，有一条古老的阶梯从水面一直延伸到天际，一个可爱的金发小天使像是沿着阶梯从天国下来到人间玩耍，她在水面撒落几片玫瑰花瓣，那鲜红的色彩在她白色纱裙的衬托下显得格外耀眼。

网站里都是蓝夕收集的一些唯美图片和爱情故事，我不禁想蓝夕会把我的照片放在哪里呢？我究竟是她故事的男主角，还是在她生命里昙花一现可有可无的过客？

我举起手机，微微偏头拍下自己的左侧脸颊，故意让垂下的头发将脸颊遮掩得若隐若现。女孩们都说我左侧的轮廓让人沉醉，可是看到照片里惨白困倦的面容还是令我不甚满意，我取消了彩信的发送，而是回复蓝夕等我过几日拍了好的再给她。

是啊，那就过几日吧——我也开始自欺欺人地想象仿佛自己真的没有什么大病，仿佛真的休养几日便会继续生龙活虎。可是为什么我的头痛愈演愈烈，频率也越来越高？为什么我开始听不清也看不清周围的人、事、物？

我的世界开始缩小、颠倒、倒退。

我跟学校请了病假,一个人躲在房间里,拉上所有的窗帘,因为害怕光线。我坐在床头蜷缩起双腿,双手抱膝,将脑门一下下撞击在曲起的膝盖上,以此来减缓剧烈的头痛。

医生的诊断下来了,家人依旧是以叔叔为代表来跟我交涉,爷爷坐在客厅抽烟,小姑牵着表妹站在门廊,小表妹抱着一只玩具熊,扑闪着大眼睛好奇地看向我的卧房。

"杨乐,医生说需要你留院观察,可能会给你动个小手术。但是,呵呵,你不用担心,只是个小手术,不要害怕,呵呵……"叔叔依旧保持着招牌式的笑容,那看似轻松的表情,其实让我的心一点点下沉。

"好的,终于可以不用去上学了,多好,呵呵,我今天就去吗?"我也似乎被叔叔的笑容感染,努力在脸上撑开一片阳光。

叔叔显然对我的反应有点吃惊,但是很快就让泛滥的笑容将这小小的惊讶掩盖:"不用那么着急,你晚上收拾一下,明天一早我开车送你过去。你可以把你喜欢的书或者CD带上,到时候做了手术是需要住院休养的。当然,也不会太久,我就是怕你无聊,呵呵……"

我笑着颔首,然后对门外的小表妹招了招手,叫她进来玩。

叔叔嘱咐我要早点休息之后,便和小姑一起离开了。

小表妹乖巧地坐在我的床边,小心翼翼地问道:"哥哥,你这里疼吗?"她指了指自己的太阳穴。

"嗯,有时候有点儿疼,不过没事了,哥哥受得了。"我拍了拍她的小脑袋笑着说道。

"妈妈说,哥哥这里长了东西,要做手术才能好。哥哥,做手术会很疼的吧,你不怕吗?"小姑娘依旧用手指指着自己的太阳穴,有些担心地问道。

我咬紧自己的嘴唇,尽量让面部不要抽搐,然后嘴角努力上扬,对着她摇了摇头。

我真的一点儿也不怕疼,我怕的是自己这一躺下,便再也无法起来。

(二)

我想自己应该开始学着适应周围满眼都是白色,空气里永远充斥着消毒水味道的环境,因为我也不知道这次会在医院里待多久,或者是已经没有机会再出去。

要动手术的前两天,我考虑再三还是叫来了丁凌,这之前我已经连续几天没有接她的电话、回她的短信了。

看到丁凌更加消瘦的脸庞和凹陷的双眼,我知道她肯定因为担心我的身体而辗转反侧了多日。我拉着她的手,帮她擦掉腮边的泪珠,笑着说道:"别哭了,你本来就不好看,还想更难看啊?放心啦,医生说了就是一个小手术,做完之后休息几天就可以出院了的。快别哭了,听到没?"

丁凌抿住嘴唇,由刚才嘤嘤的哭泣变成一下下的抽泣,眼泪在她白净的脸上纵横交错,任凭我如何擦拭都流淌不完。

我把自己先前拍在手机里的那张相片传给了丁凌,嘱咐她记得帮我发给蓝夕。另外在我手术期间以及康复期间不能用手机的日子里,也要帮我每天按时发四条督促短信给蓝夕,以免她因为无人提醒,便肆意妄为地损害自己的身体。

"凌,我知道要你帮我做这些,可能会让你不太开心,但是……但是蓝夕真的是对我很重要的人,我不想因为我动手术而不能关心她了,或者可能是以后都没办法关心她了,又让她继续去过非正常的生活,所以我……"

"杨乐你别说了,求你别说了,你一定会好起来的,不要说这么晦气的话。你放心你说的我一定都会好好地、认真地去办到,但是你也要答应我一个要求——你一定要好起来,听到了吗?"

"放心放心,有你们在我怎么舍得死呢?"

我用手将丁凌的头朝自己轻推了过来,和我额头对顶着,看着她溢满泪水的双眸,我的心里除了不舍就是愧疚。丁凌将她所有的光和热都给了我,可是我为何始终不能将自己的整颗心都空出来,专门盛装她的感情?也许爱情就是这般匪夷所思的事情,我一方面沉迷于丁凌的善解人意,另一方面却又为蓝夕对我感情的模棱两可而苦恼不堪。人对感情总是有着小小的自私,可是丁凌一直以来无私的付出只是让我越发自惭形秽。

动手术的前一天,我的亲人们仿佛一下子从四面八方冒出来一般,在我的病房里齐聚一堂。母亲特意从夏威夷蜜月之旅中折返归来,父亲为了来看我把正在医院待产的苏姐交由他的丈母娘照顾。

看来我还是很受大家重视的,感谢你们百忙之中的看望,只是请你们不要都把过度的悲伤写在脸上。

当我躺在病床上,被白衣天使们推向手术室的时候,所有的亲人都簇拥在我的病床周围,慢慢跟随着病床一起移动。丁凌紧紧抓着我的一只手,一直侧身凝视我的脸,双眼噙满了泪水,紧咬着嘴唇努力不让那些呼之欲出的泪珠滚落。

我费尽全身力气使嘴角微微抽动,挤出一个难看的笑容,可是同时也不小心挤出了一滴无声的眼泪。

手术室的门打开,丁凌的手滑落。在她放手的那一霎,我突然开始强烈地害怕,我害怕自己真的就此撒手人寰。

头顶上的无影灯"啪"的一声打开,惨白的光线撒满整个房间,直刺得我睁不开双眼。医生护士在我的身边来回穿梭,就连白色口罩上方那形状各异的眉眼此时都露出相同的紧张。

而我也随着这紧张的气氛紧张起来。尽管手术前他们已经告诉我全部的真相,尽管医生再三安慰我说虽然是恶性肿瘤但由于是早期,并且肿瘤仅分布在不是很重要的脑组织内,因此手术的成功率不算太低,尽管我也已经做好了最坏的打算……可是我怎么就是如此的不甘呢?

任何宏图伟志在死亡面前都显得那么苍白,再好的心理素质在面对死亡的时刻都难保不动摇分毫,然而我没有什么宏图伟志,也没有多强的心理素质,我只是不甘,也不舍。

林小琳,这个我曾经爱过的女孩,现在正在自己的幸福里甜蜜;丁凌,这个正深爱着我的女孩,不知道在我离开后她会悲伤到何等境地;而蓝夕,那个让我重新燃起爱之火的女孩,如果没有了我的陪伴又是否会感到有些不习惯?

我开始后悔手术前自己对丁凌所做的那些叮嘱——我告诉她一定要记得每天给蓝夕发4条督促的短信,我告诉她如果我真的无法离开这个房间,请她也不要为我哭泣,更不要把这个消息告诉蓝夕,就让那个同我素未谋面的女孩永远单纯地快乐吧,然后慢慢把我忘记。

可是现在我却难以自控地后悔,假如没有了那每天4条的督促短信,蓝夕是否会因为失去了依赖而感到寝食难安?假如蓝夕知道了我的逝去,她又是否至少会为我留下一滴眼泪?

我感觉全身的知觉正在逐渐抽离,眼前慢慢模糊,而在彻底失去意识之前却又看到很多人的脸从脑海中一一闪现：有父亲因为我作文得了全年级第一而开怀大笑的脸，有母亲搬出去之后又重新见到我而满是心疼的脸，有林小琳在花园里跟我打水仗直到发梢滴着水珠而俏皮灿烂的脸，有陈方博回国后跟我久别重逢而激动不已的脸，有丁凌掐灭了烟头静静地看着我而纯净无辜的脸，还有……还有一张女孩的脸，我却始终无法看清，只是觉得莫名的熟悉，那女孩身着白衣，长发披肩，似在微笑，却若即若离。

蓝夕，蓝夕是你吗？

我枕着自己的眼泪，终于阖上了双眼，如果手术能成功，那我一定要在第一时间去找一个人，告诉她，我的爱情因她而重生。

（三）

我第一次感到睁眼能看到阳光，呼吸能闻到医院消毒水的味道是那么的美好。这里不是天堂也不是地狱，而是实实在在的人间。

在麻醉剂的药效尚未过去的时间里，苏姐已经在沈阳为父亲诞下了一个可爱漂亮的女儿。于是在确定我已经性命无忧之后，他便立刻返回了沈阳，去再次体会为人父的喜悦。

翼已经从沈阳过来专门照顾我，并且同时执行父亲的意愿——等我恢复得差不多了就将我转回沈阳最好的医院去治疗。

丁凌始终坚持每天放学后都来看我，给我讲学校的趣事。据她的汇报，我的相片已经成功发给了蓝夕，并且每天四条的督促短信也都从未间断。

有一日，丁凌告诉我蓝夕给她打了电话，说不愿意再收到她的短信，

希望叫我亲自跟她联系。蓝夕的这种反应让我感到惊喜,因为她的失态无疑说明了她对我的关心。

于是我在思维稍微清晰,身体也活动自如的时候,给蓝夕发了短信:"蓝夕,抱歉让你担心了,我没事了,就是很想你,呵呵。"

重新享受生命的时候,总是感觉自己周围的一切都像重生,就连自己最讨厌的老师看起来都是那么亲切,更别说自己原本就喜欢的人。

曾听说人在做梦的时刻惊醒,第一时间内想到的人就是他或她最爱的人。那么在生命垂危,命悬一线的时刻所想到的人,又算是此人的什么人呢?

蓝夕总是跟我讨论网络和现实的问题,她总是一而再再而三地将它们区分得泾渭分明,生怕自己一不小心就混淆了界限,在她眼中仿佛网络是洪水猛兽,一旦相信甚至沉沦了,便会万劫不复。

我何尝不明白她这实际上是在抗拒着我呢?我又何尝不明白一颗受过伤的心确实很难再次被敞开呢?我不知道为什么网络是虚幻的,只是知道这是一种供人们交流的便捷手段;我也不知道为什么有人说网友见面就注定要"见光死",只是知道如果两个人从一开始就是用真心去靠近对方,那产生的感情未必会比现实中的情爱浅薄。

也许我这一病成功促使蓝夕开始向我敞开心门,她为我不发短信给她而懊恼,为我卧床不起而揪心。我不得不承认自己十分享受这个过程,被自己喜欢的人关心着、牵挂着,是世上何等美妙的感觉。

但是,我现在仍不能如此突兀地出现在她面前,如此的形容枯槁、面黄肌瘦,怎能以这样的颜面展现给她看?于是,我在自以为正走向痊愈的日子里,每天都想象着跟蓝夕见面的情景。我不管什么流言蜚语,也不管什么年龄地域,我只是想见她,想拥抱她,仅此而已。

在得知我即将办理休学，回沈阳继续治疗之后，丁凌便更加频繁地跑到医院来看我。如果说那夜我吻她是因为一时冲动，如果说我和她成为名正言顺的情侣是因为心存感激，但是我还是无法决绝地否认自己对她的感情，我喜欢丁凌，但是那却不是我想象中的爱情。

"丁凌，我就要回沈阳了，不知道以后还有没有机会再见。"

"当然有机会，我爸爸在那边有生意，只要我一有假期就立刻过去看你。"

"丁凌，你这样不觉得辛苦吗？"

"你是问我的心还是我的人？"

……

"丁凌，我想等我身体好些了之后去找蓝夕。"

"好的，要不要我陪你去？"

"凌……"

"杨乐，杨乐，不要丢下我好吗？我不在乎你去找林小琳，去找思琴，去找蓝夕，但是请不要丢下我，好吗？只要让我陪在你身边就好，让我能看到你，感觉着你，我绝对不会有更多奢求，你要我怎么做我就怎么做。如果你爱着别人，我就做默默守护你的人；如果你结婚了，我就做你的情人……"

"凌，你怎么这么傻？你怎么……"

一切言语都是枉然，丁凌的泪水将我胸前的衣襟打湿了一遍又一遍。陷在爱中的人永远不会觉得自己有多蠢多傻，人们总是笑谈别人的痴情，实际上自己却更加执迷不悟。我们总是认为失去了这份感情自己就无法独活，可是当时间抚平了伤痕，剩下的也只有无奈的喟叹。

那时的我们，
是最温暖的存在

（四）

回到沈阳的日子，丁凌每天都会给我发很多短信，表达她对我深切的思念和无微不至的关心。她总是跟我抱怨时间怎么过得这么慢，为什么还没有等到学校的假期，因为她已经迫不及待地想来沈阳看我了。

而我跟蓝夕也恢复了之前的短信联系。由于医生规定我在住院休养期间不能外出，因此我跟蓝夕的联系就仅是通过手机而已，也正是由于这个原因，才使我们互通短信的频率越来越高，内容也越来越丰富。

我急切地希望自己的身体能够尽早好起来，这样自己才更加有勇气站在蓝夕的面前。自从我手术之后，蓝夕对我比以前更加热情和依赖，我们每天都用短信聊到深夜，互相道了几遍晚安却都不肯入睡。如果有人哪天因为有事而没有给对方发短信，那另一个人便会魂不守舍一整天。

我感到蓝夕的心正慢慢向我敞开，我们无话不谈，但是却从未涉及到两人之间的感情话题。当暧昧成熟到了一定的程度，其实这感情本质就已经更改，只是看我们愿不愿意正视而已。

我虽从没听过蓝夕亲口承认即便是"喜欢我"之类的话语，但是她对我那种越来越强烈的依赖感，早已胜过了万语千言。

我们的话题中渐渐少了崔浩和林小琳，我不知道是否是蓝夕在刻意回避，至少对我来说，确实已经感觉林小琳的故事正渐行渐远，逐渐从我的生活里抽离。

那就这样继续发展下去吧，我希望当我能将完美的自己展现在蓝夕面前之时,也是我俩的感情水到渠成之时。

一日我正坐在医院草坪的长椅上听着班德瑞的音乐,专注地看着几米的画册,突然感觉有人走到我的身边坐下,我取下一只耳机偏头一看,来者正是思琴。

这个美丽的女孩打扮得性感妖娆,使几个路过的人都纷纷侧目。

我一下子不知道要说什么,只能微微笑笑。

"杨乐,你还记得我吗?"

"呵呵,思琴,你干吗这么问?"

"那我现在还是你女朋友吗?"

见我低头不语,思琴索性扯掉我另一只耳机大声说道:"杨乐,你为什么不回我短信,不接我电话?你为什么什么都不跟我说?要是你在湖北……在湖北回不来了,你要我怎么办?怎么办?"

思琴说话间便抽泣起来,她原本一直在单手捶打我的肩膀,可力度也随着哭泣声的增大而逐渐变小。

"思琴,忘了我吧,我不值得你爱,你条件这么好,完全可以找个比我好很多的人……"

"杨乐,你说实话,你是不是有别人了?"

"跟这个没有关系,其实你也知道我们开始的是多么突然。我在你之前有过很多女朋友,而你在我之前也有过很多男朋友,我们都是一类人,觉得哪个人表面上过得去便尝试在一起,要是发展的不合适就潇洒地拜拜,继续寻找下一个目标。何苦要为某一段感情而纠缠太久呢?"

"杨乐,我知道你不是这种人,不然你也不会对林小琳痴情那么久。如果我说我觉得这次跟你发展得很合适,想继续发展下去呢?"

"呵呵,思琴,你根本都不了解我……"

"你还是不打算说实话是吗?那个叫丁凌的到底是怎么回事?"

"思琴,你少无理取闹!我说了跟别人没关系,我们之间根本没有所谓的感情,你明白吗?这件事就算是我对不起你,你也不必叫红狼去找林小琳的麻烦,叫他直接来找我吧,我等着他!"

"哼,杨乐,你放心,我不会找林小琳的麻烦,因为我知道她对你来说已经没有那么重要了。倒是那个叫丁凌的臭丫头,你叫她以后出门可要小心点!"

思琴气呼呼地起身把包往肩膀一甩,大步朝医院门口走去,所到之处皆留下一阵浓烈的馨香。

我叹了口气合上画册,看着思琴远去的背影喃喃自语道:"思琴,为了你的幸福,忘了我吧。"

在思琴来找我的前两天,我也是这样坐在长椅上看画册,突然天空下起了小雨,我便起身准备回病房。这时,突然想起翼之前说过要去找医生帮我拿一些已经吃完的药,于是我改变了路线,想去医生办公室找翼一同回病房。

刚走到医生办公室的门口,我就发现了翼的身影,正想跟他打招呼,谁知从里屋又出来一个人,那人正是父亲。

我顿时纳闷起来,按理说这个时间他不会出现在这里,难道是医生专门叫他来的?正在我心生疑惑的时候,听到了父亲和医生的对话。

"刘医生,您这个结果是准确的吗?是否会有误诊的可能?"

"杨先生,很抱歉,这个确实是最后的结果,令郎脑中的癌细胞已经扩散。虽然之前的手术比较成功地切除了一部分早期肿瘤,可是似乎这段时间药物和放疗的结果并不容乐观。"

"那就是说现在他的脑癌又复发了?治愈的可能性到底有多大,他……他还有多少时间?"

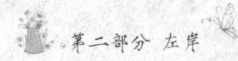

"杨先生,你先不要担心,我们会尽全力为令郎治疗的。"

"我是问你究竟还有多少时间?!"

"按照令郎的情况,我想半年应该是没有问题的,当然这也跟接下去令郎的身体机能、心态以及是否得当的治疗手段有关系……"

……

为什么命运总是在我以为充满希望的时候给我致命一击呢?我茫然失措地走回自己的病房,径直走到床边坐下,呆呆地注视着窗外橘红色的夕阳。太阳落山终究会在第二天照常升起,可是在这个倒计时的世界里,我会在哪一夜睡着后,便再也看不到次日的阳光?

第十四章 悲伤不如遗忘

（一）

当一个人知道自己的生命只能用天甚至是用小时来计算时，那他会用这有限的时间来干些什么呢？

父亲和翼显然是存心将脑癌复发的真相对我进行隐瞒，既然如此那我也只能若无其事地继续我的生活，只是每天在夜晚的黑暗中默默倒数。

我究竟应该如何利用这屈指可数的岁月来做完所有应该做和想做的事情？虽然医生说至少是半年，但是谁都清楚这个时间若是提前或者延后都不足为奇。

如果我不在了，到底有多少人会为我悲伤？他们又会花多长时间来将我遗忘？假使悲伤只能用时间来治愈，那遗忘应该意味着光阴已经成功地将杨乐这个人从众人的心里隐去。遗忘的过程是痛苦的，死者已矣，悲伤是死者留给生者最后的一点维系。结局如果注定痛苦，那么就让这个遗忘的过程快些开始吧。

那么，我首先应该去做些什么呢？人这一生想做的事情实在太多，也只有当意识到时间变得有限时，才会开始后悔自己之前浪费了多少大好时光。

林小琳已经找到了自己的幸福，我想我的存在与否对她来说也没

有太大的意义,只是希望多年之后她和陈方博忆起我的时候能够微笑颔首。思琴这个脾气火暴、外向热情的女孩,已经听我说了那么多决绝的话,相信现在她对我的恨已经超过了爱。而恨总是更能令人遗忘,不管是真心也好假装也好,只要开始尝试遗忘,以后也就真的遗忘了。对于内敛倔强的丁凌,我想我的一举一动都瞒不过她的细心,也许她是唯一一个令我可以放心托付遗愿的人。我相信丁凌是那种如果我不让她哭泣,那么她即便是将嘴唇咬出血也要强忍住泪水的女孩。

那么,蓝夕呢?我要如何才能让我们俩互相遗忘?如果她因为我的离开而重新过上非正常的生活,那我又该有多么心痛?在此后数月的时光里,我都在如何将蓝夕的伤痛降到最低的问题上苦苦纠结。与此同时,我又为自己舍不得离开她而痛不欲生。就算,就算生命只剩下一秒,我也要用这一秒来想念;哪怕,哪怕我已经病得张不了口睁不开眼,我也要在心里喊你的名字百遍千遍。

在我还没有决定要以何种方式和蓝夕告别的日子里,也只能对她缄口不提,尽量保持最开心的状态同她联系。如果说之前我谨遵医嘱从不去上网,是为了早点恢复身体好跟蓝夕见面,那么现在我已经决定永不跟她见面,是否就可以肆无忌惮地去看她的日志,跟她QQ聊天?

有次我发短信让蓝夕赶紧更新日志给我看,没想到当天下午她便告诉我已经更新好了。于是我趁翼和医生不注意,偷偷换了自己的衣服溜出去上网。好在医院附近就有网吧,我只花了半小时就坐到电脑前打开了蓝夕的空间。

她更新了两篇日志,一篇是用我熟悉的语言风格总结了一下她最近的心情——看样子蓝夕最近过得还比较充实,心情也还算不错。而另一篇是她在学校拍的几张照片,都穿着一件白色西装小外套,日志里说这是她最近逛街所得。

从我们在网上认识开始聊天,到后来我看过她的不少照片,我一直都认为她很适合白色。素净似菊,淡雅如兰,未施粉黛也能令人不知不觉间被她的气质所吸引。虽然她总是说只有我这么评价过她而已,我却辩解那是因为我具有善于发现美的眼睛。

我和蓝夕只聊了半个多小时,就被赶来"抓"我的翼和医生找到,无奈中只能悻悻地跟她告别,心里却有些感动和欣喜。感动于蓝夕对我的关心,欣喜于她有意无意间对我透出的思念。

然而等我冷静之后,却又开始撕心裂肺地难过,为什么,为什么在我跟蓝夕感情越来越好的时候,却非要给我判下死刑?而我又如何忍心让好不容易开心起来的蓝夕再次陷入无边的孤寂?

只是,只要我现在还能动一动手指,我还能看清手机上的字,我就要继续跟蓝夕联系,每天给她发4条督促短信,让我用尽全身的能量去奉献给她我所有的光和热。

(二)

《向左走,向右走》的画册被我翻得页脚已经卷曲褶皱,可我发觉自己还是在慢慢淡忘其中的细节。越来越频繁的头痛、眩晕、呕吐,折磨得我越来越骨瘦如柴,我甚至已经不敢去照镜子,因为实在不愿相信镜中那个眼眶深陷的丑八怪就是自己。

我每天一遍遍地看手机里蓝夕的相片,只希望能牢牢记住她的脸。因为生怕自己在某夜就此走上了黄泉路,经过三途河边,驻足奈何桥上,终要喝下孟婆汤前,就连三生石都无法照清她的眉眼。那么,我只有现在记住,并从此牢牢记住,来世才能凭借这刻在心底的印记跋山涉

水去寻她的芳踪。

然而我又无时无刻不在自责自己是否过于残忍,我如此贪恋跟蓝夕相处的每分每秒,却从不跟她提起我的病情,让她始终以为我正在好转。其实,我也需要每天对自己撒一次谎,才有勇气过完这接下来的24个小时,我的人生尚未像花朵一般彻底绽放,我还有那么多的事情没有做完,还有一份触手可及的幸福没有追求。

可是,这是否就是所谓的上天注定?这世间人和人的缘分十分奇妙,有人也许是为了循着前世的记忆去寻找另一半,有人也许是为了成全别人的爱情而当月老,有人也许是因为志同道合而注定和另一个人做一世的朋友,那么,我的出现是否是为了帮助蓝夕走出阴霾重拾信心,继续希冀爱情的美好?

我总是在纠结自己究竟应该以何种方式来同蓝夕告别,才能将对她的伤害减到最少——是现在就告诉她全部的真相,然后直接潜入最深的悲伤,把每一天都当成我的末日来度过?还是一直隐瞒她直到我离去,不管最后是恨我也好,怨我也罢,就让万能的时间来填平我曾在她脑中留下的沟壑?

当我苦苦思索却仍寻不到答案的时候,平日的理性也会倏地变成很深的绝望。特别是当我从医院偷跑出来上网,却等不到蓝夕时,只能一遍遍去翻看她的日志和照片,继而产生强烈的怜惜与不舍。我总是对着她灰色的头像疯狂留言,幻想这些文字可以帮我寄托一点小小的思念。

"如果有一天我不能提醒你什么,你一定要记得,要按时吃饭,要早点休息,睡前要关机。蓝夕,我会永远记住你的,不管如何,只要不出意外,我想总有人会提醒你这些的。而对她而言,我只能下辈子补偿她。我不知道为什么今天精神好像比以前好,而且我想看你的文字,所以我就起来了,没想到你没有更新……好了,不说了,好好学习,天天向上哦,呵呵。"

这是我众多留言中的一条,我想可能自己已经把这些留言当成了遗言来写。当然,我知道蓝夕至少现在是无法理解的,不过没有关系,就是一句笑谈吧。有时候我只是想对她倾诉而已,即便这倾诉可能达不到意想之中的效果,但是对我来说已经足矣。

事实上,关于蓝夕对我的真实感情,我一直无法得知,如果不是那次她主动打电话给我,我想我尚不能确定自己在她心中的位置。

这是我们的第二次通话,第一次是我主动,而这一次是蓝夕。铃声响了很久,我紧张地一遍遍清着嗓子,可惜听到的还是自己难听沙哑的嗓音,于是我终于放弃了跟她对话的念头,只是颤抖着按下了接听。

"喂,左,是我,蓝夕。"

"我想跟你说话,我想跟你说话,现在这个世界没有人愿意跟我说话了,没有人……"

"为什么他们都只听美美的一面之词?就是因为她比我会哭,还是因为她是上海人?"

"我什么都没有做,甚至什么都没有想,我现在还有什么能力去破坏他们?为什么她要把一切都推到我身上?如果崔浩真的爱她,那就算我如何破坏,不也都是枉然吗?她到底想怎么样,到底想怎么样?"

……

蓝夕显然是受到了很大的打击,一字一句都透出凄冽的悲伤。她在最无助的时候想到的是给我打电话,尽管她明白我可能无法说话,但是她仍旧选择向我倾诉。而我,却只能懦弱地躲在电话这头,将自己的下嘴唇咬出血印。

我可以想象一个人拿着话筒发泄半晌却得不到一点回应的失望。

可是,蓝夕,你知道吗?如果此刻我在你的身旁,我会毫不犹豫地将你抱紧,再抱紧,直到让你彻底温暖不再悲伤。只是一个连自己的生命都无法保障的人,要如何去让别人依靠?现在我所能做的,只是迅速地敲一下话筒,好让你知道我一直在全神贯注地听你说话,每一字每一句都已经渗入心里,随着血液流淌。

蓝夕,请相信我,当我听到你哭泣的时候,我对自己承诺一定不会再让你流泪。所以,与其让你知道真相,不如就在我尚能想念你的时候开始这场遗忘吧。美丽的谎言是为成就美丽的人生而存在的。

正当我想尝试慢慢跟蓝夕淡了联系,让她有能力独自飞翔的时候,丁凌告诉了我一件让她义愤填膺的事情,而这件事便顺理成章地成为了我疏远蓝夕的借口,尽管同时也将自己伤得体无完肤。

(三)

当你在乎一个人到了一定的地步,你是不会在意她为了什么而跟你在一起,又或者她是不是真的爱你。因为你介意的只是她是否正实实在在地陪伴在你的身旁,就算是自欺欺人也愚蠢得甜蜜。

所以当丁凌告诉我崔浩的现任女友对她说的一些所谓的"事实"的时候,我是真的对这些事情的真实与否毫无兴趣,因为那对我没有丝毫意义。

就算蓝夕跟周围的人炫耀那份 TIFFANY 的生日礼物,就算蓝夕编造我给她钱买飞机票的事实,就算蓝夕谎称我是他的男友……那又如何呢?我相信蓝夕做这些事情肯定有自己的理由,何况我并不相信蓝夕会说出这样的话,做出这样的事。

我从出生起就衣食无忧，可是我同样也很早就明白钱买不来某些东西。而这些东西里就有蓝夕带给我的快乐和幸福感，如果要说公平，那我又如何偿还蓝夕这无价的温暖。

当然这些话，我只是说给了丁凌听，我没有也不打算去跟蓝夕说明我的想法。看到蓝夕第二天发给我的数十条短信和无数个QQ留言后，我也只能压制住自己想去回应她的强烈冲动。

这是一个最好的让她误会并且开始尝试淡忘我的机会。我了解蓝夕的倔强与独立，忍忍吧，这不愉快的时光很快就会过去。而我亦能感受到一些东西正慢慢从我体内抽离。

我用了一个星期的时间来让蓝夕冷静，并且对这个"结果"做好一定的心理准备。然后发了一条短信给她，不写前因后果只是向她表明了我现在的态度。

"蓝夕，以后我就不会这么经常地给你发短信了，我不想你就这么依赖上我，以后你要自己好好的，保重。"

天知道我编辑每一个字的时候，内心是多么的疼痛，我甚至可以想象蓝夕看到这条短信后那绝望的表情。崔浩离开了她，而现在左岸这个家伙也要绝情地离开了。

不一会儿，蓝夕回了一条："好的，你也保重！"这看似简单的几个字，我却读出了泪水。蓝夕，我是多么想为你保重，可惜在病魔面前我实在是显得过于渺小脆弱和无能为力。

自这一来一回的两条短信之后，我们很长一段时间都不再发生对话。我依旧是每天四条短信地督促蓝夕要过正常规律的生活，有时还会在某一条里面加上提醒她第二天带伞的内容，除此之外，便不再多说一句话。

而蓝夕仿佛比我更加坚决，她再也不曾回复过我的短信，就如同

从我的生命里消失了一般。我知道她此时肯定在埋怨我的不通情理，以为我因为一些不足为道的误会而对她置之不理，任凭她一人伤心难过，却不再充当那个她可以信任依赖的角色。

可是，蓝夕，比起日后只能在天堂俯瞰你单薄寂寥的身影，我宁愿在有生之日真实地感觉你的成长与坚强。

丁凌一直要定期从网上为我订购鲜花，看着一簇簇娇艳的花朵一次次从生机蓬勃走向枯萎衰败，我的病情也在不易察觉中慢慢地加重。

已经扩散的癌细胞在我脑中各处落地生根，放疗和药物的控制却并不能让我感觉到它们的减少。我越来越嗜睡，不想运动，就连思维都慢慢迟钝，但是我仍旧清晰地记得数月前蓝夕对我许下的承诺——她会送我一份生日礼物。

也许真的很可笑吧，我到现在还惦记着蓝夕的那份许诺。其实我并不在乎那礼物是什么，只是知道这礼物对我来说价值连城。

情理之中的是，蓝夕果然还在生气而直到我生日的前一天都没有同我联系，更别说送出那令我翘首以盼的礼物。而在意料之外的是，我刻意的提醒却仍没能得到她积极的回应，直到5月1号的零点过去，蓝夕的生日祝福始终都未抵达我的手机。

"蓝夕，明天放假了，你有什么计划吗？"

"我明天跟同学去上海动物园玩。"

"哦，那你玩得开心。天气预报说明天上海可能会有小雨，你记得带伞。"

"知道了，谢谢。"

2006年5月1日的下午，丁凌和我一起坐在医院草坪的长椅上，她神情专注地一勺一勺喂我吃冰淇淋蛋糕，阳光洒在我们的头顶，烤得头发都发烫。本来我打算省去点蜡烛的程序，可是丁凌死活要为我点上一根，说这是过生日最重要的环节，不能省略，只可惜吹熄蜡烛前我还是忘记了许愿。

我掏出自己私藏的一根烟放在嘴里点着，丁凌见了便作势要来抢："医生不是说不能抽烟吗？这东西有刺激，你快给我把烟熄了！"

我微微一偏头躲开了丁凌的手，深深吸了一口烟，又将酝酿了半天的烟圈徐徐吐向天空。

"凌，你说一个人假如连另一个人的生日都忘记了，那是否意味着这个人对过生日的那个人已经毫不在意？"

（四）

丁凌的整个五一假期都陪伴在我的身边，我已经慢慢不能承受过多的运动，所以大部分时间我们只是坐在一起聊天，或者她为我念几米的画册。

"知道我那时候多喜欢你给我念这些文字时候的表情吗？你的声音也是那么有磁性，我想我就是从你给我念书的时光起开始爱上你的吧。"丁凌合上画册，笑意盈盈地对我说道。

"只是可惜我的声音再也不能跟以前一样了，几米的画册我也看不清它原本的颜色了。"我有些无力地靠在床上，从窗口看到一群鸽子在远处的天空划出美丽的弧线，直到消失在夕阳染红的天际，那种拥有翅膀的不羁和洒脱令我无限心驰神往。

丁凌回湖北的那天，原本我想送她去机场，她却执意只让我送到医院门口。丁凌挽着我出了医院大门，我们做着最后的告别，却完全没意识到不远处走来几个不速之客。

"哟,你俩挺亲密的嘛。红狼,就是这个臭不要脸的死丫头,居然敢抢我的老公,你赶紧帮我给她点儿颜色瞧瞧,别让她以为本小姐好欺负!"一个漂亮时尚的女孩一手拎着GUCCI的皮包,一手指着我们的方向大叫。

"放心吧,思琴小姐,交给我红狼包你满意。我要让这小妮子以后没法见人!"女孩身旁一个染着红色头发的男子说话间便亮出了一把弹簧刀。

红发男子和几个小痞子将尚未来得及开口的我和丁凌逼到医院旁边一个僻静的街道,几个巨大的垃圾箱发出阵阵恶臭,地面上脏水横流。

我将丁凌拦于身后,目光越过眼前的这帮人,盯住正一脸得意站在众人身后的女孩说道:"有什么脾气就朝我发吧,有什么仇就找我报。但是不要伤害丁凌,否则,我绝不会原谅你。"

"哼,你觉得你还有什么资格跟我提条件吗?你们现在就是我砧板上的肉,要杀要剐还不是随我的便?"女孩不屑地回应道。

"思琴,你觉得这样有意义吗?你觉得你是真的爱我吗,还是说你只是因为咽不下跟我分手的这口气?又或者其实你从一开始就只是想跟我玩玩才来挑逗我?你也看到我现在成什么样子了,不管有没有丁凌,你问问自己的真心,是否还愿意继续跟这样一个病入膏肓的人在一起?你放不下的只是这场游戏出乎你意料地过早结束而已,你想得到什么呢?是否要我们都对你下跪求饶,才能让你感觉到自己的重要?"我用尽全身的力气大声对那个渐渐有些动容的漂亮女孩说道。

"别听这小子废话,上次在酒吧跟我玩命打架的就是他!老子那口气还没出呢,这次刚好一起清算!"红狼恶狠狠地晃着那把弹簧刀,带着几个小喽啰冲我们走了过来。丁凌死死抓住我的胳膊瑟瑟发抖。

就在红狼和他的手下马上就要触碰到我身体的时刻,思琴大叫一声:"住手!",然后大步流星地冲我们跑了过来。她扒开那些小痞子,径直走到我面前,二话不说"啪啪"给了我两记响亮的耳光,待我将脸转过来看着她的时候,她却已经泪流满面。

"杨乐,我承认一开始只是对你不找比你大的女朋友感到好奇,才想方设法接近你。可是现在我只是想让你记住我,明白吗?记住我!不过,我想现在你是肯定不会忘记我了,呵呵……"思琴的泪水打湿了她精致的妆容,可是说话时她却固执地微笑着,仿佛那泪流满面的是另一个人。

"还有最后一句话,我希望以后你们两个再也别出现在我的面前!"思琴说完,依旧是将包往肩头一甩,潇洒地同她的手下一起消失在我们的视线里。

丁凌扑到我的怀里,终于开始放声大哭。

如果幸福需要代价,那我愿意用自己的生命来换取这世上每一个人的幸福。如果我预先知道自己的生命将何时走向终结,那我宁愿选择谁都不要遇上,只是独自一人安静地离去。

第十五章 约定在来世

（一）

自从生病之后，我常常独自思索一些问题：人是否真的有灵魂？所谓的死亡是否就是灵魂脱离了肉体，去往一个未知的世界？如果有轮回，那么喝下孟婆汤的灵魂要如何才能在来世记住今生所爱之人的容颜？所谓的孤魂野鬼是不是就是那些生前没有家的人，是不是就像我这样的人？

也许生命之花早点凋谢也并非坏事，在我还没有碰到更多的诱惑之前，我也许就有机会将这失败的人生重新来过。只不过重生之时是换了一副相貌，或者干脆转生成花鸟鱼虫。

我从小就是个很怕冷的人，我的手总是异常冰凉，林小琳还曾开玩笑地问我是不是伪装隐藏在人世的吸血鬼。而在我同病魔开始作斗争之后，我的手更是很少再温暖起来。

可是此时我却感觉手心里有一把火焰在燃烧。身旁的丁凌暗暗加大了她握住我手的力度，将脖子缩进衣领，有些担心地对我说道："杨乐，我们来这里干吗？阴森森的好可怕。"

我将手从丁凌的手中抽了出来，一把搂住她的肩膀，好让她紧紧跟我贴在一起，使她感觉到安心。

"凌，你说哪一块地方比较好？靠近花坛那边的怎么样，应该比较

朝阳,以后说不定还可以在我的泥土上种一些花花草草。"我搂着丁凌边说边朝一块空着的墓地走去。

"杨乐,你……"丁凌这次并没有顺从地跟着我走,而是轻推了我一下,使我不得不倒退两步站在原地。

"你干什么说这种话?叫我陪你来这里,难道是为自己挑墓地的吗?"丁凌没说两句,眼中的泪水便又开始翻滚,"我说过,不许你再说这种话,我的杨乐是不会那么容易就输给病痛的,你要坚持,要加油,听到了吗?我要你答应我!!"

微冷的阳光穿过陵园里整齐的松柏,在地面幻化出奇妙的光影,几支倒放在墓碑前的新鲜百合在我们不远处随风散播着馨香。我将衣领竖起,微微笑着,重新向丁凌伸出手,对她说道:"走吧,这里越来越冷了,我们回去了。"

不知从何时开始,我不敢再许下任何承诺,因为我知道当承诺在某个时空留下了记号却又无法实现,是比从不承诺更大的罪孽。我在剩下的有限时间里连自己曾经承诺的事情都无法做完,哪里还有能力去许下新的承诺呢?我觉得累了,尽管医生说癌症这种病的治愈几率跟患者自身的意志也有不小的关系,可是,我是真的觉得好累了。

我一缕缕地拨弄着丁凌的长发,她将头靠在我的肩上,仿佛睡着了一般安静。我伏在她耳边轻声地说:"凌,答应我以后不要再抽烟了,好吗?"

丁凌的头在我的脖颈处蹭了两下,然后轻轻地点了点。她的发丝摩擦着我的皮肤,感觉芳香柔软。

"还有……还有我们来做一个约定吧。下辈子让我先爱上你,追求你,为你付出,为你执着,并且一生只爱你一个,好好地,好好地跟你在一起,直到白头,你说好不好?"说完这些话,我便在她的头发上轻轻一吻。

谁知丁凌先是不动，随即便激烈地颤抖起肩膀，只是她仍不肯抬头，自顾自地在我脖颈处抽泣，两手死死地抱着我的腰，并且越来越紧，生怕一松手我就会消失踪影。

公交车里的其他人纷纷看向我们，有的甚至小声议论，我旁若无人地拍了拍丁凌的肩膀，继续说道："凌，抬起头来，多看我两眼，记住我的眼神，记住我给你的感觉。不管一个人以后轮回转世变成什么样，我想他的眼神和待人的感觉是永远不会变的。"

就让我们约定在来世吧，让我有足够的时间来报答你今生的感情和付出，让我有足够的时间来将你仔细欣赏，让我有足够的时间来慢慢品尝我们在一起的美好时光。

（二）

一个空旷的大厅里，形形色色的人们拖着大大小小的行李步履匆匆，神色凝重。磁性的女声回荡在大厅上空，一遍遍地播报着即将起飞航班的号码，催促人们抓紧时间登机。

国际航班的候机大厅里，有人在一旁的快餐店里悠闲地喝着咖啡，有人坐在柔软的布制沙发上专心地玩着电脑，有人拉着行李满头大汗地查找着电子显示板上自己的航班在哪个登机口登机，还有人跟同伴小声聊着天时不时发出几声大笑……

大厅里的广播再次响起，重复提醒着人们又有一个航班开始检票登机，我旁边的中年男子站起身推着一架轮椅朝一个登机口走去。这时，另一个身材高大皮肤略微黝黑的年轻男子，对这个中年男子

说道:"杨先生,我来推吧。"

突然,一个打扮得年轻时尚的妇人拨开人群快步朝我奔了过来,只见她一下子扑在我的膝前,泪流满面地说道:"杨乐,我的乖儿子,对不起,妈妈来晚了。你去了那边,就跟着你爸好好去治病,妈妈以后每天都为你祈祷,你一定要健健康康地回来,妈妈等着你!"妇人说完在我脸上亲了又亲,才恋恋不舍地起身,放我们三人过去。

站在人群里排队登机的我,朝着妇人的方向挥了挥手,将我的笑容定格成她眼中的最后一个画面。

2006年6月13日,我跟随父亲和翼,一同坐上了沈阳飞往芝加哥的航班。

我的生命会就此终结,还是会重新展开?

我在1万米的高空,默默闭上了双眼,只想享受这短暂的空白。

第三部分 爱如笙歌

我们的一生并不漫长,几十年不过弹指一挥间。然而我们却还要在这短暂的时间里以最快的速度学习如何成长,最可恨的是这学习的过程中困难重重,荆棘遍布,并且毫无捷径可走。

我们永远只能踩在自己的血泪之上前行,一次次站在选择的分叉口,有时甚至多次面临相同的选择,永无止境。也许有人永远左行,也有人可能总是右拐,也许有人面对相同的岔路时会挑选另一种选择,也有人永远执着于某个方向。但是,随着时光的荏苒,我们将不再孤独地面对这些选择,而是有另一个人与自己相伴,共同走向下一个路口。这个人会和自己从此相濡以沫,携手一生。

能够与我们相伴的那个人,会与我们有着默契的思想。也许有时不需要商量,两人就会不约而同地朝同一个方向前进,也可能当选择太多的时候会发生小小的争执。但是有一种感情却教会我们理解和宽容,并最终让我们和相伴的人能达成最后的共识——这种感情就叫作"爱"。

可是当全世界都反对我们的选择时,我们是否还有勇气踏出这艰难的一步?如果执着地不肯让步,难道就注定得不到海阔天空?

亲爱的,就让我选择你的选择吧,哪怕这选择会令我们背道而驰,渐行渐远。

亲爱的,就让我们一起勇敢地踏出这一步吧,哪怕只是这一秒的心有灵犀也足以让我们的爱如笙歌。

第十六章 回到原点——蓝夕

（一）

在 2008 年的年初，上海经历了一场数十年难遇的雪灾，这个并不常下雪的城市这次却扎扎实实地被白色覆盖。数不清的旅客由于肆虐的大雪被滞留在了机场、火车站，满目的人头攒动，满耳的怨声载道自是不在话下。当然，这也只是因为大家都怀揣着一颗急切盼望回家的心。

我的火车票是公司早就帮忙订好的，现在却不知道是否会因为大雪顺延时间。我在 2007 年 7 月顺利从大学毕业，毕业前先是准备以应届毕业生的优先条件去考上海的公务员。无奈家中毫无背景，自己考试成绩也并不理想，我只得抱着毫无竞争力的简历加入了庞大的应届毕业生的求职洪流。

不知道是不是傻人有傻福，我在同学们惊羡的目光中顺利签了上海一家十分有名的设计公司，而我的工资也算是应届毕业生中的中上水平。更让大家垂涎三尺的是这家公司还可以解决户口问题，只是需要工作满一年以上就可以安排。

我就这么顺理成章地在这家公司实习、转正，也许是为了报答老天的仁慈，我工作起来比其他一起招进来的应届毕业生更加卖力积极。

初入社会的我，此时将工作做为我的全部寄托。我不再执着于某

些事情,只是把一些回忆深埋在心底,就算不小心触碰到了,也只是有时失声大笑,有时黯然流泪。

我和两个湖北的同事很幸运地一起坐上了回武汉的火车,看到火车站挤满了由于火车晚点或者取消而无法回家的人们,我在为他们担心的同时不禁暗自庆幸自己的好运。也许情场失意,真的可以在其他地方得意吧,只是这代价未免太惨重了一点。

情理之中意料之外的是火车在行驶了四五个小时之后便中途停车了,广播里说由于夜里突降大雪,前方铁路正在抢修线路,只能临时停车等待解决。车厢里的人们慢慢开始躁动,因为没人知道这一等将会用掉多少个小时。

突然我的手机响起,打开一看是崔浩的短信:"蓝夕,听新闻说你们这列火车临时停车了,你不要紧吧?"

我回过去说我跟同事在一起,不会有什么事的,叫他别担心。这时我又想起尹白扬说明天要去武昌火车站接我,这么一耽误还不知道要晚点到什么时候,于是就给他发了个短信,让他不要太早去等,我快到的时候再给他消息。

手机再次响起的时候,我以为是尹白扬的回复,谁知道却是丁凌发来的:"蓝夕姐,你现在在火车上了吧,还顺利吗?"

我告诉她我已经在火车上了,却没有说火车临时停车的事情,因为我怕她知道了要担心,更怕她会告诉左。也许,现在丁凌是这世上唯一一个可以跟天堂里的左对话的人吧。

592天,今天是距离左去天堂的第592天。在这一年半的时间里,我和丁凌从没间断过在左的空间里留言。我们似乎从未相信过左已经离开我们的事实,只是坚持不懈地将他的留言板写满文字,仿佛左总有一天会看到,因为他也许总有一天会回来。

自从我知道了事情的真相后，我就拒绝了丁凌顶替左发给我的督促短信。我告诉她，左一定能感受到她为了让他开心而付出的所有努力，而我也已经完全参透了左的苦心，并且将永远珍藏。

此后的日子里我和丁凌互相取暖，守护着我们关于同一个人的回忆，耕耘着左那座种满玫瑰花的庄园。每当我们沉醉于这玫瑰色的梦幻中时，茎上的刺便会提醒我们回到真正的现实。

左，你在天堂是否能俯瞰到人间的一切？你是否会为我们为你而唱的笙歌喝彩？而如果你真的回来，你又会晃动哪棵树的枝叶，滴落哪朵花的晨露，踩着哪一片云彩？

（二）

在我有惊无险地到家之后，父亲母亲都心疼得长吁短叹，开始老生常谈地说起希望我可以回湖北找工作，不要离他们那么远，搞得想见我一面都十分不容易。

"其实武汉也不错，消费不那么高，离家又近。比起你一个人孤零零待在上海不是好得多？"就连尹白扬都跟爸妈站在了一边，旁敲侧击地当起了说客。

"就是就是，你跟你哥在一起，我和你爸也好放心。你看你一个人在外面又不会照顾自己，眼看着瘦了一圈又一圈，我和你爸的心里啊，真是……"母亲说着眼中就闪出朵朵泪花。

是啊，我还在上海等待什么呢？人尽皆知美美为了把崔浩留在上海费尽周折，不管她是不是我曾经的闺中密友，也不管他是不是我曾经的爱人伴侣，时过境迁，我也只能以一个旁观者的角度去祝福他们

的爱情早日开花结果。毕竟爱情这条路谁都不会走得平坦,谁都要付出旁人所无法体会的辛酸。

那么,我是在担心左日后真的会来找我吗?如果我一声不响回了湖北,他会不会从此找不到我?这种荒谬的想法总是在我的脑中盘旋,我自始至终都不肯彻底相信左已经不在人间,我总是希冀某日他会笑着站在我的面前,捧着一株四叶草,告诉我他已经找到了真正的幸福。

也许,是时候回到当初出发的地方了,回到原点,是否真的就可以重新来过?

"想什么呢?爸妈跟你说话没听到?你这两天就开始投简历吧,年初正是好找工作的时候。"尹白扬自说自话地帮我计划好了一切,我也只能坐在一旁哭笑不得。

"哦,对了,蓝夕,我跟你爸都忘了告诉你,你哥升职了,现在他成了业务部总经理助理了,工资也涨了呢。"妈妈刚才还为我心疼得掉泪,这一提到尹白扬加官晋爵的事情便立马笑逐颜开。

我有些难以置信地看向尹白扬,果然他自己也是一脸的受宠若惊:"新来的总经理很欣赏我,说我扎实肯干,不会耍小心眼,他就需要我这样的人才来帮他办事。"

果然是山不转水转,跟尹白扬相处不好的那个上司已经被调去了别的分公司,而这个新来的领导就是看中了他这种刚正不阿,说一不二的性格,给他升职和加工资自然也是不在话下。

"蓝夕,你过来。"正当全家人都沉浸在尹白扬升职的欣喜之中时,他悄悄把我扯到一旁,递过来一个信封。

我打开一看,里面有几十张红艳艳的百元大钞,于是抬头疑惑地看向尹白扬。

"这是我今年攒的一点儿钱,3000块,你先拿去还你那个朋友吧,剩下的我也会很快凑齐的，你好好跟人家道个歉，说我们拖了这么久真是很不好意思。还有这钱的事你就别操心了，我知道你刚参加工作肯定是月光的，你先照顾好自己，我会想办法的。"尹白扬小声地跟我解释道，生怕父亲母亲听到。

可是经过他的解释，我仍旧一下子无法反应过来。还钱？还给谁？道歉？又对谁道？我捏着信封愣在原地半晌，方才想起自己之前是骗尹白扬说那条 TIFFANY 的项链是托一个朋友买的低价正品，而这项链的钱是需要日后慢慢归还的。

待我回过神来，发现尹白扬正神情古怪地看着我，我舔了舔发干的嘴唇，点点头，然后做出一个微笑的表情，将信封塞进了手提袋里。

只是我也不知道将要如何将钱还给这位"朋友"，也不知道应该如何表达歉意，以及我从未间断的思念。

（三）

春节的假期真是最令人流连忘返的假期，总是感觉尚未吃够母亲做的饭菜，尚未和家人把该说的话说完，就要匆匆启程回去工作了，这也再次坚定了我想回武汉工作的决心。

我春节在家投的简历，果然在我回上海不久后纷纷有了回应。但是由于面试时间不统一，我便将有意向的公司尽量全部安排在一两天之间面试，这样也方便我请假。

一次我在公司加班，顺便私下打印简历，谁料被一个同事无意中发现。尽管我已经再三嘱咐她要保密，并且为此请她吃了一顿饭，无奈还是敌不过她那办公室"小广播"的超强称号，不到一周的时间，

便有不少同事旁敲侧击地来向我求证。

最令我担心的事情也终于发生，在某个看似平常的下午，我被叫进了经理办公室。

"小尹啊，最近工作有什么不开心的吗？是不是给你分配的工作太多，压力太大了？"经理笑眯眯地让我坐在他的办公桌前，颇有亲和力的开场白让我有些手足无措。

"啊，没有，还好啊……"我只能尽量让自己保持干涩的笑容。

"那你为什么不签今年的劳动合同呢？"经理虽是个大男人，可是语气间却充满了女性的温柔。

原本我是打算骑驴找马，等在武汉找好了下家再正式辞职。无奈这家公司是一年签一次劳动合同，在我尚未找好下家之时，续签合同的指令便不期而至地下达到了各人，令我着实伤透了脑筋。

现在想瞒是瞒不下去了，也只能硬着头皮对眼前这个满脸堆笑的男人说出实话了。

"我想回老家去工作，离父母也近点。在上海始终没有归属感，我想也许我还是不太适合这里吧……"

经理慢慢收敛了笑容，神色凝重，眉头纠结，他用手指有节奏地敲了几下桌面，然后对我说道："这样，小尹，你先回去工作。你的想法我也了解了，只是希望你能再考虑一下。毕竟我们公司培养一个新人不容易，而且你一直表现得很不错，相信你也知道我们公司在业内是数一数二的，以后发展空间会很大……所以，我希望你还是再好好考虑一下吧，你的合同我先给你收着，欢迎你随时来找我要回。"

我想此时怎么样也不能把话说死了，况且经理已经挽留到了这个地步，也不好继续坚持。于是我只能尴尬地笑笑，起身回去工作。

我想上天从我毕业起就开始对我宠爱有加，这好运气直到一年之后仍旧有增无减。在我已经请好假准备回武汉面试的时候，经理告诉我公司总部决定在武汉开个分公司，刚好需要派几个人员过去操作，问我是否有兴趣加入。这个消息对于想回武汉，实际上又对这份工作恋恋不舍的我来说，无异于天上掉馅饼一举两得的好事。

从经理办公室交了调动申请出来后，我便第一时间通知了父亲母亲和尹白扬这个好消息。尹白扬却有些担心地说，这可真不像是天上的馅饼，而是像谁的刻意安排呢。

他的提醒令我不禁又想起了一句话：当一切进行得太顺利的时候，一定是在某个环节开始出问题了。而事实上，当所有真相大白的时候，也确实证实了这一点。只是菩提明镜，叹心染尘埃，风烛未动，却心旌摇曳——事无对错，是我们的心无意间出了界而已。

（四）

等公司的一切手续办妥，我便跟随着另外几个资深的设计师一起到了武汉。先头部队用几个月的时间已经在武昌的 SBI 创业街租下了办公室，并且基本装修完毕，就等从上海总部派去的人员进入驻扎。

一切看起来都是那么的风平浪静，令我有些情不自禁地陶醉于这看似水到渠成的成功里。尹白扬帮我在离公司约 15 分钟公交的熊家咀找到了一室一厅的出租房，周末的时候一般都是叫我去他的职工宿舍开伙，由他和嫂子亲自下厨。爸妈也可以一个月左右过来看我一次，给我带些家里的特产，帮我收拾屋子，为我改善伙食。

我发觉我跟尹白扬的关系越来越融洽了，甚至在爸妈离开的时间，我也越来越频繁地叫他哥哥。毕竟是血浓于水吧，他学着包容，而我

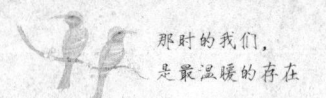

也学着长大。未过门的嫂子一直很疼我,总是嚷嚷着要给我介绍对象,尹白扬总是很享受地看着我跟嫂子打闹,仿佛在看两个顽皮的孩子。

亲情真的是一种最伟大宽容的感情,无论你做错了什么事情,家人都会一而再再而三地原谅你的无知;无论你离开家多久多远,家人都会敞开最真诚的怀抱欢迎你再次归来;无论你受到了多大的伤害,家人都会不离不弃地陪伴你直到走出阴霾。

我想,从左宣布离开之后我就一直在疗伤,伤口偶有发炎红肿,虽然好得很慢,但是仍旧顽强地愈合着从不懈怠。而家人的关爱就是疗伤的良药,在武汉的日子里,我感到天天阳光普照。

有一日我从公司加班出来,原本准备跟几个同事一起去吃宵夜,谁知一出大厦的门口,就被一个很熟悉的声音叫住。待我有些困惑地回头,却发现声音的出处着实令我吃了一惊。

"崔浩,你怎么在这里?!"我双目圆睁地愣在了原地。

"呵呵,我在这附近工作,听说你在这楼里上班就过来碰碰运气。"崔浩依旧保持着温文尔雅的笑容,说得理所当然。

我终是告别了同事,跟崔浩一起坐在了公司附近的一家烧烤摊上,等待他跟我解释这个复杂的故事。

"其实没有什么不好理解的啊,并不是全天下的中国人都把上海当成宝地吧。我觉得武汉很好啊,消费低,生活也丰富,还离家近。对了,你不就是这么想的吗?"崔浩反而将包袱丢回给我。

"可是我跟你情况不一样啊,你在上海还有美美,而且凭她家的关系给你弄个上海户口并不太困难吧。至于我,一是无牵无挂,二是本来也属于外来打工人员,在哪里工作自然都是一样。"我对崔浩这个回答显然十分不满意。

"呵呵……"崔浩喝了一大口奶茶,咂咂嘴说道:"看来草莓味的奶茶果然不错,怪不得你这么喜欢喝呢。呵呵,好了,不岔开话题,实际上,我跟美美在毕业的时候就分手了。我不想留在上海,也不想接受她家给我安排好的一切,就是这样。"

崔浩说完脸上的大笑已经慢慢收敛成了浅笑,以我对他的了解,他绝对不是会拿这种事情乱开玩笑的人。

"可是,美美似乎一点儿都没有表现出来过。她临毕业前不是还跟很多人说,她家帮你安排好了工作,给你解决户口问题,说得你俩像婚期将近似的?"我还是感觉有些难以置信。

"你也知道两个人之间的感情不是说断就能断的,实际上我们在大四下学期就已经吵得很厉害了。早在美美在网上跟你那个朋友的女朋友说那些中伤你的话的时候,我就已经十分反感她的这种做法了。尽管那时候并不知道是真是假,但是毕竟你们曾经是好朋友,就算不是好朋友,也不至于去说三道四。我们相处得越久,美美吃醋也是吃得越来越频繁,你该记得那次她连我借画册的同学都不肯放过,之后更是愈演愈烈。我知道这是因为她爱我,可是这种方式有谁受得了?当爱变成一种负担,我还有必要让它继续发展下去吗?说什么上海户口,多好的工作,无非是想把我绑在她的身边而已,这确实是很大的诱惑,但是为了我以后的人生,我还是选择放弃。"崔浩说得波澜不惊,我的心头却涌起了千层浪。

"知道吗?蓝夕,雪灾的时候,我跟你在同一辆火车上。但是我不敢靠近你,就只给你发了短信。那辆火车载着决心彻底跟上海说再见的我,只是没想到竟然你也在这车上,更没想到的是,现在你也撤回武汉来了。蓝夕,看来我们缘分不浅,呵呵,那么我们现在还算是朋友吗?"

烧烤摊的老板娘吆喝着将烤好的烧烤端了上来,而我却愣坐在板

那时的我们，是最温暖的存在

凳上，目光茫然。

　　崔浩，你听说过一个词叫"时过境迁"吗？比如我已经不再喜欢喝草莓味道的奶茶，比如我已经不再是个轻易相信别人的小女孩了。

第十七章 回到原点——左岸

（一）

夏季的阳光被校园里成排的法国梧桐遮挡得少了大半的锐气，放学的学生们正三三两两地走出校门，各自走向回家的方向。

我站在学校门口张望，寻找翼的身影，却听得一个女孩对我的呼唤，只能诧异地转身，试图找到叫我的人。

"左，是你吗？左，是你吧！知道我是谁吗？"只见这个女孩身着白裙，巧笑倩兮，十指交叉自然地垂在裙上，冲我俏皮地眨着眼睛。

"你是……蓝夕？"我真是又惊又喜，直接想冲上去拥抱她。

"蓝夕，真没想到我居然可以见到你，真没想到……蓝夕，蓝夕！你别走，你要去哪？"女孩轻盈地闪过我的拥抱，开始笑着奔跑，长发飘逸，乌黑的色泽在阳光下闪动迷人。

我叫着，追着，可是怎么都追不上女孩，她始终在离我伸手可触的距离，我却什么也抓不住。

终于，我满头大汗地醒来，却早已泪流满面。这就是我长久以来经常做的梦，有时就算明知道自己是在做梦，却也咬牙坚持着不愿醒来。

梦里的一切都是那么真实，我甚至可以感觉蓝夕的发梢飘过我的鼻尖，我甚至认为自己再跑快一点，或者手再伸长一点就可以感受到

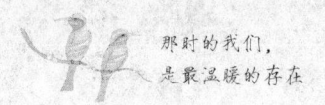

她的体温。在梦里我可以肆无忌惮地忘情奔跑,可以毫不顾忌地疯狂大叫,只是结果总是千篇一律——蓝夕停下脚步,转身有些哀怨地看着我,质问我为何要把她骗得这么苦,为何再次抛下她一个人?

我是多么地想辩解,多么想拥她入怀,可是我只能站在原地,发不出任何声音,直到我挣扎得满头大汗,直到我痛苦得泪流满面。

蓝夕,我活下来了,命运的轮盘再次开始运转,我的生命重新回到了原点,我又拥有了大量的时间可以去做自己想做的事情,不知这次我是否可以真正的拥你入怀?

父亲为我找了芝加哥最著名的肿瘤专家会诊,翼寸步不离地守护在我的身边。我是抱着大不了一死的心态跟随两人来到美国,因为哪怕只有一丝的治愈希望,我都不会放弃,都愿意放手一搏。

也许人之将死才会表现出对生无限的渴望,才会发觉以前少不更事时动不动就想轻生的念头是多么可笑。一切的伤痛在时间的面前都显得苍白,而所有的生命在死亡面前都脆弱不堪。如果说我还有什么心愿未了,那就是还没抓住蓝夕的手,让她在我的手心感受切实的温暖。

经过几个月的治疗,我的病情奇迹般地得到了控制,也许老天也觉得夺走了我太多的东西,而于心不忍将我就此带走吧。国内那些认识我的人里面,除了亲戚我唯一有联系的就是丁凌,同学朋友们都知道我去国外治病了,而蓝夕所知道的现实是我已经于2006年6月13日启程去了天国。

我并不是存心欺骗这个女孩,只是我实在不敢再给别人希望。我很早就深知有了希望却最终破灭的可怕感觉,比如一次次等待父亲的回家,比如总是希冀成为林小琳的白马王子,比如以为自己治好了嗓子可以去找现实里的蓝夕,比如……

所以,不如就忘记吧,对于一个我自己都没有把握的未来,我拿什么去让关心我的人等待?置之死地而后生,绝望的背后也许是意外的惊喜,狂风海啸之后也许就是一片碧海蓝天。

(二)

在我可以上网的时候,我为蓝夕和丁凌在我空间留下的铺天盖地的留言所震惊。尤其是蓝夕的留言,那是何等的坚持才能做到几乎每天都在我的留言板写下那些貌似在跟我对话的语言?

从一开始我对她隐瞒事实而产生的愤怒,到她可以云淡风轻地面对一切起伏;从始终无法接受我"离开"的事实,到她可以笑着告诉我自己的思念,而这中间又满满地穿插了她每天,甚至每时每刻的心情写照……我就这样又哭又笑,晴雨不定地看完蓝夕留下的一字一句,感受着她是如何从近乎绝望的世界里重新找到出口。

相比之下,丁凌的留言却显得单薄,也许是因为知道我尚在人间,便不至于像蓝夕那般感伤。丁凌告诉我,蓝夕已经不再去过非正常的生活,她有按时吃饭,有出门带伞,有睡前关机……

两个女孩就这么向我娓娓道来她们的生活,轮番帮我打理空间,时不时将空间的模块上移下挪,仿佛这个空间的主人并不曾离开。

蓝夕说自己公务员没有考上,只能开始为毕业找工作的事情忙碌。突然,一个我很熟悉的设计公司的名字映入眼帘,原来蓝夕向这家公司投了简历,但是由于这家公司起点太高,她虽然颇有兴趣,但基本是对复试都不抱希望。

我迅速在脑中构思了一个想法,然后去向父亲申请实行。

"你为什么要帮这个女孩?"父亲批着文件,头也不抬地对我说道。

"这不过是举手之劳而已,杨氏集团是这家设计公司的大股东,董事会都要听你的,何况只是招聘一个对口专业的人进来……"我采用迂回战术跟父亲周旋,并不想正面回答他的问题。

"我是问,你为什么要帮这个女孩?你们是朋友?但是据我所知,你身边应该没有已经大学毕业的朋友。"父亲终于将目光从文件移到了我身上。

"如果你真的这么了解我,怎么会连我喜欢吃什么,看谁的书都不知道?"我将眉毛轻轻一挑,冷静地将父亲的问题抛了回去。

父亲面有愠色,却又被我说得哑口无言,只得闷闷地哼了一声,继续低头看他的文件。

"爸爸,请帮我这一次,这个女孩对我很重要,也曾经帮了我很多,我只是很想回报她。"我此时收拾起了任性,诚恳地继续劝说父亲。

父亲用拳头揉了揉紧锁的眉间,叹了口气说道:"杨乐,这的确不是什么大事,我可以帮你。只是我希望你可以认清自己的身份,你是将来要继承我事业的人,你身上的每一处细节都需要经过反复的锤炼,达到最佳的状态,不要因为可笑的幼稚感情影响了你的一些判断和发展。更何况我恐怕你现在根本不懂什么是爱情。"

是的,大人也许永远觉得自己的孩子不会长大,永远需要依赖他们才能生存。只是他们引以为傲的经验和标准,难道就真的可以左右下一代的步伐和思想?可能连我们自己都没有意识到,成长已经在不知不觉间充盈了每一个细胞。

的确,我不懂爱情。可是谁又敢说自己能够读懂爱情,凌驾于爱情之上呢?

（三）

2008年初，我从美国返回了中国。经过一年多的休养，我已经健康得同常人没有两样。在美国期间，父亲为我请来了家庭教师，教会我高二所有的课程，他认为既然病情已经好转就不要再将时间白白浪费，每天应该花固定的时间来学习，这样等回国的时候就可以直接上高三，不至于耽误过多的时间。

当我走出沈阳桃仙机场的大门，还未来得及看清丁凌的面容，就被她一下子紧紧抱住。她将脸深深地埋在我的胸前，身体起伏剧烈抽泣，我不断地唤着她的名字，可是她就是不肯放手，我也只能轻拍她的脊背小声安慰。

这时父亲和翼也走了出来，翼一见到我和丁凌的样子，便说他要去看看父亲的司机将车停到了什么地方，同时不忘回头对我投来一个坏笑。我原本以为父亲会训斥我和丁凌卿卿我我也不注意场合，谁知他却笑意盈盈地走到我们旁边，对好不容易才将头抬起来的丁凌说道："丁凌，好久不见，真是越长越漂亮了。成绩还是那么好吧，到时候可以多帮助我们杨乐啊，他要是有你一半长进我就开心了。对了，记得帮我问你爸爸好啊，改天约他一起喝茶。"

丁凌从满是泪痕的脸上挤出一个笑容，礼貌地同父亲寒暄了几句，然后才匆忙整理了一下自己失态的仪容。

父亲让我跟丁凌去坐她家的车，然后千叮咛万嘱咐，要丁凌一定要去我家吃个便饭。当然这个"家"是说我那个一千平米，空置已久，只有钟点工定期打扫的大房子。除此之外，我便再也不承认其他的地

方是"家"。

回去的路上,丁凌一直双手抱住我的胳膊,将头靠在我的肩上,一言不发。我看不到她的表情,只是感觉到她一会儿似在抽泣,一会儿又呼吸平静。正当我想率先打破这平静,丁凌却先开了口。

"杨乐,你的身体已经好了吧,不会再有问题了吧,你可以陪我很久很久了吧?"

"呵呵,应该不会有大问题了,医生说我的身体现在情况不错,只是还要定期复查,吃一点儿药。你就别瞎想了,我倒是觉得你比照片上还要瘦,是不是还在减肥?"我微笑着拍了拍她的脑袋。

这次她却没有回答,只是感觉她将我的胳膊缠得更紧,头在我的脖颈处埋得更深。

吃晚饭的席间,父亲对丁凌照顾有加,不断给她夹菜,还不住地夸她聪明懂事、可爱大方。

"丁凌啊,以后你跟杨乐就考同一个大学吧,两个人也好有个照应,等你们大学毕业了就结婚,或者在你们考上大学了就可以先订婚。呵呵,当然这也要看你父母的意愿,只不过我可是已经把你当成准儿媳了。"父亲吃这顿饭间的笑容似乎比我过去一个月看到的都要多。

丁凌不好意思地羞红了脸,偷偷朝我看看,见我面无表情只顾吃饭,便只能尴尬地笑笑,说自己还小,还不想过早考虑这些事情。

父亲听罢哈哈大笑,边擦嘴边说道:"是的是的,你们年轻人的事情要自己做主,不急不急。那你们慢吃,我吃好了,先去处理一点儿工作。丁凌,你随意啊,就把这里当成自己家,别客气。"

我对父亲这种夸张的态度感到十分不满,待他出门之后,我便生气地将筷子一甩,上楼回自己房间了。

不一会儿,丁凌敲门进来,轻手轻脚地走到我的旁边坐下,见我仍旧一脸的不快，便赔笑着说道："叔叔，只是跟我们开玩笑的，你别太往心里去，生气伤身，你身体才刚刚好转……"

"他是不是开玩笑，我还是分得清楚的。"我打断了丁凌的话抢白道，"他是否私下跟你说过些什么？"

丁凌咬着嘴唇，瞪着无辜的大眼睛冲我摇了摇头。

而这究竟是父亲不经意的玩笑还是他早有预谋，在不久之后便揭开了谜底。

（四）

按照父亲的安排，我还是继续去天门上高三，美其名曰是那里的学校教学质量好，实际上是希望我能和丁凌在一所学校，以便有更多接触的机会。

我在沈阳休整了两个星期之后，父亲便催促我跟放完寒假的丁凌一起回湖北天门。启程的前一天，翼在我的房间门口踱来踱去，最后还是走了进来。

"乐少爷，有件事情我想还是跟你讲下，那位叫尹蓝夕的小姐好像从上海的设计公司辞职了，说是想回武汉。我有天无意中看到那家公司给杨先生发的传真，而这几天发现你也没有任何反应，就想你应该是还不知道这件事情。"

我愕然地看着翼，在经过短暂的思索之后，便叫他立即开车送我去父亲的公司。

我气喘吁吁地推开父亲办公室的门，他正跟下属讲话，发现我的闯入，只得阴沉着脸先将下属打发了出去。

"你进门之前不知道先敲门吗？连这点儿基本的礼仪都不懂。"父亲喝了一口茶，将杯子重重地放在了桌上。

"蓝夕辞职了，你为什么不告诉我？"我转身关上门，径直走到父亲的办公桌前立定。

"你们关系不是很好吗，我以为她告诉你了呢。"父亲掏出一根烟点上。

"我想了一下，那家设计公司不是早就有能力开分公司了吗？武汉应该是个不错的选择对象。"我直接将自己的想法抛了出来。

"你跟这个尹蓝夕好像真的关系不一般啊，当初叫我将她点名要进公司，现在又为了这个女孩要辞职而让我去武汉开分公司。你要知道开分公司可不像聘请一个人这么简单，要考虑的因素那是相当地多。你说我有什么理由为了这个女孩子如此大动干戈？"父亲眉头紧锁，说话间吞云吐雾。

我沉思了几秒，继续说道："我就是很想帮她，她在我最需要温暖的时候帮助过我。况且她也很有能力，对于那家设计公司来说是个不可多得的人才。而去武汉开分公司又并不是多么困难的事情……"

"哈哈……"父亲将尚未抽完的烟摁熄在了烟灰缸里，笑着说道，"杨乐，你也18岁了，怎么看问题还是这么幼稚呢？不过，我可以答应你这个提议，但是你也必须答应我一个条件——以后不要再跟尹蓝夕有任何瓜葛，就跟丁凌好好地谈恋爱。我跟丁凌的父亲对你们俩的事情早就达成共识了，希望你不要辜负我对你的期望，更不要辜负丁凌对你的一片情谊。"

我听罢露出一个不屑的微笑，答道："如果你觉得去武汉开公司太勉强的话，那就算了吧。我相信蓝夕靠自己的能力不愁找不到好的工作。至于你提的要求，也可以作罢了。"说完，我转身准备离开办公室。

"是的，究竟去不去武汉开分公司并不是那么重要。"父亲的声音再次从身后响起，令我不得不停下了脚步，"只是你要明白，你跟丁凌的事情已经是板上钉钉——不可能改变的了。我和她父亲已经决定等你们高考完就先给你们订婚，这决定到我们杨氏集团今后跟她父亲名下产业的长远合作。你也不小了，希望你能分清孰轻孰重。丁凌乖巧懂事，对你又好，事实上你们也是一直在谈恋爱不是吗？而那个尹蓝夕大你5岁不说，恐怕你们连面也没有见过，你不要在那里头脑发热想搞什么姐弟恋，告诉你，只要我还活着，你就不要想给我丢这个脸！"父亲越说越激动，拍得桌子砰砰作响。

我转身漠然地跟他对视，我真的怀疑自己的耳朵是不是出了问题，居然听到21世纪还有这种可笑的包办婚姻存在："你是想我走你和妈妈的老路吗？你自己承受的痛苦不够，还希望我继续继承这种痛苦吗？"

"现在还轮不到你来教训我，等你到我这个年纪就会明白什么是现实，什么是该做的，什么是不该做的！你回去好好考虑我说的话，你只有两个选择，要么我去武汉开分公司，你继续跟丁凌在一起，要么你就继续倔着，反正结局也是一样。对了，我突然对有些问题十分好奇，你为了那个女孩子在这跟我大吵大闹，她知道这些吗？她感激你吗？你又确定她会爱一个小自己五岁的男孩吗？"父亲似乎饶有兴趣地对我发出一连串问题。

"我不需要她知道，也不需要她的感谢！"我毫不犹豫地回答了父亲的前两个提问，只是对于第三个问题，我真的无力回答，甚至不敢去思考。

第十八章 双生爱——蓝夕

（一）

我在武汉两点一线上班的日子，从崔浩的突然出现之后变得不再规律。他几乎每天都会来等我下班，然后跟我一起吃晚饭，送我到住所楼下，再一个人离开。

他说我们毕竟是多年的同学和朋友，现在互相照应也是理所应当。他从来不给我什么压力，只是自然地跟我聊天，陪我吃饭，送我回家。

除了晚上接我一起去吃饭，崔浩中午也会给我发短信或者打电话，问我是否有好好吃饭。我觉得他甚至比跟我谈恋爱的时候还要关心我，还要体贴入微。而当我问起个中缘由，他总是哈哈大笑地说道："傻丫头，现在对你好点儿还不好吗？你就希望我们一直保持原样，一点都不进步？"

是啊，时光荏苒，距离我跟崔浩分手已经将近3年，我们都已经改变了太多。至少面前的崔浩已经变得让我感觉有些陌生，并不是说他的这种改变不好，只是我觉得自己一时无法适应而已。过去的青涩懵懂，到现在的成熟稳重，他的一举一动都标志着对我的爱护和宽容。有些事情放在以前，我俩定是免不了一场大吵，而如今过去一切可以称为导火索的理由，都能在片刻间消灭于无形之中。对崔浩来说这是无限宽大的包容，而对我来说只是不敢靠近的陌生。

"蓝夕，我知道在学校你有段时间不好好吃饭，现在有我在，你就别想继续折腾你自己。要乖乖听话，知道没？"崔浩总是一边给我夹菜一边像训斥小孩一般教训我。

我则总是浅笑着不语，有时候连自己都怀疑起当年过上非正常生活的真正理由——难道不是因为崔浩的抛弃，难道不是因为感情的背叛？可是为什么他现在要像个局外人一般来介入我好不容易平静的生活，却又显得那么善解人意和全不知情？究竟是我丧失了最重要的记忆，还是生活跟我开了个天大的玩笑？

崔浩总是有意无意地提起我俩过去美好的回忆，我也总是被他牵引进入自己脑中最深刻的怀念——光阴似箭，当年欷歔嗟叹的青春岁月却似定格在昨天。最令我诧异的是，崔浩居然还保留着我当年为他织的毛线袜子，他说自己趁美美不注意又偷偷把袜子捡了回来，这双难看的淡蓝色袜子后来着实温暖了他许多年。

人说初恋是最难忘记的，因为有太多的第一次都奉献给了初恋。如果说当年的甜蜜如今回忆起来还是会令人动容，那么曾经的伤痛是否也永远等不到烟消云散的那一天？

我始终坚持每天去左的空间给他留言，包括崔浩的突然出现和现在对我的百般疼爱。这扭曲的故事情节，让我真的有些混乱了，左，你能为我指明方向吗？

2006年，我错过了左的生日，然而再也没有机会说抱歉。我对自己承诺，以后每年的五一都一定要为远在天国的左虔诚祈福。

在得知我五一假期的安排之后，崔浩毫不犹豫地提出希望跟我一起去归元寺祭拜，他说这是自己欠左应有的回报。

在归元寺大雄宝殿的释迦牟尼坐像之前，我和崔浩双双跪在禅垫之上，双手合十诚心许愿，最后掌心向上对佛祖行叩拜之礼。

从寺院出来，崔浩神秘地对我笑笑问道："你都许了什么愿望？"

我不经意地回答："跟去年一样，无论左现在在哪里，我都希望佛祖能保佑他幸福快乐。还有就是希望爸妈、哥哥都身体健康。你呢？"

"呵呵，除了你说的那些，我还为自己许了一个愿望——我希望自己可以重新得到你的爱情。"崔浩浅浅的笑中带着发自肺腑的认真，轻松的语气里透出不可动摇的坚定，他直看得我无所适从。

这是玩笑吗？这是玩笑吧！我始终不敢想象也难以接受的现实，终于赤裸裸地摆在了面前。我还没有想好要如何面对他说出这句话的坦然，一份曾有过背叛的人性是否可以继续得到信任，一段已经逝去的感情又是否可以重新被点燃？

（二）

崔浩说："忘记过去吧，让一切从头开始。就当我是第一次遇见你，重新开始追求你，请至少给我一个努力的机会。毕竟你不再是以前的尹蓝夕了，我也不再是以前的崔浩。生活一直在朝着好的方向发展着，不是吗？"

百转千回的感情，让我又重新变回了崔浩的女主角，这戏剧化的情节无非是一直按照崔浩的想法来发展——他当初为了美美，不顾我的苦苦哀求和痛下决心的改变，而毅然决然地同我分手，现如今又为了追求自己想要的生活而武断地放弃了留沪的大好前途。

我究竟应该说是他愚蠢还是感性，又或者当年我爱上的就是他这不理智的执着。

崔浩说，他可以等我，一直等，耐心等。他不会给我压力，只是

希望自己可以带给我以后的幸福。

就在我为崔浩的表白心烦意乱的时候,嫂子突然帮我安排了一场相亲。对方早我一年从华中科技大学毕业,是武汉本地人,自己有一套房,在一家通信公司上班,听说最近刚刚升职。

嫂子的盛情难却,我只得硬着头皮赴约。此人身材中等,面相也中等,举手投足也是不温不火。虽然说不出有什么地方做得不妥当,但是也绝对不能给人留下深刻的印象。总之,就是一个从里到外都中等的人,没有丝毫个性可言。

也许因为是搞技术工作的缘故,我对面这位相亲对象即使在我们双方的介绍人都离开之后,也一直正襟危坐,不苟言笑,看上去十分不善言辞。为了打破尴尬,我试着找一些话题来聊,谁知我俩的兴趣爱好南辕北辙相去甚远,每个话题都是聊了三四句之后便再也进行不下去,变成两人持续的沉默或是傻笑。

末了,我实在是不想再继续浪费大家的时间,准备赶紧结束这场可笑的相亲,谁知这位相亲对象却终于主动说了一句气势不凡的话。

"你觉得我这人怎么样,我觉得你还行,咱们有结婚的可能吗?"

我只能哭笑不得地回答道:"我觉得自己配不上你,希望你能早日找到自己的结婚对象。"说完便落荒而逃。

在回家的路上,我越想越觉得好笑,自己居然可以跟他在那家餐厅坐了40分钟。不知道为什么,其实我一直暗自在拿崔浩跟眼前的这个男子相比,暂且不谈气质谈吐和欣赏眼光,他都比崔浩低了几个台阶,说说和我的共同语言,还有起码的绅士风度,这位所谓的高材生都是乏善可陈。

我越是将两人相比较,就越发想给崔浩打电话,正当我拿着手机犹豫不决的时候,崔浩却将电话打了进来。

"喂……"

"蓝夕，在家吗？怎么不见你上网啊？"

"我嫂子找我出去有点儿事。"

"哦，那快到家了吧，别让我担心。"

"嗯，快到了。那个……上次你说去看奥运圣火传递还去吗？"

"去啊，你想去了？那当然好，呵呵……"

"突然想去的。"

"那好啊，呵呵，你回去了早点儿洗澡休息，我明天去接你下班。"

"嗯。"

我不知道自己对崔浩刹那间这种不可抑制的想念到底算什么感觉，甚至直接答应了他多日前叫我一起去看奥运圣火传递的邀请。我将一切混乱的思绪统统写在左的空间里，我多么希望得到他的意见，或者说我的潜意识里是想得到他的赞同。

为了表示对在5月12日汶川大地震中遇难同胞的哀悼，原本定于5月29日星期四举行的武汉圣火传递推迟到了5月31日星期六。这也让我们这些上班族有了去看火炬传递的机会。

可是就在5月30日这天，我见到了一个已经失去联系多年的故友。虽然对她的出现感觉有些惊诧，但是转念一想又觉得理所当然。因为这个人在我的印象中，是个绝对没那么容易就认输放弃的人。

这个人就是周美美。

（三）

在光谷步行街的一家中餐厅里，我和周美美面对面坐着，不疼不

痒地聊起过去的一些回忆。我们聊过去的同学、老师，还有我俩关系最好的时候在一起干过的好事坏事，但是对于崔浩这个名字都很有默契地闭口不提。

美美变得成熟了，也许是会打扮了，看上去比以前更加光彩照人——大波浪的酒红色头发，精致优雅的淡妆，将身材包裹得恰到好处的连衣裙加上增添几分韵味的雪纺纱小披肩，这个女人味十足的周美美在一路上都惹人频频回头。只是她瘦得有些夸张，我一直不太喜欢过于嶙峋的骨感美女，"病态"是我认为美美唯一美中不足的地方。

"美美，你太瘦了，应该多吃点儿。我记得你的脸以前没有瘦削成这样，我还是喜欢你稍微胖点儿的样子。"说着我帮美美夹了一块鸡肉。

美美则有些无奈地笑笑。说道："你说要是我胖一点儿，崔浩就会回头吗？"

我拿筷子的手不自然地在空中停顿了几秒，然后干脆直接将筷子放在了桌上。我鼓起勇气抬头直视对面虽感落寞却依旧楚楚动人的周美美。

"当我知道你也从上海回到武汉之后，就知道会有这么一天的。呵呵。"美美从手提包里掏出一盒薄荷味的520香烟，熟练地点上，口中缓缓吐出的烟雾氤氲在我们之间，让一切看起来都不那么真实。

"我之前并不知道他也回来了，我并不是因为他才回武汉的。"我的第一反应竟是手忙脚乱地对美美解释，仿佛自己是个插足的可恶第三者。

"到底你是为什么要回来已经并不重要了，崔浩他现在一定在重新追求你吧。早在大四我们吵架吵得最凶的时候，我就感觉他要离开我了。他几乎每次都会说起你的好，你的大度，就连善解人意也从我的专利变成了你的,他说他越来越不能理解我了,不知道是我变了,还是当初他就没有看清我。他说他累了,所以他连我父亲为他安排的工作和留沪名额都不要,执意要回武汉,我做了自己能做的一切来挽留他,可是他只是说他看不到希望,他想解脱……"

香烟燃到了尽头,美美那美丽的面庞上也已经打湿了大半。我不知道此时应该用什么话去安慰她,只能说她的这些痛苦我全都感同身受过。我伸出手去握住了美美放在桌上的手,想用掌心的温度给她带去一点点温暖。

"蓝夕,你能体会这种感觉吗?我觉得整个世界就要塌陷了,就连呼吸都觉得疼痛。他的决绝真的令我的心碎成了一片一片的,可是就在我已经几乎要绝望的时候,我发现自己怀孕了。蓝夕,我真的不知道要怎么办了。父亲那边已经对我们分手的事情很生气了,现在我都还瞒着家人不敢说出真相,而崔浩这边又仍旧对我不理不睬。我不想把孩子打掉啊,蓝夕,我真的不想,你能帮帮我吗?蓝夕,我现在只有你了……"美美将被我握住的手抽了出来,反而用自己的双手抓住我的手腕苦苦哀求,那惹人怜爱的模样让我也不禁哭了起来。

怎么办?谁又能告诉我该怎么办?我到底该在这幕剧中扮演什么角色,又有何资格去改变接下来的剧情?

我将美美放在桌上的香烟没收,拍拍她的手背安慰道:"先别哭了,现在你不同以往,要注意自己的身体。烟这种东西不准再碰,至于你的事情……你容我想想……想想要如何帮你。"

天色在不知不觉中暗淡下来,刚好可以掩饰我杂乱无章的思绪。

（四）

5月31日早晨，我6点就起床洗漱。从熊家咀出发，坐了一个小时的公交到达中南路。此时道路已经被封锁，只能允许行人通过。中南路两侧人头攒动，很多人的脸上、衣服上都贴着国旗或者是写着"中国加油"的红心，大大小小数不清的国旗在人们手中挥动，每个人的兴奋与自豪都溢于言表。时不时有人带头喊着"中国加油，汶川加油！"的口号，还有很多公司是直接拉着横幅来为火炬传递助威呐喊的。

身为一个中国人，无一例外都会被这种气氛感染。我也从一个小贩那里买了一面小国旗，一面奥运旗，还有三张贴纸，待全副武装完毕之后便也奋不顾身地冲进了激昂的人群。

当火炬在众人的瞩目和欢呼声中经过，人群的沸腾终于达到了沸点，随之而来的便是逐渐的冷却——人们慢慢散去，有人继续合影留念，有人继续举着国旗挥舞，也有人准备继续前往火炬传递的下一个地方等待。

我已经喊得嗓子都有些嘶哑，这种前所未有的冲动令全身上下都莫名的舒畅。不用去想谁爱着谁，谁为了谁，谁又在天堂感伤，只是单纯地跟着人群一起振臂高呼，兴奋得夸张。

等人群已经散得只剩下三三两两，我才发觉自己有些肚子饿了。于是将两面小旗插进背包，找到路边的一家拉面馆便冲了进去。也不知是我的吃相过于不雅，还是脸上贴着尚未撕掉的小国旗，总之引得几个人回头看我，暗自窃笑。

这又有何关系？这里没人认识我，没人知道我叫尹蓝夕，没人要我接受他的追求，没人哭着寻求我的帮助，也没人提醒我不要再过非正常的生活。

我推掉了尹白扬要我去他那里吃饭的邀请，因为生怕嫂子会跟我说起上回相亲的事情。于是自己一个人去书店看了一会儿书，又去光谷步行街的电玩城打了一会儿游戏，终于磨蹭到夜幕将至才准备往家赶。

我拎着大包小包的零食和速冻水饺，走在被路灯照得昏黄的街道上，东摇西晃。我将已经关机了一整天的手机开机，果然很多条短信一下子涌了进来，弄得手机滴滴作响。

那天美美来找过我之后，我便发了短信给崔浩，告诉他我不去看火炬传递了，然后便直接关机。我知道美美肯定会去找崔浩的，如果崔浩连美美肚里的孩子都能置若罔闻，那我只能说自己在五年前就看错了他。

我还能如何帮美美呢？崔浩并不是我的玩具，我说一句让给她，玩具就会乖乖地躺在她的怀抱里，嘴上还带着永恒的微笑。更何况我还并未决定要接受崔浩所谓的追求，他始终要为自己的行为负责，我现在能做的只是给彼此一个冷静的空间。我不能左右他的思想，但是可以决定自己的态度。

短信都是崔浩发来的，内容无非是我怎么电话关机，不跟他联系之类。我一条都没有回复，只是默默地将手机又揣回了兜里。

正当我走到熟悉的楼道口，准备上楼的时候，从旁边的巷子里走出来一个人，因为是背光我看不清这人的面目，只是觉得有些瘦高，头发看似凌乱却非常有型。感觉是个年轻的男子，但绝对不是崔浩。不远处的男子此时好像露出了一个微笑，说道：

"蓝夕，你回来了。"

　　这时，有一种天方夜谭的想法在我的脑中倏地蹿将出来，并且迅速占领了我整个大脑。

　　这是个十分陌生的声音，我可以保证自己从来没有听过，可是这语气为何令我感觉如此亲切熟悉？那个我感应到的笑容，那种穿透黑夜的眼神，难道是我曾经在梦中相见？

　　我全身所有的细胞都开始颤抖，这种颤抖随着男子慢慢向我走近而逐渐加剧。所有的猜测、疑惑、兴奋，甚至有一丝的害怕，都在我看清他面庞的一刹那化成一阵声带的振动冲出口腔：

　　"左，是你吗？左……"

　　"呵呵，蓝夕，没吓着你吧。我等了你一天了，你怎么才回来，我又不好打你的手机，只能一直在这里等着。之前崔浩也来过了呢，还有一个挺漂亮的女孩子跟他一起来的，只是他不认识我，呵呵。"年轻男子将两手插在牛仔裤的裤兜里，笑容羞涩腼腆，

　　这是真实的吗？确定不是我在做梦，或者其实我今天被车撞了也飞到了天国？这真的是我日思夜想的左吗？

　　虽然我从来不肯相信左在 2006 年 6 月 13 日就离开了人间，可是面对他突然的出现我还是有些愕然。之前我连他的声音都没有听过，只看过一张又小又模糊的照片，如今他却活生生地站在我的面前。我究竟应该失声痛哭还是放声大笑，我究竟应该站在原地还是上前将他拥抱？

　　无数的画面和回忆开始逐一冲击着我的大脑，左现在就站在离我一米远的地方，我却感觉我们之间隔着奔流不息的时光隧道。往事如流水般唏嘘而过，我伸手想去抓住某些片断却只能眼看着记忆化成流沙从指尖溜走。任何断章取义的心情都不能表达我此时复杂的思绪，想象了无数次我们见面的情景此刻却都苍白无力。

"你终于回来了，左。"心中百折千回，而我最终的表现却只是面无表情，语气平淡，最自然地吐出了这样几个字。

我带着一天没吃饭的左去附近的小餐馆吃了点儿东西。我就一直傻傻地盯着他的脸，生怕一眨眼一切就会变回原样。

我听左向我讲述了他的病情，他在国外的治疗，他要求丁凌对我隐瞒事实的真相，以及是什么原因支撑他活了下来。末了他说原本以为今天早上就可以见到我的，没想到耽误了一天。而他父亲要求他明天晚上就必须回沈阳准备6月7日和8日的高考。

也就是说，他还能在武汉度过6月1日的白天，晚上就要去赶回沈阳的飞机。

我突然开始后悔自己其实一直在浪费时间——只是一直在听他不断地诉说坦白，自己却没有过多的言语。所以当一知道他明天晚上就要离开时，我的心便开始骤然猛跳，不知为何我总感觉这是我们第一次见面也将是最后一次，那么我到底要用这剩下不到一天的时间来干些什么呢？

看着对面微微笑着的左，我的疼惜又从心底开始泛滥。终于我也对左展开一个略带疼痛的笑容，说道：

"左，明天我给你补过生日吧。"

（五）

迟到了一个月的生日，是否会黯淡它原本应有的色彩？迟到了两年的真相，又是否能平复纠结已久的委屈与愤怒？

6月1日，我带着左去了附近最好吃的一家拉面馆吃面，然后

拉着他去逛家乐福，买了一大堆各种口味的果冻，最后在路边一家饮品小店买了两杯薰衣草口味的奶茶，便领着他直奔一处承载着梦想和幸福的天堂。

"天哪，蓝夕，你是怎么找到这个地方的？全部都是苜蓿草吗？"左说着便像个发现心爱玩具的孩子蹲在草坪的旁边仔细欣赏起来。

没错，这里就是一大片的苜蓿草田，有次被我无意中在一所中学教学楼的后面发现。但是我并不确定这成千上万的三叶草里是否真的会夹杂着一两株四叶草，就如我们每个人都在平凡地幸福着，却很少有人真的听过惊天动地与生俱来的爱情凯歌。

我和左在草坪的旁边随意找了两块石头坐下，喝着薰衣草味的奶茶相视而笑。从早上见到他开始，我就一直不停地讲话，因为觉得停下一秒都是浪费。我告诉他我有好好吃饭，出门带伞，睡觉关机；我告诉他我一个人如何成长如何坚强；我告诉他我找他要那份生日礼物的真相；我告诉他我把我们的故事做成漫画放在"那时的我们，是最温暖的存在"的主页上；我告诉他我找工作的顺利以及恰巧碰到那家公司回武汉开分公司的幸运；我告诉他……

而对于这一切左只是笑着点头，告诉我他知道，他全都知道。我在他空间里留下的每字每句他都读过多遍，直到烂熟于心。

可是我就是固执地想把这一切统统再说一遍给左听，甚至觉得一遍不够，还要说两遍三遍……我自己也无法计算究竟要用多少遍才足以表达自己对他这些年来深切的思念。

"蓝夕，你不是喜欢喝草莓味的奶茶吗？"左喝着奶茶，吃着果冻含混不清地问道。

我愣了一下，将吸管从口中抽出，笑着说道："自从知道你离开之后，我就开始喝薰衣草奶茶了。我想知道你为什么这么爱喝，看来果然是不错呢。"

"蓝夕,对不起,请原谅我的隐瞒,当初是因为害怕万一留给你希望,最后却又只剩你独自面对失望,我真的于心不忍。你知道吗?在美国的日子里,你是支撑我积极接受治疗,一直乐观生活下去的精神支柱。而现在我才知道自己其实是个自私的人,我把希望留给了自己,却让你一直在绝望中挣扎。蓝夕,请你原谅我……"左的语气里充满了痛苦和悔恨,同时也在片刻间点燃了我这许久以来积攒的委屈和对他不辞而别的埋怨。

"左,你为什么对我这么残忍?明知道我对你的思念,却留给我这么一个天大的谎言。如果某一天我突然凭空消失了,你又是什么感受?你是不是觉得尹蓝夕永远是个长不大的顽童,软弱到需要比自己小的人去扶持,甚至要靠谎言才能存活?你又为什么要把手机留给丁凌,难道你不知道有一天这个谎言终会被戳破?你知不知道2007年的除夕,我为了等你的短信而固执地不肯回其他朋友的信息,你又知不知道我每天打开你的空间,其实都满怀希望想要看到你来过的痕迹?看到你的头像是亮的,我就感觉安全,我编辑了无数条没有发出去的短信,而每条短信的收件人都是你……可是你,可是你却对我这般的残忍,你怎么忍心让我如此地伤心?"

说完这些话后,我已经泣不成声,左顺势搂住我的肩膀,将我的头靠在他的肩上,然后用左手轻拍着我的胳膊,右手递来纸巾。虽然此时我已经哭得一塌糊涂,但还是感觉到了左的叹息,也许还有少许的哽咽。

回到我住所的时候,距离左的飞机起飞还剩两个小时。他执意不让我去送他,说害怕送人也害怕被人送,因为讨厌离别。

他说他要看着我上楼才会离开,我犹豫了半天终还是没能鼓起勇

气给他最后一个拥抱,只是嘱咐他路上注意安全和记得到了沈阳后给我报个平安。

我举步维艰地走进了出租屋,无力地靠在门上。心想如果现在就给左打电话,会不会显得太不矜持。谁知就在我举棋不定的时候,左的电话突然打了进来。

我慌忙按下了接听,按照左的吩咐走到靠近阳台的窗边拉开窗帘,打开窗户。

一阵清凉的晚风吹进了卧室,我看到左在楼下冲我招手,还没等我的疑惑问出口,就见他掏出一只打火机,俯身在空地上点燃了什么。

刹那间一条火蛇沿着特定的轨迹蜿蜒盘旋,很快一个"夕"字便呈现在眼前。紧接着被点燃的是一个"左"字,由"左"字下面那一横的末尾连接着的竟然是一个巨大的桃心,而这个桃心又将"夕"和"左"两个字完整无缺地包在了里面。

左的声音此时从电话那头传来:"蓝夕,这就是我来找你的目的,这就是我想对你说的话:我爱你,我爱你,我爱你!当然,你不用这么快就告诉我你的答案。等高考完,我会再来找你。我只想知道你内心最真实的想法,我等你的答案。"

一个俊秀的18岁男孩此刻正站在写着我俩名字的桃心旁边,拿着手机对我表白。我一手拿着手机,一手紧紧地捂住脸,却怎么也抑制不住泪水的外溢。

我究竟为什么要哭呢?因为开心,因为意外,还是因为这句话已经等待了太多年……

第十九章 双生爱——左岸

（一）

在天门上学的日子里，我每天都郁郁寡欢。心情不好的时候，我自然经常把丁凌当成发泄的对象。

虽然我知道，我们的父辈为了彼此利益所做下的决定跟丁凌无关，可是我就是控制不住自己愈演愈烈的怒火。因为一看到她，我就会想起那日父亲在办公室对我说的每句话。

我好不容易从死神手里夺回的一条命，如今又不得不继续任人摆布。而我今后的人生就像早已画好的图纸，只容大步向前，决不允许退缩或者更改。

丁凌日复一日低眉顺眼地听从我的牢骚，忍受我的脾气，让我越来越深刻地感觉到自己的无理取闹，而这种愧疚感又仿佛火上浇油般令我的暴躁与日俱增。我非但没有怜香惜玉，反倒更变本加厉。

我不知道自己为何变得如此软弱，父亲的强大总是获得压倒性的胜利。以前我总觉得每次自己都可以成功地将保姆赶走，是赢过父亲的表现。可直到现在才明白那不过是大人对小孩的宽容，或者说他根本犯不着为了这种小事同我斤斤计较。而一旦出现了人生道路上关键性的选择，父亲便绝对不会给我丝毫商量的余地。也许我的出生就是为了继承杨氏集团，我不需要经历成长的喜怒哀乐，不需要体会爱情

的酸甜苦辣，只需要知道自己出生起便已确定的职责，然后被迫一夜之间长大，以便能在第一时间内履行这份义务。

父亲不允许我高考的第一志愿填上海交大，因为丁凌曾说自己的第一志愿是北大。然而最终我们俩的志愿表上填的都是上海交大，只因为丁凌后来改变了初衷。父亲感恩戴德般反复在我耳边说起丁凌的善解人意和对我的一往情深，而我只觉得恶心。

丁凌的好我原本就知道，只是一跟这件丑恶的事情扯上关系，我就觉得一切都变得面目全非。

"杨乐，究竟我怎么做才会令你开心？你可以告诉我吗，我会努力去做到最好。"丁凌那无辜的眼神总是令我充满了罪恶感，可是心底的叛逆却又让我带着厌恶的表情将她一次次推开。

某日丁凌约了我，说有重要的事情要跟我商量，我想也不想便推脱说自己有事不愿赴约。谁知丁凌竟找到爷爷家，把我逮了个正着。

我假装坐在书房里，背对着门口翻几米的画册，对敲门进来的丁凌不闻不问。她径直走到我的床边坐下，那种凄厉绝望的眼神让我感觉犹如芒刺在背，可我就是倔强得头也不回一下。

"杨乐，我有件事情想跟你说。是关于蓝夕的。"丁凌终于率先开了口。

一听到"蓝夕"二字，顿时令我一愣。只是依旧身体未动，只将头微微偏了下，疑惑地看向她。

"其实，早在对蓝夕撒谎说你去世了的时候，我就已经感觉到她对你的深厚感情。这一年多来，她几乎每天都去你的空间留言，连我都不得不为之所动。但是当我知道你爸爸跟我爸爸为了长远的利益合作，而极力撮合我们在一起的时候，我还是打心底开心。我原本以为凭我们俩在你出国之前就奠定下的感情基础，加上现在双方家长的一致认同,你会更加坚定地跟我在一起。可是没想到你在美国的这段时间里都从未放弃过蓝夕,甚至为了她的工作放下自己的固执叛逆去求你爸爸。不过,我也早该想到,你当初的畏首畏尾只是因为你对蓝夕究竟有何想法还不确定,但是只要看过蓝夕的那些留言,还需要更多的言语来表达她对你的爱意吗?杨乐,我想跟你说的是——我现在决定放弃你,我会去跟我爸爸说,是我不喜欢你了,你就放心地去找蓝夕吧。以前我以为只要包容迁就你,也许有天自己可以彻底取代蓝夕的位置,可是我实在不忍心看到你这么不开心。最后……如果可能,我希望你还能像以前一样跟我做那种亲密无间的……朋友,好吗?"丁凌语气淡定,眼神忧伤,这席话明显是考虑良久之后做出的决定。

我被丁凌这种波澜不惊的表情深深震动,这真的是一年多前那个动不动就哭鼻子的小女孩吗?是不是爱情真的可以令人成长,可是又要当爱达到何种程度的时候,才会出现丁凌这种为了成全爱的人甘愿自己忍让退步的无私付出?

"凌,我……"

"去吧,去找蓝夕,说出你想说的话,让她了解到你的心。是时候勇敢面对自己的爱情了,不要去想可能的后果。不管发生什么,你都要相信我会永远站在你的身后。"

(二)

我坐在从天门开往武昌的大巴上,看似盯着窗外出神发呆,实则心里思绪万千。

为了掩护我从爷爷家出来,丁凌撒谎说因为我父亲要求我必须在

6月1日下午就回沈阳准备高考,她怕很久都见不到我,于是希望我在回沈阳前可以去她家里玩两天,并承诺到时候她会亲自送我去飞机场。

我和丁凌的事情,在我们双方的家族里自是闹得沸沸扬扬,爷爷也早就把丁凌当成了准孙媳妇。因此一听到她如是说,就差没有直接把我往门外面推了。

丁凌帮我买好了6月1日最晚一班航班的机票,要我见完蓝夕就直接从武昌飞去沈阳。到时候只要跟前去接我的翼统一口径,确保6月2日我是在沈阳的家里,就不会有人觉察这其中的隐情。

在登上天门去武昌的大巴之前,我终是情难自已地抱住了丁凌。此时一切道歉都显得过于苍白,只会给丁凌的伤口撒上更灼痛的盐。于是我只是紧紧地抱着她一言不发,直到司机不耐烦地按起了喇叭。

"杨乐,快走吧。我们肯定还会再见面的。还有谢谢你的拥抱,这可是你回国以来第一次主动抱我呢。"丁凌轻轻地将我推开,笑着往后退了一步,故作轻松地对我说道。

我挤出一个干涩的微笑,对她说道:"是的,还会见面,凌,保重。"然后转身上了大巴。

车开动了,我坐在靠窗的座位,朝窗外的丁凌使劲挥着手。丁凌一只手大幅度地朝我挥舞,另一只手却捂住了自己的脸颊。

终于,还是哭了吗?从她到爷爷家跟我说了那些话开始直到刚才,她都强忍住内心的巨大悲伤,隐藏得连我都不禁感叹她的坚强。试想,要亲手将自己的爱人送到另一个女人的身边,需要多么巨大的勇气和多么宽阔的心胸啊?可是这些洪流般的力量就蕴藏在丁凌那弱小的身躯里,被她掩藏得不留痕迹。在汽车开动的一刹,丁凌终还是忍不住掉下了眼泪,流淌的悲伤在我转身的时刻终还是将这个弱小的身躯瞬间冲垮。

可是，你已经做得很好了，丁凌，至少比我强数十倍。我曾经连自己的爱情都不敢坦然面对，由于害怕一些无稽的理由，由于害怕对方可能拒绝的结果，而不敢正视自己的内心。

丁凌，是你给了我勇气，你说得很对，我们现在不就是处在为爱奋勇直追的青春年华吗？管他外界的因素如何不利，管他家庭的阻力有多巨大，管他明天是不是世界末日，为了能让我们的内心同身体一起成长，是时候给自己的真心一个交代了，无论成败与否。

我开始试着回想蓝夕给我的那些留言，现在崔浩应该已经对她展开了迅猛的追求攻势。虽说几年前的伤害确实给蓝夕留下了不小的阴影，可是爱恨本来就是感情的正反面，爱愈深受到伤害后所产生的恨也便愈深。蓝夕当年为了崔浩不惜从肉体和精神两个方面来折磨自己，无非是因为太爱他，这种痛到绝望的感觉，我自己以前不是也体会过吗？

不同的是，如果林小琳现在回头来找我，我可以坚定地对她说"不"，可是蓝夕呢？她会坚定吗？或者说，她会拒绝吗？

也许我的出现除了令蓝夕感到吃惊外便没有一点儿意义，也许我找到了日思夜想的蓝夕后，看到的却是她和崔浩的甜蜜，那么我还有必要出现吗？还是说应该默默地离开，继续待在阴影里，让真相永远不要大白？

就在我精神游离的时候，车上的乘务员小姐用甜甜的嗓音告诉大家，大巴马上就要进站了。

（三）

我在 5 月 30 日的晚上便到达了武昌，然后按照之前从那家设计公司弄来的信息在蓝夕住所的附近找了一家还比较像样的旅馆住了下来。

打开淋浴器，让热水流遍我的每一寸肌肤，舒缓坐车劳顿的同时也让我一路上混乱不堪的思绪逐渐清晰起来。

我等到天色已经很黑了之后才敢出门，因为生怕在自己还没做好思想准备的时候就碰上蓝夕，尽管她可能认不出我。想来也确实可笑，就连丁凌都跟她打了很多次电话，可是我却一直不敢让她听我的声音。丁凌说，蓝夕不小心删掉了我做手术前托她转发的唯一一张照片，也就意味着对于蓝夕来说，我留给她的记忆只有文字和符号而已。

有人会爱上另一个人的文字吗？我想是的，我就是从蓝夕的文字开始着迷，直到一发不可收拾。

五月的夜风吹在脸上的感觉清新凉爽，我沿着路灯照亮的街道不知不觉走到了蓝夕所住的那栋小楼。

我仰头看着这栋透出三三两两灯光的小楼，发现蓝夕的房间并没有亮灯，她应该不在家中。今天是周五，年轻人这个时候应该都在外面聚会玩乐。

可是，蓝夕现在跟谁在一起呢？是崔浩吗？

一想到这种可能便令我心如刀绞，我点燃一根烟，默默地绕着这栋有些陈旧的小楼行走。等走到蓝夕家阳台那侧的时候，我发现了一块不大不小的空地，突然一个令人兴奋的想法在我的脑中孕育而生。

这个不错的创意顿时令我的心情也愉快起来，而与此同时我又收到了丁凌的短信。

"加油,一定要说出来哦!"

是啊,一定要说出来!早在我下定决心要来找蓝夕之前,我就应该对最坏的打算有所觉悟。我这次来的目的是向她表明我的心意,至于她是不是已经答应了崔浩,或者她到底爱不爱我,那都是之后才需要考虑的事情。

5月31日的早晨,我在镜子前面折腾了半天,才弄出自己最为满意的造型。我记得蓝夕说,她喜欢阳光的左,喜欢将眼睛笑成月牙的左。只是我此时恨不能打开窗户采一把阳光直接洒在身上,而对着镜子里练习了N次的笑容也总是令我不甚满意。

我站在蓝夕楼下的时间刚好是七点半,这个时间的行人并不是很多,有几个路过的小姑娘纷纷盯着我看,还时不时交头接耳捂着嘴偷笑。要是放在平时我会为自己的虚荣心得到满足而开心不已,可是这次我完全无暇顾及旁人的目光,只是片刻不离地盯住每一个从蓝夕所在小楼出来的人。

一开始的紧张,在几个小时之后变成了困惑,难道蓝夕这么早就出去了?这丫头不是最喜欢周末上午睡懒觉,下午去逛超市的吗?我开始暗暗后悔自己应该先让丁凌打探清楚蓝夕今天的计划再做行动,要是她今天不出门怎么办?又或者是不是生病了?还是说一大早就被崔浩约出去了,两人到时候会结伴回来?

正当我胡思乱想,犹豫下一步是应该继续等,还是让丁凌打个电话过去确认的时候,一张十分熟悉的脸庞由远及近进入了我的视野。

那种儒雅的书生气质,和那张我曾经暗自对比过多次的容颜,肯定没错,那就是崔浩。

只是跟在崔浩身后的女子并不是蓝夕!

那是个面容精致的女子，很懂得穿衣打扮，只是此时她似乎很不高兴，脸上还挂着若隐若现的泪痕。女子并不说话，只是穿着平跟的小皮鞋紧紧跟在崔浩身后。

虽然崔浩不认识我，但是我还是有些不自然地侧了侧身，挡住了自己的脸。

两人显然没有过多的时间顾及我，崔浩对身后的女孩不管不顾，只是径直走到蓝夕家的楼下，大叫蓝夕的名字。喊了半天见没人响应，他便掏出手机焦急地拨起了电话，看样子对方不是不接就是关机，因为他最后只是表情郁闷一声不响地合上了手机。

"蓝夕她不会有事的，你不用这么担心……"这时崔浩身后一直沉默的女孩突然开了腔，只是话没说完便被崔浩抢下了话头。

"你怎么知道她没事？她从昨天给我发了条短信说不去看火炬传递了之后，就一直关机到现在，你怎么就知道她没事？蓝夕本来就是个喜欢自己胡思乱想的人，肯定是你昨天跟她说了什么，要是她有个三长两短，我……"崔浩越说越急，能看出来确实是为蓝夕操了不少心，只是说到最后一句话的时候欲言又止，只见他恨恨地转过头，好像是开始发短信。

"哼，你要怎么样？你想怎么样？没错，是我昨天把我怀孕的事情告诉蓝夕了，你有胆做还怕别人说了？有本事你就打死我啊，也打死我肚子里的孩子，反正我看你也是不打算认我们母子俩了。你打吧，打吧！"那个女子说罢便将头一低，使劲往崔浩的身上蹭。

崔浩双手扶住女子的肩膀，以防她继续往自己胸前钻，但鉴于女子刚才所说的话，他原本紧张凶狠的脸顿时变得有些无措："美美，你别闹了，我什么时候说要打你？我只是担心蓝夕，我怕她出什么事。要不我们上去看看吧。"崔浩说着就想往楼里走。

谁知女子一把抓住了崔浩的手腕,她见自己刚才的话起了作用,于是表情比之前更加蛮横:"崔浩,你想蓝夕要是存心躲着你,还会待在家里让你找到?你不是说了你要对我负责的吗?你就是这么负责的?一大早就嚷嚷着要去找另一个女人,你到底把我当成什么?你还有没有点良心?"

崔浩明显被说中了软肋,又见四周慢慢聚集起来看热闹的街坊越来越多,只得无奈地叹了口气,反手将女子抓住,拽着她就走了出来,口中憋屈地说道:"好,我负责,我们走,我们走!"

看着两人离去的背影,我似乎了解到了崔浩、美美、蓝夕这三个人之间故事纠结的梗概。

只是,我不禁暗自思忖,在蓝夕如此混乱的时候去跟她表白,到底是不是个明智之举呢?

(四)

从早上7点半到晚上7点半左右,我一直站在蓝夕家的楼下不曾离开。其间有位好心的大妈还来问我是不是找人,怎么也不打个电话。我却只是笑着感谢,告诉她我是跟所等的人约好了的,她只是有事耽搁了,很快就会回来。

我猜测蓝夕是独自一人去看火炬传递了,因为想起她曾经给我留言说她非常期待这次奥运圣火传递,也期待很多人聚集在一起的热情。我想那种热闹非凡的场景一定可以暂时驱散她心头的不快吧。

照理说,在某一段路上的火炬传递在上午就可以全部结束了,但是不排除蓝夕想继续去下一个地点观看的可能,也说不定她想去外面

逛逛,比如去她经常提起的家乐福。不管是什么原因令她白天都没有回家吧,我只是知道假如不一直站在这里等,她随时都有可能在我离开的时间里回来,那么我一整天的等待都将前功尽弃。

我同时也放弃了让丁凌给蓝夕打电话的想法,丁凌已经帮了我太多太多,剩下的事情我只是希望可以靠自己的力量去完成。

终于,在我精疲力竭的时候,一个穿着白衣的身影从街道的那头慢慢地朝我走来。看样子这个背着双肩包的女孩刚从超市出来,她拎着两个印着家乐福标志鼓鼓囊囊的白色塑料袋摇摇晃晃地走着。忽然,她停在了原地,有些吃力地从包里掏出手机开机,不一会儿很多条短信的铃声此起彼伏地响起,在空旷的街道里显得格外突兀。

女孩跟我的距离还有些远,我看不清她被黑发挡住的面容,只是这亲切的熟悉感,让我几乎不用看清她的脸便可以确认她就是我要找的人。

我强压住内心的激动,原本已经被十几个小时的漫长等待折磨得消失殆尽的热情,在片刻间又被点燃。我舔了舔干燥的嘴唇,准备在女孩走到楼道口的时候,大声叫出她的名字,对她说出我们相识以来的第一句话。

"蓝夕,你回来了。"

女孩明显被我的突然出现吓了一跳,空气仿佛将我们两个都凝固在原地。我竭尽全力在黑暗中做出一个大笑的表情,只是我无从得知自己的眼睛此时是否已经弯成了蓝夕喜爱的形状。

我也曾想过蓝夕很可能会认不出我,可我就是倔强地想同现实来一次赌博,坚决不愿主动说出自己的名字。我要赌的是蓝夕会认出我,尽管她没有听过我的声音,没有保存我的相片,但是她就是会认出我,一如我刚才一眼就认出了还看不清面容的她,我赌我和蓝夕之间的维系足以让我们彼此感知。

"左,是你吗?左……"蓝夕久违的声音令我激动得有些想哭,她果真认出了我,这是否意味着我们心有灵犀,我们的维系赢过了现实的距离?

"呵呵,蓝夕,没吓着你吧。我等了你一天了,你怎么才回来,我又不好打你的手机,只能一直在这里等着。之前崔浩也来过了呢,还有一个挺漂亮的女孩子跟他一起来的,只是他不认识我,呵呵。"我继续朝她走近了一些,想看清她的脸,并想永远把这一刻封存于最深的记忆里。而关于崔浩和美美的对话我对蓝夕只字未提,因为那样只会让她徒增伤心。

我尽量自然地说完这些话,蓝夕却并没有立即向我回应。我感觉她那闪闪的目光在黑夜里不断燃烧着我的脸庞,令我有些不好意思,也有些无所适从。

我曾无数次想象过我们第一次相见的情景,在她的学校,或在我的学校,要说出那些情话是那么的轻而易举,要拥吻她又是那么的理所当然,可是当这一切真正发生了,我却发现跟梦里的场景截然不同。刚才还扑腾扑腾乱跳的心,现在已经逐渐稳定下来,我就这么傻笑着站在原地,仿佛在等待蓝夕的宣判。

"你终于回来了,左。"蓝夕好似松了一口气,面无表情,语气淡定,就像一个人走了很久的路,此刻终于到达了目的地,终于可以全身心放松一般。

在蓝夕得知我为了等她在楼下站了整整一天粒米未进之后,她二话不说就拉着我去她家附近的小餐馆吃饭。

她使劲地帮我夹菜,自己却不吃。她说自己刚吃过,然后就只是目不转睛地盯着我看,看我说话,看我吃饭,仿佛她一眨眼我就会消

失一般。

我跟蓝夕讲述了我病情的发展，在国外的治疗，关于出国前是我要求丁凌对她隐瞒事实的真相，以及在手术台上是什么原因支撑我活了下来……当然还有6月2日晚上就要从武汉飞往沈阳的航班。

一听我说明天晚上就要离开，蓝夕感到有些愕然，她显然对我这么快就要离开感觉有些难以接受。只见她紧咬嘴唇，思忖了片刻，最后对我说道："左，明天我给你补过生日吧。"

对于这个梦寐以求的建议，我除了赶紧点头称好，还有什么可犹豫的呢？

（五）

虽然生日的庆祝迟到了一个月，但是蓝夕的这份心意却仍旧闪着令我动容的光芒，丝毫没有褪色。

6月1日，蓝夕先是带我去了她家附近的一家拉面馆吃面，她说那是她发现的众多面馆中味道最好的一家。然后她又拉着我去逛自己最爱的家乐福，给我买了一大堆各种口味的果冻，最后我俩在家乐福门口的一家饮品小店买了两杯薰衣草口味的奶茶。蓝夕的细心让我倍感吃惊，拉面、果冻、薰衣草味道的奶茶都是我的最爱，而这些细节也只是跟她聊天时曾无意中提到，并未刻意强调。蓝夕自己也喜欢吃拉面和果冻，只是奶茶她却一直喜欢草莓味道的。

这个突如其来的生日庆典，既没有纸醉金迷的奢华，也没有烛光红酒的浪漫，既没有海枯石烂的承诺，也没有催人泪下的誓言。有的只是简约与细致，平淡与真实，有的只是蓝夕的真心，我的感动。

蓝夕端着奶茶，对我神秘地笑笑，说道："走，我带你去一个地方，是我刚发现不久的，你肯定喜欢。"

我好奇地跟着蓝夕走进了一所中学，我们绕到一栋教学楼的后面，霎时间一片翠绿的草坪印入了我的眼帘。没错的，这就是苜蓿草，一大片的苜蓿草田。只是在这些数不胜数的三叶草里，是否真的会隐藏着代表爱和幸福的四叶草呢？

我不顾形象地蹲在草坪旁边，仔细欣赏着这片充满旺盛生命力的苜蓿草，而蓝夕则站在我身后掩口而笑。

我们在草坪的旁边找了两块石头坐下，一边吃果冻一边喝着薰衣草奶茶。从早上开始，蓝夕就一改昨天沉默不语的状态，像变了个人似的，一直不停地跟我说着在我离开的这段时间里所发生的每件事情。她所说的这些事情，我都已经从她在我空间的留言里了解了个大概，可是听着蓝夕绘声绘色的重述，自然是另有一番感触。

蓝夕告诉我在我不在的日子里，她有好好吃饭、出门带伞、睡觉关机。她告诉我她已经不再像以前一样脆弱，而是学会坚强地面对生活；她告诉我我之前所送生日礼物的去向，并且表达了她其实一直都想将钱还给我的决心；她告诉我她已经将我们的故事画成漫画，放在了"那时的我们，是最温暖的存在"的主页上；她告诉我她一毕业就顺利找到了一份令同学们羡慕的工作；她告诉我她为了家人而辗转回到武汉，谁知还阴错阳差地成为了之前那家公司武汉分公司的骨干力量……

看着蓝夕溢于言表的开心，我只是感觉自己的努力没有白费。在寒冷的时候互相取暖，在温暖的时候互相分享，这是我和蓝夕自始至终保持着的默契，至于我曾经扮演过的角色，就让其永远沉寂在心底吧。

看到蓝夕也十分享受地喝着薰衣草味的奶茶，我禁不住问她："蓝

夕，你不是喜欢喝草莓味的奶茶吗？"

蓝夕稍稍一愣，抬眼笑着对我说道："自从知道你离开之后，我就开始喝薰衣草奶茶了，我想知道你为什么这么爱喝，看来果然是不错呢。"

我的心顿时一紧，心里的悔意一层层地泛滥开来——究竟眼前的这个女孩承受了多大的煎熬呢？也许语言已经完全无法形容，就连她自己可能都不曾预料，此时我能做的，也只有赶紧袒露自己最初的心声。

"蓝夕，对不起，请原谅我的隐瞒，当初是因为害怕万一留给你希望，最后却又只剩你独自面对失望，我真的于心不忍。你知道吗？在美国的日子里，你是支撑我积极接受治疗，一直乐观生活下去的精神支柱。而现在我才知道自己其实是个自私的人，我把希望留给了自己，却让你一直在绝望中挣扎。蓝夕，请你原谅我……"

听完我的话，蓝夕原本的笑容被一种错综复杂的表情替代，那里面包含了委屈、怨愤，分明就是对我最大最严厉的质问。

"左，你为什么对我这么残忍？明知道我对你的思念，却留给我这么一个天大的谎言。如果某一天我突然凭空消失了，你又是什么感受？你是不是觉得尹蓝夕永远是个长不大的顽童，软弱到需要比自己小的人去扶持，甚至要靠谎言才能存活？你又为什么要把手机留给丁凌，难道你不知道有一天这个谎言终会被戳破？你知不知道2007年的除夕，我为了等你的短信而固执地不肯回其他朋友的信息，你又知不知道我每天打开你的空间，其实都满怀希望想要看到你来过的痕迹？看到你的头像是亮的，我就感觉安全，我编辑了无数条没有发出去的短信，而每条短信的收件人都是你……可是你，可是你却对我这般的残忍，你又怎么忍心让我如此地伤心？"

蓝夕将自己隐藏了多年的愁绪一下子全部发泄出来，随之而来的还有她决堤一般的泪水。

我的喉咙仿佛被铅块塞住,凝噎无语,鼻尖和眼眶都变得温润潮湿,然而我绞尽脑汁也找不出一句可以安慰她的话语,只能下意识地抬起胳膊将痛哭的蓝夕搂了过来,让她的头靠在我的肩上,轻拍她的胳膊以示安慰。

为什么我觉得这一天还没开始就马上要结束?为什么太阳这么早就收起照亮大地的光芒?我跟蓝夕才刚刚见面啊,要说的话还有很多很多,可是黯黑的夜色,亮起的路灯无一不在提醒离我上飞机的时间已经越来越近。

蓝夕多次要求要送我去机场,都被我拒绝,因为我真的十分讨厌离别,讨厌坐上飞机之后的落寞。如果说我在任何时候都可以不轻弹泪水,那么在机场或是火车站的送别就是我伪装坚强的克星。相信我吧,蓝夕,我们还会相见的。

我送蓝夕回到她家的小楼下,笑着跟她告别,说我想看看她的背影,想知道这个背影现在看上去是否真的有如她所说的坚强。

蓝夕咬着嘴唇,眼中再次泪光闪动,她似乎在为什么事情思想斗争着。然而最后说出口的,仅是叫我路上注意安全,到了沈阳记得要同她联系。

看着蓝夕缓缓走上楼梯的背影,我真的有种冲上前去拥抱她的冲动。她在每次楼梯拐弯的地方都故意很快地转身,不给自己和我有视线交流的机会。

蓝夕上到三楼的时候,我迅速地跑到她家阳台那一侧的空地,开始准备我刚到武汉那一晚就想好要给她的惊喜。

我掏出打火机,用火机油在那块空地上写字。先是写了一个"夕"字,然后连笔写了一个"左"字,最后又将"左"字下面一横拉长,顺势

画了一个巨大的心形将这两个字都包了进去。大功告成之后,我便立即拨通了蓝夕的手机。

手机几乎是在响了一声之后就立即被接通,我强装镇定,若无其事地对蓝夕说道:"蓝夕,你现在走到靠近你家阳台的那扇窗户,把窗帘拉开,再把窗户打开。"

不一会儿,我就看到蓝夕出现在了窗口,轻柔的长发随着晚风飘动,只见她一手拿着手机,一手扶住窗框,伸头四处张望,我便朝她兴奋地挥了挥手以便吸引她的注意力。

紧接着我点燃了"夕"字头上的一撇,火苗迅速地蔓延,直到将"夕""左"和最外面的大心型全部点燃。

我和蓝夕的名字就在这颗巨大的心形里燃烧,一如我长久以来的梦想:一直围绕着蓝夕燃烧。

我将目光重新投向站在窗口的蓝夕,然后举起手机说出了自己早就想说,却一直没有机会说的表白。

"蓝夕,这就是我来找你的目的,这就是我想说的话,我爱你,我爱你,我爱你!当然,你不用这么快就告诉我你的答案,等7号、8号高考完,我会再来找你。我只想知道你内心最真实的想法,我等你的答案。"

我终于做到了,我将自己的心意乘以三倍地告诉了蓝夕。时间已经浪费得太多,机会已经一次次溜走,我要让你知道,现在就让你知道,不管下一秒我是不是就要死去,也不管这世上会有多少人阻挠。

我看到蓝夕原本扶住窗框的手此时抬起捂住了脸,我听到手机里传来她微微的抽泣。

别哭,蓝夕,你不知道我会心疼吗?你不知道我早就对自己承诺过不会再让你哭泣吗?

第二十章 我们的选择——蓝夕

（一）

如果说崔浩的追求、美美的怀孕以及左的表白，让我陷入了一个前所未有的混乱境地，那么丁凌的电话则让我突然间看清了自己今后要走的路。

左离开后的第三天中午，我原本正在公司无精打采地吃着盒饭，像往常一样挖出仅有的几条青菜吃掉，然后认真地将肥肉一条条搜索出来扔掉，希望借此项不费大脑的机械运动来缓解一下自己紧绷的神经。

这时丁凌的电话打了进来，我猛然间想到不知左来武昌找我，是否瞒着丁凌？而他对我的表白又会对丁凌造成多大的伤害？不管如何，还是先对这个女孩隐瞒真相吧，因为对于接下来要如何选择连我自己都毫无头绪。

"喂，丁凌，好久不见。"

"嗯，蓝夕姐，现在打电话不打扰你吧？"

"没事没事，你说吧，什么事？"

"杨乐去找过你了吧？"

"呃……是，是的，你已经知道了？"

"嗯，我知道，是我送他上的从天门到武昌的大巴。蓝夕姐，我知

道这样问你很冒昧，只是这些天我的心里一直在反复地想这件事情……蓝夕姐，你能告诉我你的答案吗？"

"丁凌，连我自己都不知道答案，所以恐怕现在还不能回答你。"

"可是，蓝夕姐，杨乐真的很喜欢你啊，我知道，你也喜欢他的，从我当初告诉你他已经去世的时候开始，我就能感觉出来你对他的感情也并不一般。蓝夕姐，杨乐的幸福真的只有你能给他了，他从小就没有得到过什么温暖，他一直在寻找一个可以互相取暖的人。两年前他以为自己找到了，并且一直义无反顾地付出至今。他甚至为了你的工作放弃自己长久以来的叛逆去求他爸爸，他甚至为了让他爸爸能在武汉开分公司，而答应……答应跟我在一起。如果你是因为当年他要出国治疗而隐瞒欺骗了你而生气，那么我代他向你再次道歉。杨乐他只是不想让你一次次地伤心绝望，因为连他自己都没有活下去的把握啊！蓝夕姐，你为什么不接受他呢，你到底还在犹豫什么呢？"

丁凌的话每一字每一句都如钢针般结结实实地扎在了我的心上，原来自己曾经引以为傲的好运气背后一直是以左牺牲自己引以为傲的叛逆与自尊为代价。在我活得快乐洒脱的时候，左却拖着大病初愈的身体，为我的工作劳力费心。在我因为贪恋家人的温暖而任性辞职的时候，左却以自己的未来为赌注，只为将我的人生之路铺得尽量平坦。

可是，究竟是谁允许他这么做的？难道我尹蓝夕就差到连靠自己的实力去找一份工作都困难？左这次的自作主张同对我隐瞒他出国治疗的时候一样，令我无比感动，但是比感动更甚的却是委屈与愤怒。

"丁凌，他爸爸应该很喜欢你吧，你们两家也十分门当户对，而你对左……对杨乐的感情早就深到不可自拔，你怎么会，怎么会……"

"蓝夕姐，我爸爸和他爸爸确实已经私下将我们俩的事情定下了。而且说实话，如果真的能跟杨乐在一起，我也会非常非常的开心。可是，你知道吗？自从他爸爸把这件事跟他挑明了之后，他是多么的沮丧失落啊。以前，一直支撑着他快乐生活的，是他以为自己至少还可以选择，可以有寻找幸福的自由，可是现在连这唯一的希望也被夺去了，我无法眼睁睁看着杨乐就这样沉沦下去，既然我不能带给他真正的快乐，那我就帮他去寻找吧。"

我又何尝不了解左的苦心与纠结，只是我如何才有勇气去挑战世俗的眼光，对抗左庞大的家族？18岁的左和丁凌，认为这个世界有爱便有了一切，有爱便能战胜一切。可是当爱情随着荏苒的光阴逐渐老去，我们是否还能对着彼此已经苍老的容颜忆起当年奋不顾身的爱恋？

任凭一个人如何强大，都不可能仅靠自己的力量存在于世，任凭两个人如何相爱，也都不可能光靠谈情说爱度过余生。再忠贞的爱情，再海枯石烂的承诺，在无情的时间和平淡的生活面前都将失去最初的光彩。只因为我们存在于这样一个世界——一个无爱不欢却又无可奈何的世界。

（二）

在决定了自己今后的路要如何走下去之后，我悄悄搬出了熊家咀的出租房，工作方面只是暂时请了病假，因为生怕直接辞职的事实会被左打听到，反而弄巧成拙。

我将细软先搬到了尹白扬那里，只是敷衍他说在现在的公司做得不开心，想休息一段时间再找新的工作。

尹白扬自是少不了将我从上到下数落了一遍，末了却还是像往常一样恨铁不成钢地说道："既然辞职了就先在我这里好好休养一

段时间吧,不要着急跟爸妈说这件事。等找到新工作了再告诉他们,免得让人担心。"

看到尹白扬一边教训我不懂事,一边又对我关爱有加,嫂子在一旁笑得花枝乱颤。末了,嫂子果然还是想起了上次相亲的事情,问我怎么就不喜欢人家,那个高材生后来对我还挺念念不忘。

我撇撇嘴,呵呵笑了下,正准备找个理由逃离现场,谁知被尹白扬一把揪进卧室,说有正经事同我商量。

只见他从抽屉里拿出一个眼熟的信封递给我,说道:"蓝夕,这里面的钱应该够还你那个朋友了,而且还有富余,你赶紧把余下的也还了吧,多的就当是这么久以来的利息,你要代我好好感谢人家。"

我接过信封塞进手提包,对尹白扬点了点头,告诉他我一定会尽快把这钱带到,让他不必担心。

尹白扬一边闷闷地"嗯"了一声,一边走向厨房去帮嫂子的忙。看着他和嫂子幸福和睦的身影,我自言自语地说道:"左,谢谢你。"

我已决定了不再同左联系,而丁凌此时又正在高考,我不便打扰。于是便拨通了崔浩的手机,希望他能以一个朋友的身份帮我了结和左之间这份最后的羁绊。

彩铃响了很久才有人接,我正欲开口,却听得手机那头传来一个熟悉的女声。

"喂,蓝夕啊,我是美美,你有什么事找崔浩吗?你跟我说吧,他不方便接。"

我愣了愣,分明听到崔浩在电话那头和美美的争辩,可是最终还是被美美掌握了主动权。

"喂,蓝夕,你说话啊,有话还不能跟我说吗?"

"哦,不是,美美,我就是想请崔浩帮个忙,你能让他听电话吗?

我想直接跟他说会比较好。"

"可是他现在不方便接电话啊，要是你的事情很急，那就找别人做吧，我想他最近也不会有时间帮你这个忙的。"

"我知道了，谢谢……"

电话那头传来干脆的忙音，我有些自嘲地笑笑，合上了手机。

命运之神啊，你不要以为一而再再而三地对我上演相同的闹剧，我就会对你俯首称臣。过去那个懦弱的尹蓝夕已经长大，她懂得如何自我疗伤，也明白一切随缘不要强求。

当几乎相同的场景再次发生在我、崔浩、美美三人之间，我却没有丝毫的怨恨悲伤。崔浩成长了，他需要有足够的能力去保护自己身边的女人，并且需要学习如何负起应该承担的责任；美美成长了，她学会了如何抓住男人的心，也懂得了爱情不是单靠外界的压力就可以修成正果。

而我也成长了，我明白了如何分辨爱和感动，明白了爱一个人并不一定要去拥有，明白了当爱和现实存在差距时，你要么去填补这种差距，要么就将这种差距凝固成永恒。

只是此时我可以理直气壮地对自己说，崔浩，我对你的爱已经成了过去式。

（三）

在左和丁凌准备高考的日子里，我也为"那时的我们，是最温暖的存在"主页上的漫画画上了结局。

从此王子和他命中注定的公主永远幸福快乐地生活在了一起，一

个叫"夕"的女孩也永远地从剧中所有人物的生活里消失。每个人的每段爱情都足以刻骨,大家一起奏响爱的笙歌,"夕"并不孤独,她从没有像现在这般幸福——知道自己爱的人也爱着自己,并且他能够得到被其家人所认同的幸福,即便那幸福并非和自己一起创造,又有何所谓?

我给丁凌发了一封邮件,告诉她我的决定,并且希望她能私下来找我,我好将尹白扬替我凑齐的人情债给她,让她帮我转交给左。我说我会换掉现在的手机号码,我会搬家,我会人间蒸发,我对自己似乎一直在做第三者的角色已经厌倦,我需要新的氧气。已经23岁的我算是做出了有生以来最成熟的决定,崔浩将要努力履行一位父亲的职责,亲情永远比爱情来得隽永,而左终有一天也会明白我的苦心,感情是可以培养的,但是自己却无法决定自己将出生在怎样的家庭。

丁凌,你是我见过的最善良的女孩,你们在最敢爱敢恨的年纪让我也感受到了花季雨季独有的热情。只是现在剧要落幕了,你们也已经长大,感谢你们在我生命中留下的每一张笑脸和每一滴眼泪。加油吧,为了我们共同的目标——让左从此幸福起来。

由于过年期间尹白扬给我的钱还不知道要如何处理,我只得先存进了银行。而欠左的钱这次已经全部凑齐,于是我打算将之前的三千也取出来,跟剩下的钱放在一起,以便到时候全部交给丁凌。

我刻意选择这种繁复的方式,是因为我总觉得银行转账体现不出这笔钱的重量。仅仅在ATM机上按下几个按钮,如何能够让人感受到左对我的信任,以及尹白扬为了还钱在这些年所做的努力?

曾经看过一部电影叫做《蝴蝶效应》,讲的是一个可以不断回到过去的男子,为了让每个人都幸福而不断尝试改变过去。这部电影有几个不同的结局,而令我最震撼的就是男主角最后回到了母亲的腹中,在母亲分娩时用脐带将自己勒死。

如果一个人的消失真的可以改变其他人的命运,换取其他人的幸福,那么这种蝴蝶效应真可谓一种大无畏的牺牲精神,又如果一切真的可以重来,甚至只要早发生或者晚发生几秒,是否有些人的人生就会变得截然不同?

6月8日下午4点左右,应该是左刚好考完最后一门的时间。我刚从银行取钱出来,忍不住还是想给左发一个告别的短信,因为我深知被隐瞒真相的痛苦,也尝过无能为力的绝望,我实在不忍心让左再体会一次这样的痛苦。

假如我不是中午为了等嫂子一起出门而耽搁了15分钟,假如我不是馋嘴去买了一盒章鱼小丸子而又花掉了5分钟,假如我不是出于好心让后面赶着去飞机场的大叔插队取钱而推迟了10分钟,假如银行门口的那辆货车没有装错货物而在我取完钱之前就开走,那么,也许在我边发短信边过马路的时候,那辆飞驰的小轿车就可以刚好同我擦身而过。

可惜这一切都分秒不差地发生在铁面无私的命运女神早已定下的时间刻度之上,我攥着手中那条刚编辑了开头的短信腾空而起,然后在急刹车的小轿车前面十几米处重重落地。

我的手提包落在了离我一米远的地方,我挣扎着将包揽到身旁,然后举起被鲜血模糊的手机按下了发送。

周围的人们开始聚集喧嚣,我想我一定流了很多血,不然旁边的妇女不会匆忙地捂上了小孩子的眼睛。

在大家议论纷纷商量拨打"120"的时候,我有些茫然地看向蔚蓝的天空,仿佛看到了一张将眼睛弯成月牙的笑脸。

左,我终于又可以给你发短信了,你开心吗?

左，知道吗？你是我的奇迹。在我最无助的时候，与天使一般的你相识是奇迹；你对我撒了一个弥天大谎，让我在极痛中成长也是奇迹；而当我知道你尚在人间，我也终于可以触碰你的面颊，这对我来说则是最幸福的奇迹。

感谢你为我所创造的每个奇迹，只是现在的我很累很累，请允许我闭上双眼，也许我可以将这幸福保存到永远。

第二十一章 我们的选择——左岸

（一）

6月1日的晚上，我顺利地回到了沈阳那栋一千平米的大房子。只是我的心情却一直无法平静，脑中反复重现跟蓝夕在一起的每个细节，耳边反复回响蓝夕对我说过的每句语言。

两年前的某一天，我跟蓝夕因为几米的漫画相识，一种惺惺相惜的情感在我们之间逐渐蔓延。蓝夕的故事和文字就像罂粟花一般充满了令人难以抗拒的魔力，我只想用尽一切力气去保护她，保护那种濒临灭绝的爱情信念。

我也曾很深地爱着一个女孩，也曾被很多女孩所爱，只是人们永远对摘不到的玫瑰充满了向往，殊不知如果玫瑰离开了自己所爱的土地，那么无论你多么辛劳地灌溉呵护，它都终将枯萎凋谢，最后只剩一身锋利的刺。

日复一日，我逐渐深陷在蓝夕的故事和文字里，并且将关心她变成自己每天的必修课，日积月累的感情沉淀让我不可救药地依赖上了这个大自己五岁的纯真女孩。而当我第一次真正地将这种依赖定义为爱，是在自己躺在冰冷的手术台上之时。

我从没有如此地害怕过死亡，因为我还没有亲眼见到那个令自己魂牵梦萦的女孩，还没有抚摸她的长发，还没有为她拭去泪痕，还没

有告诉她我爱她。

终于,和死神打过照面的我,被爱神救回了人间。我竭尽全力地帮助她,只希望她的人生可以不再坎坷。

与此同时,另一个深爱着我的女孩,为了我的幸福,也在竭尽全力地奋斗着。她助我一臂之力,希望我能勇敢地喊出自己的心声,而不要为此终生抱憾。

就在几个小时前,我做到了!

我对那个身穿白衣站在窗口的女孩大声表白,我的血液在那一刻沸腾,全身的细胞都为之雀跃。

可是当第二天丁凌打电话问我结果的时候,我却无法理直气壮地告诉她答案,因为我唯一能确定的就是蓝夕对我深厚的喜欢,但我却不知道那到底是不是爱。

我对丁凌说不论结局如何,至少我已经做了自己能做的,接下来就听天由命,顺其自然吧。

丁凌却半开玩笑地回答我:"杨乐,要是蓝夕不要你,你可就是我的了哦,我不会再把你让给任何人了。"

我干涩地笑了两声,便顾左右而言他地跟她扯起了几天之后的高考。

其实,我们都是傻瓜,傻得无可救药,病入膏肓。如果有人可以自私一点,如果有人可以邪恶一点,那么其他人是否反而会幸福一点呢?

晚饭过后,翼来敲我的房门,他说我母亲来了,正在书房和父亲吵得不可开交。这个消息让我吃惊不小,因为自从他们离婚后,母亲已经很多年都没有光临这栋曾给她留下灰色记忆的房子。

我蹑手蹑脚地走到书房门口,想探听一下母亲这次的来意。

"你这人到底有没有为孩子考虑过？他可是你的亲生儿子，不是一只猫一只狗，你怎么可以这么随意地就决定他的人生？他才刚刚18岁啊，你简直不是人！"

"哼，你别口口声声说你关心儿子，自从再婚以后你就只顾着自己快活了吧，杨乐的大小事情还不都是我来操持？谁不知道你这个大小姐从小就娇生惯养的，你连自己都照顾不好，还能照顾儿子？没错，儿子是你生的，可是你管过他吗？要不是你一直纵容他，他现在也不至于这么任意妄为！"

"他反抗得好，反抗得对，难道你就这么想让儿子走上我们的老路？没有感情的婚姻是多么可怕，相信不用我形容你都深有体会了吧。就是为了所谓的家族事业，不惜牺牲一辈又一辈人的幸福，这根本就是惨无人道。我说当年，你不也很有气势地反抗过你的父母吗？现如今怎么这么快就想把自己儿子往相同的绝路上推？你脑子撞坏了还是怎么了？"

"我懒得跟你这个女人一般见识，我也是了解到丁凌那个小丫头对我们杨乐有意思，并且两人已经谈过一段时间了，我才会做这个决定，你以为都跟你一样做事不经大脑？但是今天丁董事长给我打电话，说丁凌告诉他，自己已经跟杨乐分手了，他来问我知不知道是怎么回事。喏，这肯定是你那个宝贝儿子做的好事，这下你们娘俩都满意了吧？"

……

丁凌原来已经如她之前所说，跟她父亲把这件事挑明了。

想起昨天丁凌所说的那句玩笑话，我不禁咽下一丝酸楚。

（二）

对所有高三的学生来说，6月7日和8日早就被涂成了黑色，象征着黎明到来前最后的黑暗时刻。

6月7日一早，我在考场外面碰到了林小琳和陈方博。两人很热情地上前同我打招呼，这是我回国之后，和他们第一次见面，但是我却不记得，上一次同他们面对面说话是在何年何月。

"杨乐，看到你回来了真好！现在身体没事了吧？我觉得你又变帅了哦！"林小琳豪气地拍了拍我的肩膀，带着她久违的笑容灿烂地说道。

"是的，帅得我都认不出来了，感觉你精神也比以前好得多，连我都要嫉妒你了，不过幸亏现在不用跟你争小琳了，不然我都怕自己会输呢，哈哈……"陈方博用拳头捶了捶我的胸口，跟我调侃道。

"那可说不准哦，小琳是个以貌取人喜新厌旧的家伙，方博，你可要小心接招了！"我将双手挽在胸前，故作神秘地看着他俩坏笑。

林小琳一蹦三跳地站到我们中间，使劲踮着脚，用胳膊将我和陈方博一边一个勾住，然后一脸野蛮地说道："好了，那朕现在就将两位美人都收入后宫，代号007和008，以后你们可都要好好服侍朕了哦。"

我和陈方博互相使了个眼色，然后默契地同时去挠林小琳两边的痒穴，直挠得她赶紧求饶。

其实在我刚刚出国后不久，林小琳和陈方博就去医院找过我。只是由于那次出国的事情太过仓促和隐蔽，他们都还没来得及得到最新的消息。

在国外的日子里，我也曾跟林小琳和陈方博通过电子邮件，一个是我的初恋，一个是我的挚友，祝福他们的爱情是我那时以及之后唯一应该做的事情。

与其说我一直在帮助蓝夕摆脱阴影变得坚强，不如说我自己也在不断地成长。林小琳已经找到了可以让她娇艳绽放的泥土，作为曾经陪伴她的阳光也好，雨露也罢，哪怕只是一只蜜蜂，我都真心地为她现在的幸福欢呼。

这场偶遇自然得令人感觉时间仿佛都不曾流逝——没有尴尬，不曾寒暄，我们三人似乎回到了孩童时代的亲密无间。

如果非要我对此刻的心境做一个诠释，那就是我可以很明确地告诉自己，林小琳，我对你的爱已经永远停留在了那个夏天。

我举起自己的右手，摸了摸那道褐色的疤痕，嘴角不觉上扬，原来它也在不知不觉中淡去，甚至已经看不出之前的模样。

"杨乐，你干吗呢？快要进考场了，你赶紧跟上来啊。"林小琳在不远处对我挥着手。

"啊，就来！"我开心地大笑着，朝两人奔跑过去。

最后一小块冰凌，在6月炽热的阳光下，也逐渐融化成了血液，重新奔流不息。

（三）

6月8日的阳光显得格外明媚，这天下午所有被高考压得喘不过气的莘莘学子们都将迎来期待已久的解放。

而这天对我来说更是与众不同，意义非常，因为从考场出来后收到的那条短信，足以令我提前感受比考上第一志愿更多更大的兴奋。

原本我和丁凌说好考完最后一门就要第一时间联系对方,谁知我刚刚打开手机就收到了一条短信。而这条短信让我顿时就愣在原地,任凭喧闹的人群从身边涌过将自己挤得东倒西歪,也不舍得将眼睛从短信上移开。

我揉了揉眼睛,又仔细看了一遍发件人,渐渐地几点闪烁着兴奋的光芒在我的眼中大放异彩。短信不长,只有4个字,但是这4个字却让我感觉等待了一个世纪那么久。

"左,我爱你,"

这是蓝夕送给我考完试之后的惊喜吗?只是这个礼物来得太过突然,将我整个人都刺激得仿佛游离在现实之外。我就这么举着手机傻乎乎地笑着,走着,耳中却听不见周围的嘈杂,甚至没有看到朝我挥了半天手的翼。

我将电话给丁凌拨了过去,待接通之后,还未等她说话,就先迫不及待地对她表达我的喜悦。

"凌,蓝夕接受我了,蓝夕接受我了,她说她爱我,哈哈哈,她跟我说她爱我,我真的好开心,开心的都要死掉了,哈哈!"

"真……真的吗?她亲口对你说的?"

"她给我发了短信,我从考场出来一开机就收到了。"

"是吗?短信是怎么写的?"

"就写了几个字——'左,我爱你,',不过有点儿奇怪的是她在最后打了个逗号,好像有话没有说完一样。不过,丁凌,你怎么这种语气?你在怀疑我骗你吗?"

"不……不是啦,那恭喜你咯,呵呵……"

一种极强的幸福感此时爬满了我的每一寸皮肤,兴奋的大脑已经没有多余的空间去思考丁凌究竟为何从一开始说话就有些欲言又止,同时我也不愿过多地考虑那个诡异的逗号后面究竟隐藏着什么，在我看来那未完的语言不过是蓝夕对前面这3个字的诠释而已。

就连专门赶回家带我去吃大餐的父亲都很轻易地发现了我那一脸的春风得意，于是禁不住问我是否考得感觉特别好，就如一只脚已经踏进了第一志愿上海交大的校门。

我满嘴饭菜地敷衍着父亲，连连说着没问题。弄得他也哈哈大笑，说这下我肯定可以跟丁凌上同一所大学，因为以她的成绩上上海交大绰绰有余，那么到时候我跟她修成正果也就是指日可待的事情。

我这次并没有对父亲的话感到多么反感，而是突然想起之前偷听到的父亲和母亲的对话，继而联系到今天丁凌的反应，不觉感叹起自己的迟钝与残忍。丁凌听到这样的消息多少还是会难过的吧，我的幸福却要她去帮我努力，甚至替我承担责任和痛苦，而我不仅没有体会过她的心情，还给她一次次沉重的打击。

看着父亲终于离去的背影，我正准备给丁凌打个电话安抚一下她现在的心情，谁知她却心有灵犀地先打了过来。

"喂，丁凌，我正想给你打电话呢，对不起，我今天下午没有考虑到你的感受，我……"

"杨乐，我想问你，你后来给蓝夕姐打过电话吗？"

"没有呢，我爸直接从公司到学校去接我吃饭，吃到现在才回来。我还一直没机会打，不过倒是发了短信过去，但是没有回。怎么了？"

"那个……杨乐，我跟你说了你可千万别激动啊，蓝夕姐好像被车撞了，现在还在医院抢救。"

"丁凌你别开玩笑了，她下午还给我发短信呢，怎么会……"

"我给她打过电话了，是她哥哥接的，说她下午被车撞了，现在还没度过危险期。"

......

天堂跟地狱是否真的就是一线之隔？蓝夕你怎么可以刚说完爱我，就这么不负责任地进了手术室？我还没有给你打电话，我还没有来得及回应你，我们还有那么多的风浪没有去面对，我们还有大把的幸福没有去争取，你舍得吗？你甘心吗？

蓝夕，你不是最听我的话吗？你不是最依赖我的关心吗？那我现在命令你一定要跟死神抗争到底，请在那里乖乖等我，带着你的爱等我……

第二十二章 笙歌依旧——白小葵

我看到尹蓝夕的时候,她纯净的脸庞在午后阳光的照耀下闪着圣洁的光芒。不知道是不是我多心,我总感觉她的嘴角是微微上扬的,好像在对我微笑一样。

"你也发现了吧?每次我给她读几米的书,她就会笑呢,有的时候睫毛还会随着眼皮颤动得十分厉害,仿佛她在努力将眼睛睁开一样。"坐在蓝夕床边的左合上那本页脚有些破损的《向左走,向右走》,轻轻帮蓝夕将被风吹起散落到脸上的碎发捋到耳后,表情幸福而满足。

"你大概多久来看她一次?不会影响学习吗?爸妈都知道吗?"我开始轻声地跟左交谈。

"一个月会来三四次吧,怎么会影响学习呢,我这么聪明,呵呵……爸妈那边还不知道,但是妈妈已经成功地帮我要回了一点选择自己幸福的权利,现在我们一家三口偶尔也会一起吃吃饭,我已经觉得很满足了。"左面带微笑认真地回答道,脸上透出他那个年纪少有的淡定和沉稳。

"你觉得蓝夕什么时候会醒来?你又可以等多久?"我知道自己的问题很尖锐,可是却仍旧十分想知道左的答案。

对面那个笑容羞涩的大男孩并没有立即回答我,而是偏头看向蓝夕,半响他才缓缓说道:"我不知道她会什么时候醒来,我只是知道她是一个绝对不会食言的人。我们曾经约定等我考上了上海交大她就去

找我,然后我们一起去同济大学看法国梧桐……当然,这只是我们众多约定里的一个。所以蓝夕她一定会醒来,我也会一直等下去。"左紧紧握住蓝夕的手笑容坚定。

起身同左告辞之后,我在病房的门外发现了丁凌。这个面色白净,一双大眼睛永远干净纯澈的女孩手捧一大束百合,站在走廊的窗前,扭头看了看我,露出一个明媚的笑容。

"丁凌,你打算一直对左隐瞒真相吗?蓝夕让你转交的那些钱你给他了吗?"我和丁凌走在通往医院大门的小路上,有些不解地问道。

"其实,当我看到蓝夕姐的邮件时,心里就一直在纠结要如何去对杨乐说,可是没想到蓝夕姐又给他发了那样一条不完整的短信,我就知道这里面一定出了什么问题。果不其然,蓝夕姐居然遇上了这样的横祸,可是你知道那条短信给了杨乐多大的信心和快乐吗?他现在的成熟坚强、乐观阳光全都是拜那条短信所赐,我又怎么忍心去跟他说什么所谓的真相?至于蓝夕姐的哥哥转交给我的写着'丁凌转左'的信封,我已经好好地保管起来了。我要等着蓝夕姐醒来后自己亲手交给杨乐,这个想法我也偷偷在她耳边说过,是跟她约好的呢,呵呵……"丁凌俏皮地冲着我吐了吐舌头,看似也对蓝夕的苏醒充满了信心。

同丁凌在医院的门口告别,我走在车水马龙的街道上,心里却异常宁静。

尹蓝夕于去年6月8日在从银行出来后的回家路上,被一辆飞驰的小轿车撞伤,至今仍旧昏迷不醒。在她的病房里时常可以看到一个叫杨乐的大一男孩,捧着几米的画册坐在她的床边,为她倾情朗读那一篇篇催人泪下的动人童话。

初听到这个故事的时候,我一直讶异于当今这个追求"速食爱情"的社会还有这般纯澈的爱情。我始终担心自己的笔触过于肤浅单薄,不能将这个凄美的故事完整深刻地展现在众人面前。

　　不要说这个故事没有结局，因为只要大家都有着同样坚定的信念，任凭世界如何变幻，都无法阻挡生活朝幸福前进的脚步；不要说这场爱情的笙歌已经结束，因为只要每个人的心中有爱，笙歌就会在生活的各个角落经久不衰地响起；不要说那是一条未完的短信，因为一切的纠结缘起都是为了那三个玫瑰色的神圣字眼。

　　今生，我们相遇在左岸，我费尽力气找到将前世记忆烙进灵魂的你，来吧，快些抓住我的手，因为来世的路上我还要继续与你相守。